U0840794

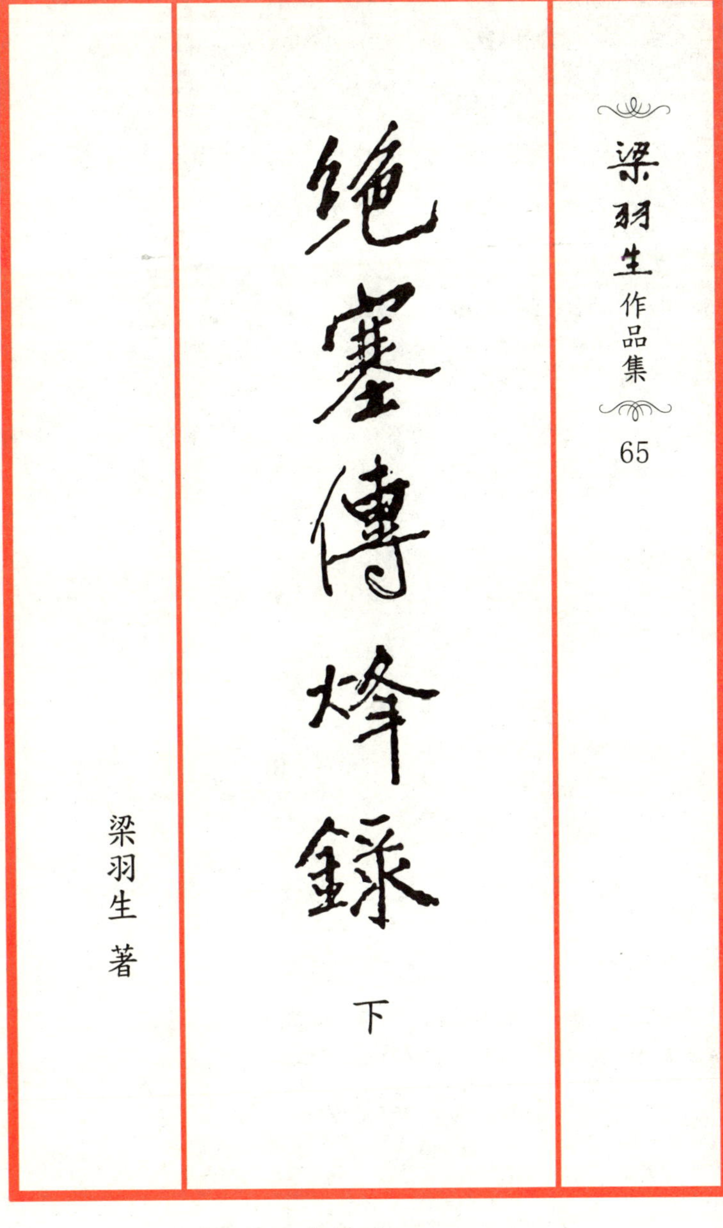

梁羽生作品集
65

绝塞傳烽録

下

梁羽生 著

中山大学出版社
·广州·

图书在版编目（CIP）数据

绝塞传烽录/梁羽生著. --广州：中山大学出版社，2012. 9
（梁羽生作品集）
ISBN 978-7-306-04328-3

Ⅰ. ①绝… Ⅱ. ①梁… Ⅲ. ①侠义小说－中国－当代 Ⅳ. ①I247.5

中国版本图书馆CIP数据核字（2012）第235055号

广东省版权局版权合同登记图字：19-2012-076号

朗聲圖書

本书版权由集锐传意有限公司授权广州市朗声图书有限公司在中国大陆（不包括香港、澳门、台湾地区）专有使用

敬告读者

为了维护读者、著作权人和出版发行者的合法权益，本书采用了新型数码防伪技术。正版图书的定价标示处及外包装盒上均贴有完好的防伪标签。刮开涂层，可见到一组数码，您可以通过两种途径查验真伪。

1. 拨打全国免费电话4008301315，按语音提示从左到右依次输入相应数码并按#键结束。
2. 扫描防伪标上的二维码，按提示输入相应数码。

读者如发现盗版图书，可向当地“扫黄打非”办公室、新闻出版局、工商管理部门、公安机关、技术监督部门举报，或直接与我们联系。

联系电话：020-34297719　13570022400

我们对举报盗版、盗印、销售盗版图书等侵权行为的有功人员将予以重奖。

广州市朗声图书有限公司

目　录

第七回　单骑闯阵留残命
妖妇迷魂夺证供

绝处逢生

段剑青想了一想，说道："这厮虽然中箭，但山深林密，要搜索也不容易。咱们自奉了军令去攻打鲁特安旗的首府的，耽搁一两个时辰还不打紧，时间耽搁太多，就误了大事了！"

武毅望一望这座高山，皱眉说道："如此说来，只好便宜这小子了。"

段剑青道："不如这样吧，叫你的徒弟带四名神箭手搜山，也无须给他们定下期限。"

武毅喜道："对，到底是段公子想得周到，这个办法既不影响大军的行程，又足可以对付得了那厮，实是最好不过了。"

当下便把徒弟唤来，吩咐他道："江上云内功造诣不凡，要是你们发现他，只能远远地用弓箭射他，不可过分逼近，提防他作困兽之斗。总之，活的要不了，死的也要！"他这徒弟名叫应魁元，功夫已得他的五成。他想江上云是业已中箭受伤的，又再负伤跑上山去，纵然是铁铸的身子，此时亦该支持不住了。只要不和他近身搏斗，射杀江上云当非难事。

果然不出他的所料，江上云此时已是奄奄一息，情况甚至比他所料的更糟。

他是在生死关头，全凭着一口气支撑，一鼓作气跑上山的。跑到山上，不见官兵追来，这口气一松就倒下了。这枝箭插得很深，他咬着牙根，忍痛把箭拔了出来，只能用最后一点气力，替自己敷上金创药，创口的流血未能即止，气力已经用尽，不能动弹了。

迷迷糊糊中忽听得有脚步声走近，“咦，这人伤得好重，但却不是清兵，也不是在附近的汉人。有谁知道他是什么人吗?”说的是瓦纳族的方言，江上云只听得懂一半，另一半以意补足。不过，这个人的口音他却似曾“相识”。

那人忽地“啊呀”一声，叫起来道:“你不是江二公子吗? 我是桑达儿，你还记得我吗?”

桑达儿是罗曼娜的丈夫，江上云在他们结婚的时候，虽然未能来喝喜酒，却是知道的。他又喜又惊，喜者是碰上救星，惊者是只见桑达儿在荒山出现，恐怕不是什么好事。

“你的岳父在这里吗?”江上云连忙问道。

桑达儿道:“岳父和罗曼娜都在鲁特安旗，我是前天因事独自回来的。江二公子，你的伤……”

江上云道:“别管我的伤，你快点回去向令岳禀报军情吧，这队清兵要去攻打鲁特安旗的。”

桑达儿道:“江公子不用着急，清兵准备大举进犯回疆，这个风声我们在西宁的探子早已打听到了。格老亦已知道。我就是奉了格老之命，回来叫本族的人提防的。只想不到到得这样快而已。”

江上云稍稍安心，说道:“虽然你们的格老在鲁特安旗的首府已有准备，但还应该火速向他禀报军情为佳，免至被清兵偷袭。”

桑达儿道:“前面那座山头，我们也设有瞭望哨岗。我已经预先吩咐他们:一发现清兵，立即在山头燃烧马粪，马粪燃烧的时候会发出浓烟，这样，讯号也就可以一站站地传下去了。”

江上云这才放下了心上的石头，说道:“你们设计得周密。可惜我受了伤，非但不能帮助你们，反而给你们添上麻烦。”

桑达儿道:“你力战受伤，阻迟了清兵的行程，已经是帮了我们的大忙了。不知还有什么事情要我办的?”他从江上云的语气之中，听出了似乎另外还有求助之意，料想以江上云的性格，当不会只是为了本身的安全求助。

江上云踌躇片刻，说道:“目前你正有许多紧要的事情要做。

桑达儿喝道：“来得正好，咱们就比比箭法！”

我、我……”

桑达儿笑道：“我们的族人都在这山上呢，抽几个人出来，碍不了事的。”

江上云道：“哦，你们的族人都在山上？”

桑达儿道：“是呀，我们为了恐防清兵入村，所以都躲到山上来了。只因清兵尚未远去，他们不敢就走出来。”

江上云道：“我是和一位姓龙的姑娘来的。这位龙姑娘或许你也知道，她叫做龙灵珠。”

桑达儿道：“知道。有位龙姑娘脾气很古怪，但却是帮过我们一次大忙的。她怎么样了？”

江上云正要说话，忽听得有人叫道：“你们看这条血线，那姓江的小子一定躲在附近。”原来正是应魁元和那四个弓箭手来了。

江上云一听应魁元说话的声音，便知此人的内功已有相当基础，吃了一惊，说道：“这人是个武功高手，你别理我，快快离开这里，躲，躲起来吧。”

不料桑达儿却跳上一个石台，大声叫道：“不错，我和江公子是在这里，你们来吧！”

应魁元见是一个年轻的哈萨克人，哪里把他放在心上，大喜说道：“江上云这厮，一定是受了重伤，动也不能动了。你们给我先把这个蛮子射毙！”

四名神箭手早已张弓搭箭，应魁元一声令下，四箭齐发。

桑达儿喝道：“来得好，咱们就比比箭法！”只听得弓如霹雳，箭似流星，桑达儿射出四枝连珠箭，刚好和那四名神箭手射来的箭碰个正着，八枝箭一齐坠地。

那四名清兵，虽然是在军中号称“神箭手”的，却哪曾见过如此神妙的箭法，吓得呆了。

桑达儿喝道：“来而不往非礼也，让你们也瞧瞧我的手段！”

连珠箭发，那四名“神箭手”登时骨碌碌地滚下山去。他们是一听弓弦声响，便即倒卧翻滚的，虽然逃得狼狈之极，滚下山坡的时候，也被擦得遍体鳞伤，但却是逃过了利箭穿心之灾了。

其实桑达儿早已料到他们会跑，连珠箭都是对准了应魁元射来的。他们即使不跑，亦无性命之忧，不过，他们怎敢拿性命冒险？

应魁元舞刀防身，饶是他遮拦得风雨不透，亦仅能打落三枝，第四枝箭几乎擦着他的头皮射过，吓得他也只能急急忙忙跑了。

江上云看得眉飞色舞，精神为之一振，笑道："桑达儿，我可真是糊涂，忘记了你才是真正的神箭手了！"

桑达儿道："你说得对，那个鞑子军官确是武艺不凡，好在还有一段距离，让我可以施展箭法，要是给他来到身前，那就危险万分了。对啦，江公子，你刚才说到的龙姑娘，她怎么样了？"

江上云道："她是和我同时碰上清兵的，她的马快，先逃了出去。不过，我却不知她有没有受伤？她得不到我的消息，也不知会不会在途中等我？"

桑达儿道："龙姑娘于我们有恩，我给你去打听她的消息就是。我抄捷径下山，可以赶在她的前头。而且，假如她不是在途中等你，她也会碰上我们的人。"

江上云道："我也是这样想，鲁特安旗目前已在备战之中，她若一直向前走，自必会碰上你们的人。只要她把实情说个明白，误会是不至于发生的。因此，我想托你捎个口讯，假如她已经到了鲁特安旗首府的话。"桑达儿道："好，你说吧，我一定给你带到。"

江上云道："请她在鲁特安旗等我。如果她不愿意再等的话……"

桑达儿道："你为她受了伤，她怎会不等你伤好了才走？"

江上云道："因为她要去救一个人。假如她不知道我已经脱险，或许她是会等我的。她得到了我平安的消息，那么救人如救火，恐怕她就要急着离开了。"

桑达儿道："她去救人，是不是要冒很大的危险？"

江上云道："不错，所以我不放心她一个人去。但她若执意要去，于理于情，我也不能拦阻她的。她要救的那个人是她的情郎。"

桑达儿道："好，那么请你告诉我，我该怎样做吧？"

江上云道："若果她执意要去，你把这件东西交给她。"他拿出的是石清泉那张"认罪书"，上面有石清泉的画押和陆敢当的签名作证的。

这张"认罪书"是江上云从石清泉的衣服上撕下一幅，以指代笔，蘸血写的。天山派现任掌门人唐嘉源也是认得他的字迹的，何况上面还有陆敢当的签名。因此如果龙灵珠能够把这张“认罪书”直接交给唐嘉源，唐嘉源必然会相信她的说话。

“这件东西对龙姑娘非常重要，请你贴身收藏，切不可让人知道。”江上云再三嘱咐。

桑达儿道：“江公子，你放心。人在物在，除非我不幸身亡！”

江上云道：“桑兄，你说得太重了。你这样说，倒叫我心里不安了。”

桑达儿笑道：“你们汉人最多避忌，我们倒不在乎说不吉利的话的。好啦，你安心在这里养伤啦，过几天我回来向你报讯。”说罢，一声长啸，果然不过片刻，便有两个哈萨克少年来到他的面前。他把江上云交托给族人照料，便放心走了。

桑达儿挑选一匹健马，抄捷径下山。第一天既没碰见官兵，也没碰见龙灵珠。

第二天他正在草原上纵马疾驰之际，忽见前面也有一匹快马疾驰，骑在马背上的是个女子。从背影看，婀娜多姿，而且一眼可以看得出来，是个汉族姑娘。

桑达儿一想，在这兵荒马乱之际，一个汉族姑娘敢于单骑在这草原驰骋，不是龙灵珠，还能是谁？于是，他纵声叫道：“前面那位姑娘，请等等我！”

那女子勒马回头，说道：“这位大哥，你是叫我吗？有什么……”

只见这个女子虽然打扮得十分冶艳，但眼角的皱纹已是遮掩不住，看来恐怕最少也有三十岁年纪，当然不会是龙灵珠了。

桑达儿大感尴尬，心想：“幸亏我没有叫出龙姑娘的名字。”讷讷说道：“我、我不是叫你。”

那女子噗嗤一笑，说道：“你叫前面这位姑娘等你，前面可并没有什么姑娘啊。莫说没有姑娘，连人影也没一个。不是叫我，叫谁？小伙子，你别害羞了，我早就知道你在追我了。”

桑达儿满面通红，说道：“对不住，我是认错了人。请让我过去吧。”

那女子道：“原来你是找另一位姑娘吗？可不可以告诉我那位

姑娘是谁?”说话之时,一双眼睛直上直下地打量着桑达儿。

桑达儿道:“说给你听你也不会知道的。对不住,我真是要急着赶路,请恕我不能陪你闲聊了。”

那女子忽道:“你不说我也知道,你找的那位姑娘是不是姓龙的?”

桑达儿吃一惊道:“你怎知道?”

那女子道:“我是她的好朋友,不久之前,还和她在一起的。她的事情,我当然知道。”

桑达儿道:“你真的是她的好朋友?”

那女子道:“她姓龙,芳名叫灵珠,是不是?年纪不过十八九岁,瓜子脸儿,长得很美,是不是?她本来是和一个姓江的男子同行,后来给乱兵冲散了,是不是?”她接连问了三个“是不是?”说得桑达儿连连点头。

那女子笑道:“那么,你可以相信我不是说谎了吧?”心想:“幸亏最后那一个‘是不是’也给我撞对了。”

原来这个半老的徐娘不是别人,正是白驼山主那个第二房妾侍穆欣欣。

她在途中得知清兵进入回疆的消息,便叫宇文雷送受了伤的司空照与慕容垂回去,她却单独来找清军。她有一个老相好乃是军官,与统率这支清军的总兵武毅曾是同僚,她估计她这个老相好可能也在军中。而且她和武毅也是相识的。她是想要借助清兵之力,把龙灵珠再抢回去,想不到却在这里碰上了也正是要找龙灵珠的桑达儿。

龙灵珠曾经做过她的俘虏,她当然说得出龙灵珠的容貌;江上云从石清泉手中救出了龙灵珠,这也是她早就从陆敢当口中知道了的。只有龙江二人被乱兵冲散一节乃是她的臆测,不过这一臆测亦是合理的推测,因为桑达儿找的只是龙灵珠一人,料想他们的分散乃是由于碰上清兵所至。她说得桑达儿连连点头,心中又生诡计。

桑达儿记得江上云郑重的嘱咐,对她虽然相信了七八分,仍是不敢向她吐实,说道:“我相信你是龙姑娘的朋友,但你又怎么知道我是她的朋友呢?”

穆欣欣笑道："你要找她，当然是她的朋友了，这有什么难猜？"

桑达儿道："但这可并不是我告诉你的啊，是你一猜就猜着的。"

穆欣欣道："不错，你没有告诉我，但你的服饰和口音已经告诉我了。"

桑达儿怔了一怔，说道："这是什么意思？"

穆欣欣道："你是瓦纳族的吧？"

桑达儿道："这里是我们瓦纳族的地方，你用不着看我的服饰也可以知道我是瓦纳族的人。"

穆欣欣道："龙姑娘告诉我，她和你们瓦纳族的人是朋友。实不相瞒，她就是要我替她找瓦纳族的朋友的。你是瓦纳族人，又是这么着急要找一位单身的姑娘，而我又早已知道她和你们瓦纳族是有交情的。要是我还猜不着你找的是谁，我就是大傻瓜了。"

至此，桑达儿不能不完全相信她的话了，连忙问道："龙姑娘现在哪里，她又为什么要你来找我们族人？"

穆欣欣反而装出不敢完全相信桑达儿的模样，说道："请你先告诉我，你又为什么这样着急找她？是谁告诉你，她出了事的？"

桑达儿吃了一惊："她出了事？"

穆欣欣淡淡说道："我的问题你还没有答复呢！"

桑达儿说道："那我也老实对你说吧，和她同行的那位江公子受了伤，正是我碰上他的。他要我打听龙姑娘的下落，但尚未知道她出了事。她出了什么事，是被清兵捉了去吗？"

穆欣欣叹口气道："这可真是祸不单行了，她和那位江公子一样，也是受了伤。"

桑达儿连忙问道："伤得重不重？"

穆欣欣道："不算很重，但也不算轻。受了三处箭伤，我已经给她敷上金创药，希望她能够支持一两天。"

桑达儿大吃一惊，说道："伤得这么重吗！那么你走了，谁在照料她？"

穆欣欣道："要是有人照料她，我也用不着出来寻找你们了。"

桑达儿道："你怎么可以让她独自留在荒山野岭?"

穆欣欣道："你也不替我们设身处地想一想，倒怪起我来了!你想想看，她伤得这样重，就是有大夫料理，恐怕也得一两个月才能痊愈。她能够在荒山野岭把伤养好吗?我们的干粮和食水也只能维持两天，我不出来找人帮忙，陪她饿死吗?再说我们还得提防碰上清兵!"

桑达儿忙道："你别着恼，是我一时心急，说错了话。她在哪里，你快点带我去找她吧!"

穆欣欣道："她在那边那座山上，我给她找了一个山洞勉强可以容身。"

那座山虽然可以望得见，距离却有四五十里之遥，由于它远离行军路线，山上是没设有哨岗的。桑达儿虽然觉得受了伤的龙灵珠会跑到那座荒山，未免有点奇怪。但想也许正是由于她受了伤的缘故，惊慌之下，只想到越远越离开清军越好，她又不熟悉地理，只能胡乱跑了。

当下穆欣欣走在前头带路。她故意装作疲劳，跑跑停停，四五十里路程，跑了一个多时辰，桑达儿空自心急，却是无可奈何。途中穆欣欣编了一段巧遇龙灵珠的谎言，桑达儿是早已相信了她的，此时急于救人，亦无暇推敲她言语中的破绽，便即相信了她。

并辔走入树林，穆欣欣忽地下了坐骑，说道："待会儿我们还要爬山，有两三处险峻的地方，骑着马是不能通过的。你陪我歇一歇，待我长了气力再走如何?"桑达儿必须靠她带路，当然只能说好了。

穆欣欣道："我这里有酒和肉铺，你喝点酒吧。喝了酒容易恢复气力。"

桑达儿道："我携有水囊，喝水就行。"

穆欣欣道："这是你们的马奶酒，你应该是喝惯的。水哪有马奶滋补。"

桑达儿记得江上云的吩咐，一切以谨慎为先，因此他虽然信得过穆欣欣，但还是摇了摇头，说道："我有足够的气力，还是留给你喝吧。"

穆欣欣佯嗔道："你怕我在酒中下毒吗？好，我先喝一半，你不陪我喝，那就是看我不起！"

哈萨克是个好客的民族，拒绝主人的敬酒乃是有失礼貌的事，桑达儿自小受这风俗熏陶，此时见穆欣欣先喝了一半，心里想道："她已经说出这样的话，我若还不喝，那是显明地在疑心她了。"只好接过穆欣欣的皮袋，把剩下的马奶酒喝完。

酒味微带酸涩，倒是和他平时喝的马奶酒没有什么分别。但喝过之后，没有多久，却忽地感到骨头都轻了许多，颇有"飘飘然"的感觉了。

飘飘然的感觉越浓，桑达儿也觉得有点不对了，他本来想喝完酒就走的，竟然懒洋洋的提不起劲来。

"咦，你这马奶好像有点特别……"他试一举步，一个踉跄，喃喃说道。

穆欣欣道："你怎么啦？"

桑达儿道："我，我好像有点头晕目眩。"

穆欣欣道："唉，原来你是真的不会喝酒。你醉了！"

桑达儿还有几分清醒，说道："不，不，马奶酒在平时是可以喝一皮袋的。"

穆欣欣道："那一定是你奔波过劳，喝了急酒的缘故。你歇歇吧。"

桑达儿舌头打结含糊说道："唔、歇歇，歇歇也好。不，不，我不能歇，我须找着了龙姑娘才能安心。"他的神智业已有几分模糊，但还是牢牢记得江上云的叮嘱。

他极力支撑，但仍是提不起劲，就好像泡在温泉似的，有说不出的舒服，也只想舒舒服服睡一大觉。神智逐渐模糊，只记得有一件事情他必须去做，这才能保持心头的一分清醒。

原来穆欣欣在马奶酒中加入了一颗特制的"神仙丸"，而她自己则是先服了解药的，她见桑达儿支持了这么久，居然尚未完全进入迷幻境界，亦是颇感惊异。

她注视桑达儿的眼睛，柔声说道："你太过疲劳，还是歇歇的好。龙姑娘所在之处，反正离此已经不远。我先上去把好消息告诉她。对啦，江大侠有什么话要你和她说的，你可以告诉我。我说给她听，也是一样。”

桑达儿一接触她的目光，不由自主地受了她的吸引，说道：“不，不，江大侠吩咐过我，不叫对外人说的！”虽然尚未吐露秘密，但江上云叫他不要说的那句话他也说出来了。

穆欣欣笑靥如花，说道：“你抬起头来望我，我是龙姑娘的好朋友，也是你的朋友，你怎能把我当作外人？”

妖妇迷魂

桑达儿好像受了催眠，跟着她的话道：“是，是。你不是外人，你是龙姑娘的好朋友，不错，不错，龙姑娘的好朋友也就是我的好朋友。”

原来穆欣欣已经对他施展了“迷魂术”，这“迷魂术”和近代的“催眠术”原理相同，乃是用精神力量控制别人的意志，要是碰上意志坚强的人多半无效，但若受催眠的人意志薄弱，那就只能唯对方之命是听了。

桑达儿本来并非意志薄弱的人，而且江上云对他的嘱咐业已深印他的脑海，按说是不容易受她催眠的。但可惜他中了神仙丸之毒在先，神仙丸的药力已经令他的精神恍恍惚惚，再加上催眠术的力量，他的意志却是无法不瓦解了。

穆欣欣柔声说道：“对啦，你明白就好。你对我说实话吧，江上云是怎样吩咐你的？”

桑达儿道：“他叫我捎个口信给龙姑娘，要龙姑娘等他伤好了一起走。”

穆欣欣道：“要是龙姑娘不肯等他呢？”

桑达儿道：“他要我……”说了这三个字，忽然犹疑起来，没说下去。

穆欣欣道：“他要你怎样，我是你的好朋友，告诉我吧！”

不料桑达儿却像恢复了一两分清醒，喃喃说道：“不，不，我不能告诉你！”

穆欣欣道：“为何不能？你已经知道了我是你的好朋友呀！”

桑达儿道："江公子吩咐过我，不许我告诉任何人的。他可没有说，是好朋友就可以告诉的。"

穆欣欣笑道："为什么连好朋友也不可以告诉呢？你只要说出原因，我就不追问下去。"

桑达儿不知不觉受了她的诱供，说道："江公子说那件东西，对龙姑娘是非常重要的，不能给人知道！"

穆欣欣盯着他的眼睛，突然用命令的口吻喝道："是什么东西，快说！"

桑达儿好像被两种力量牵扯，哭丧着脸道："你别迫我，我不能说，我不能说！"精神状态极度紧张之下，不知不觉捏着驼绒袍子的衣角。

穆欣欣道："好，你不说那就算了。你太累了，乖乖，听我的话，睡吧，睡吧！"

桑达儿松了口气，最后一点戒备亦已解除，登时受了对方的催眠，果然就闭上眼睛，躺下去睡着了。

穆欣欣撕破他的衣服，果然找到了那封"认罪书"。原来桑达儿生怕遗失，特地把这封认罪书缝在夹袍之中。穆欣欣仔细看过了这封认罪书，心头大乐，哈哈笑道："怪不得江上云要打伤石清泉，原来是这么一回事，嘿嘿，我有了这封'认罪书'，那个死要面子的石天行，怕我抖出他这宝贝儿子的丑事，非得受我要挟不可！小妖女失了这封认罪书，她到天山也只能是送死了！"

她藏好了"认罪书"，看一看已经熟睡如泥的桑达儿，把已经拔出一半的剑又再插回鞘中，亲了一亲桑达儿的脸，笑道："这小伙子恐怕做梦也想不到已是到鬼门关走了一遭。好吧，你好好睡，老娘大发慈悲，算是便宜你了。"

原来她本是想杀掉桑达儿灭口的，但她有个嗜好，最喜欢勾搭长得漂亮的小伙子，此时虽然无暇施展伎俩，把桑达儿弄醒了勾搭上手，但也舍不得杀他。

也不知过了多久，桑达儿终于醒来了。

他看着天上的一勾明月，发现自己单独在旷野之中，几乎疑心自己的遭遇是一个梦。

“那个自称是龙姑娘好友的女人哪里去了，我记得好像是日头正中的时候碰上她的，现在则是月亮在我头上了，她纵然是单独去找龙姑娘，她也应该回来了。我又怎的会糊里糊涂地睡了这么久，难道这都是梦境不成？”

当然他很快就发觉这不是梦，醒过来后，他最牵挂的就是那封认罪书，低头一看驼绒袍子裂了一条大缝，一看就知道是给人撕破的，这一急非同小可，他把袍子翻了过来，哪里还找得到那幅上有血书的破布。

草原夜风吹来，带着几分凉意。并非他的身子不耐风寒，他的心却已凉透了。

他定一定神，逐渐记起了昏迷前的一些事情，他也完全清醒了。事实已经摆在眼前，他上了那个女人的当，认罪书已经被她偷去了。

他呆了好一会子，蓦地跳了起来，捶胸叫道：“我对不住江公子，我害了龙姑娘了！人在物在，人亡物亡，这是我说过的。我活在世上还有何用？”浊气上涌，他拔出佩刀，朝着自己的胸口就刺。

忽地不知哪里飞来一颗石子，“当”的一声，就把他的佩刀打落，有个似曾相识的声音笑道：“桑达儿，你的老朋友来了，你要死，也该会过了老朋友才死呀！”

桑达儿吃了一惊，定睛看时，只见一个似曾相识的小伙子已经到他的跟前，把他的佩刀拾起来了。

“桑达儿，你不认得我了么？佩刀是应该拿来杀敌的，怎可拿来自刎，收起来吧。”那小伙子笑嘻嘻地把腰刀给他挂上。

桑达儿怔了一怔，说道：“你，你是那个叫花子吗？”

原来这个救了他性命的小伙子，不是别人，正是杨炎。

杨炎虽然比龙灵珠早两天离开京师，但因他的坐骑不及龙灵珠那匹红鬃烈马跑得快，他在路上又碰见清兵，故而今日方到此地。

杨炎哈哈笑道：“总算你的眼力不错，认出老朋友来了，那次多蒙你们收容我这个小叫花，你如今有了困难，我也应该帮你。快告诉我，是怎么一回事吧。”

桑达儿心里想道：“那次这个小叫花是和龙姑娘一起离开的，

看来他们倒是应了汉人一句俗话：不打不成相识，交上了朋友了。无论如何，这个小叫花总比那个妖妇值得相信，不过，我已经上过一次当，还是谨慎一点的好。”一时之间，踌躇莫决，不知该不该把真话告诉他。

杨炎已是急不及待，继续问道：“你说你害了龙姑娘，究竟是怎么回事？”桑达儿道：“哦，你已经听见了么？”

杨炎说道：“不错，你寻死之前所说的话，我都听见了。龙姑娘是不是真的已经遇害了呢？”

桑达儿见他惶急的神情，料想他不会是怀着恶意，说道：“你别着急，龙姑娘并没有遇害。不过，我做了一件错事，对她十分不利，恐怕说不定还会因此而害她。”

杨炎说道：“你是不是失了一件东西，别人托你交给她的。”

桑达儿道：“咦，你怎么知道？”蓦地想起，自己在拔刀自刺之前，曾经自怨自艾地说出“人在物在，人亡物亡”这两句话，想必都已经给这“小叫花”听见了。

杨炎说道：“我从你的口气中猜测到的，既然东西已经失去，那你也不用害怕我骗你这件东西了，为何还不敢告诉我。”

桑达儿一想他说的倒是道理，便问他道：“你贵姓大名，我还未知呢。何以你对龙姑娘的事如此关心？”

杨炎说道：“那次事情之后，你和龙姑娘从没见过面，是吧？”

桑达儿道：“不错，你怎么知道？”

杨炎说道：“要是你见过她，你就一定知道我是谁了。老实告诉你吧，我名叫杨炎，本来是天山派的弟子，一个月前，我和龙姑娘还是在一起的。只因我不愿意与她同回天山，我们方始分手。但据我猜测，她这次来到回疆，想必是为了要到天山找我。”

桑达儿道：“你此去天山，是不是要冒很大危险的？”

杨炎说道：“不错。甚至说不定还可能有性命之忧！”

桑达儿失声道：“哦，原来你就是她所要救的心上人！”

这次轮到杨炎诧异了，问道：“谁告诉你，我、我是……”“心上人”这三个字可不好意思说出来。

桑达儿至此已是再没怀疑，说道：“是江二公子告诉我的。”

杨炎诧道："哪一位江二公子？他又怎能知道我和龙姑娘的事情？"

桑达儿笑道："天下还能有几位江二公子，当然是江海天、江大侠的二公子了。听说江大侠是你们汉人中的第一高手，你应该知道吧？"

杨炎点了点头，说道："我知道这个人，但却不知道他和龙姑娘是朋友。"

桑达儿道："他们是前几天才碰上的，也难怪你不知道。"当下将江上云如何与龙灵珠被清兵冲散，江上云受了伤，托他去找龙灵珠等等事情都对杨炎说了。杨炎又惊又喜，说道："江二公子交给你的那幅破布，你说上面是有血的，写的是什么……"

桑达儿道："我不知道。江二公子只是告诉我，这件东西对龙姑娘十分重要，听他口气，似乎龙姑娘有了这幅血书，就可以救得她的心上人的。哈，对啦，你就是她的心上人，你仔细想想，或许会明白的。"

他哪知道，这可是杨炎想不出来的。不过杨炎虽然莫名其妙，但想这件东西被人夺去，那自必是关系重大的了。"听桑达儿所说的情形，他受那妖妇的暗算，似乎是神仙丸之毒，莫非那妖妇亦是白驼山的妖人？"杨炎心想。

"好，你回去吧。这两件事情，你交给我好了。"杨炎说道。

桑达儿道："你说的那两件事情是……"他似乎是要杨炎说得更清楚些，方始放心。

杨炎说道："一、抓那妖妇，夺回失去之物；二、找到了龙姑娘，我就和她一起同往天山。我是为了自己去做这两件事情的，你应该相信我是出于诚意吧？"

桑达儿道："我相信。第二件事情我不和你争，但第一件事情本来是我应该做的。"

杨炎说道："朋友应该彼此帮忙对不对？比如说江二公子吧，他的本领那样高，但他受了伤，也非靠你帮忙不可。再说一句不客气的话，纵然你追上了那个妖妇，你对付得了她吗？"

桑达儿颓然说道："那妖妇似乎懂得妖法，我自问确是对付不了，所以我才……”

杨炎截断他的话道：“所以你才自寻短见，是吗？你也不想想，你死了对那妖妇有什么影响，没人知道她干的坏事，反而便宜了她！”

桑达儿低下了头，默然不语。

杨炎继续说道：“那妖妇是用一种极厉害的迷药暗算你的。老实告诉你吧，在她们一伙人之外，只有我是可以破解她的迷药的。江上云的武功或许比我强，但说到要对付那个妖妇，他恐怕还比不上我。你把我这些话说给他听，他会明白的。”

桑达儿叹口气道：“我相信你的话，我只是无颜去见江二公子。”

杨炎缓缓说道：“你要我再说一遍吗？记住，你的刀是应该杀敌人的，不是拿来自尽的，你受了妖人的暗算，错不在你！别胡思乱想了，回去吧！”

桑达儿喃喃说道：“不错，刀是应该留来杀敌的！”心胸豁然开朗，谢了杨炎，便向回头路走。

杨炎放下了心上的一块石头，但却碰上另一个难题，他要做的两件事情都不知从何着手？

那妖妇固然是不知何往，龙灵珠也不知是在何方？

但比较起来，找寻龙灵珠还有途径可寻。

他已经知道罗海是在鲁特安旗的首府，心里想道：“龙灵珠纵然不是到鲁特安旗去找罗海，路中也总会碰上他们的人，我见了罗海，就能探到她的消息。”于是打定主意，先到鲁特安旗的首府再说。

杨炎的推测本来没错，但事情往往是不能如设想那样“合理”的。“阴错阳差”，龙灵珠走上另一条路。

那日龙灵珠仗着红鬃烈马突围，一阵狂奔，已是把清兵远远甩在背后。

不过，敌人虽然给她抛离，好友亦已失散了。

正如桑达儿与杨炎所料那样，她左等右等，不见江上云追来，她最初的打算是到了鲁特安旗的首府再说的。

走了一程，只见前面山头升起缕缕浓烟。

这本来是罗海的手下，在那座山头设了瞭望哨，燃烧马粪所发出的浓烟，用来报警做讯号的。

可是龙灵珠却不知道哈萨克人这种通风报讯的法子，只道是清兵已经占据了那座山头，是清兵营地的炊烟。

为了避免再与清兵相遇，她只能绕道前往鲁特安旗了。走的是一条荒凉的山路。

不知不觉天色已晚，剧战过后，又跑了这许多路，不但人累马疲，肚子也饿得够她难受。原来干粮是由江上云携带的，挂在她马鞍上的只有半皮袋食水。

水只能止渴，不能充饥。她必须找寻食物。

她在山上发现一家人家，但却是没有人住的。

幸好屋子里虽然没有人，但还留下几个山芋。龙灵珠心里想道："看来这家人是匆匆逃避清兵的，我吃了他们的山芋，给他们留下一两银子吧。"

她擦燃火石，生起一堆火来，烤熟山芋，刚刚吃了一个，忽听得有人说道："好香的山芋，分一个给我吃，行吗?"

龙灵珠抬头一看，只见一个军官走了进来。一惊之下，手上的山芋掉了下来。

她的吃惊，并非由于碰上的是清兵的军官，而是因为这个军官不是普通的军官。

这个军官不是别人，正是杨炎幼年之时遭他所擒的那个军官。后来龙灵珠的爷爷把杨炎从他手中救了出来，但却给他逃了。

杨炎的第一个仇人

这个军官可说是杨炎的第一个仇人，杨炎出道之后，也曾想过找他报仇，可惜不知道他的姓名来历。直到去年，方始在柴达木碰上。那次碰上，杨炎又受了他的暗算，幸亏得到龙灵珠相助，两人联手，方始将他打败。龙灵珠也是从杨炎的口中，方始知道这个军官和她的爷爷也曾有过一段"过节"的。

那军官哈哈笑道："你认出我来了，是不是?别害怕，你虽然帮杨炎这小子和我打过一架，我也不会难为你的，难得相逢，咱们聊一聊吧。”

龙灵珠暗自思量：“打是打不过他的，只好暂且使用缓兵之计，再想办法。”装作喜出望外的神气，说道：“是啊，大人应有大量。只要你不欺负我就好。”

那军官哼了一声，说道：“那就要看你是不是和我说实话了。”

龙灵珠道：“你要知道什么？”

那军官道：“杨炎那小子呢？”

龙灵珠道：“实不相瞒，一个月前，我是和他同在京师的。但早已分手了，如今他在何方，我可不知。”

那军官道：“你的来历我已经知道，但你知不知道你的爷爷曾经与我有过一段交情。”

龙灵珠道：“是吗？但这是我爷爷的事情，与我无关！”

那军官道：“你的爷爷是否还在灵鹫峰？他身体可好？”

龙灵珠道：“多谢你关心我的爷爷，但我自出生以来，根本就没见过爷爷，他如今是死是活，我都不知。”

那军官冷冷说道：“你说的话，我可不敢完全相信！”

龙灵珠道：“我说的可都是真的！我可以发誓。”

那军官道：“用不着发誓。也不管你说的是真是假，你跟我走吧！”

龙灵珠道：“为什么要我跟你走，你说过不欺负我的！”

那军官道：“我并非要把你难为，但老实告诉你吧，我吃过你爷爷的亏，这口气却是非出不可！”

龙灵珠道：“那还不是要在我身上报复吗？”

那军官道：“不，不，这两者并非一样。倘若是要向你报复的话，我现在就可以一掌将你打死！”

龙灵珠道：“那你要我跟你走是为什么？”

那军官道：“要你的爷爷向我求情、赔罪，我这口气也就出了。我已经打听清楚，你的爷爷只有你一个亲人，他不会不向我低头的。所以你也不必害怕我会把你难为了。”

龙灵珠道：“你们大人的事，却牵扯到我的身上，总是说不过去吧？你若是英雄好汉……”

那军官怒道：“我是不是英雄好汉，用不着你来评定。我对你的容忍已经是超过限度了，你若然不乖乖地跟我走，可休怪我不和你客气。”

龙灵珠噗嗤一笑，说道：“这样着急干嘛，你忘记你说过的话了？”

那军官道：“哦，我说过什么话？”只道她还要在自己说过的“不以大欺小”这句话上纠缠不清。

龙灵珠剥掉一个烤熟的山芋外皮，格格笑道：“你一进来，不是就嚷着要我分一个山芋给你吗？”

那军官道：“我不想吃了。”

龙灵珠道：“你不想吃，我可还没有吃饱呢！朝廷都不使饿兵，你就让我吃饱了再跟你走吧！”

那军官道：“哦，你愿意跟我走么？”

龙灵珠道：“你本领比我大，我不答应你，行吗？其实，只要你不欺负我，你要我服侍你，我也是甘心乐意的。”

那军官心想：“谅她也玩不出什么花样。”随口笑道：“你这小嘴巴倒很甜，你会做些什么？”

龙灵珠道：“我会的事情多着呢，我会缝衣，我会烧菜，烧菜的本领尤其好，可惜这里只有山芋。不过你闻闻看，这样香喷喷的山芋，烤得是不是火候恰到好处？”

那军官道：“好，那我就领你的情吃一个吧。就要你手上这个。”这个剥了皮的山芋是龙灵珠正要送到口中的，他想既然是龙灵珠准备给自己吃的，那就更加可以放心了。

龙灵珠笑道：“你倒会趁现成，好，给你。”

那军官吃得啧啧赞道：“小娘儿，倒真是有一手本事，这山芋的确烤得好香！”

龙灵珠道：“你要不要再吃一个？”

那军官突然面色一变，喝道：“这香味有点古怪！”龙灵珠笑道：“你少吃这种粗贱之物，山芋别名香芋，野生的香气尤其浓烈，你不知道吗？”

那军官道：“不对！”陡地跳起来，喝道：“你是从哪里来的白驼山的神仙丸，胆敢用来暗算我？”

原来龙灵珠急中生智，把一颗神仙丸捏成粉末，趁着那军官不留意，剥山芋皮的时候，把这撮粉末撒在烤熟的山芋上。粉末给热力溶化，全都给热山芋吸收了，哪里还看得出来？这颗神仙丸是她问杨炎要的，当时只是为了好奇，想留下一颗玩玩，此际，恰好派上用场。

龙灵珠道：“什么神仙丸？”那军官喝道：“你还装蒜！”口中说话，伸开蒲扇般的大手，已是向她抓来。

龙灵珠一个闪身，格格笑道：“神仙丸我不知道，你要早登仙界我倒有办法！”寒光一闪，短剑早已出鞘，向那军官的胸中疾刺过去。

只听得铮的一响，接着“嗤”的一响，那军官伸指疾弹，刚好弹着剑脊，把龙灵珠的短剑弹开，但剑势斜飞，却也把他的衣袖削去一幅。

这军官中了神仙丸之毒，居然还能施展弹指神通的手法拿捏时候妙到毫巅，内功之强，亦是大大出乎龙灵珠意料之外。龙灵珠这一惊的非同小可。

殊不知龙灵珠固然吃惊，她的对手却比她吃惊更甚。那军官以为可以弹落龙灵珠手中的剑的，不料反而几乎受伤，心里想道：“相隔不到半年，这小妖女的功力竟然精进如斯，我必须趁着药力未曾发作将她擒下，否则只怕反遭其害！”

他一抓抓空，立即拔出随身佩戴的月牙弯刀，喝道：“小妖女，还想跑么？”声出招发，龙灵珠已是感到刀锋的寒意。

龙灵珠不敢回头，反手一扬，发出一蓬梅花针，笑道：“你吞了神仙丸，还不舒舒服服躺着，等着去会神仙？你与我纠缠不休，难道是想早登仙界。”

那军官一招“夜战八方”，叮叮之声不绝于耳，那一蓬梅花针在他的刀光中绞成粉末。喝道：“区区一粒神仙丸岂能奈我何哉，且看是我能够超度你早登仙境还是你能够逃出我的掌心？”

他追了出来，龙灵珠的轻功本来不弱，但也不过几个起落，就给他追上了。他咬破舌尖，浅渴睡的意念减轻，使出浑身解数，把龙灵珠圈在刀光之内。

幸亏龙灵珠的武功已是今非昔比，而那军官在力战之下，纵然强力抑制，神仙丸的药力还是在逐渐发作。此消彼长，龙灵珠鞭剑兼施，一时之间，那军官倒也无法将她拿下。

龙灵珠给他凌厉的攻势震慑，只道他的内功果然练到已经不惧神仙丸之毒，三十六计，只想跑为上策。好不容易，找到一个对方攻势稍微缓慢的机会，身形掠出刀光笼罩。

但不知是用力过急还是自己心慌，龙灵珠身形掠出数丈开外，竟然站立不稳，摔了一跤。

军官哈哈大笑："我说你逃不出我的掌心，你看……"话犹未了，龙灵珠已是一个鲤鱼打挺，跳将起来，喝道："不见得！"喝声中又是反手一扬，一片尘沙飞扬夹杂着无数细如牛毛的梅花针。那军官冷笑道："黔驴之技，竟敢重施！"刀光飞舞，把梅花针尽都绞碎，但额角却是沾上几粒砂子。

龙灵珠格格笑道："你真是一个蠢材。"

那军官怒道："你死到临头，还敢胡说八道！"

龙灵珠笑道："谁死到临头，你知不知道，你已经中了我的夺命神砂？"

那军官喝道："什么夺命神砂？"

龙灵珠一面跑一面说道："夺命神砂是用七种剧毒之物淬炼的毒砂，寻常人沾上一颗，立即死亡。你的功力，最多大约可以支持一个时辰，而且丝毫不能用力，否则只有死得更快！"

那军官有点麻痒痒的感觉，半信半疑，喝道："你胡扯一通，就想把我吓走，那是做梦！"

龙灵珠笑道："你不信，那就追来试试？"

说话之间，两人的距离已经拉远，那军官暗暗吃惊："我果然是追不上她了！"其实这是由于"神仙丸"的药力发作的缘故，龙灵珠洒出那一把所谓"夺命神砂"只不过是她在摔倒之时，随手在地上抓起来的。

龙灵珠一面跑一面笑道："倘若你一见我，就点了我的穴道，岂能接二连三着我暗算？如今你后悔已经迟了。你说你是不是蠢材？你等着魂归天国吧，再过一个时辰，我来给你收尸！”转眼之间，已是跑得无影无踪。

那军官追不上，渐渐觉得头晕目眩，气力也在逐渐消失，心里想道：“夺命神砂不知是真是假，但神仙丸的药力可是不能等闲视之。”当下盘膝静坐，再次咬破舌尖，强振精神，极力撑着眼皮，不让自己睡着。此时他只盼龙灵珠不敢回来，已是上上大吉，哪里还敢去追？

也不知过了多久，他正在神智迷糊之际，忽听得蹄声得得，远远望去，骑在马背上的似乎是个女子，他只道龙灵珠回来看他死了没有，这一下倒是把他吓得醒过来了。

说时迟，那时快，那女子纵马飞奔，已经来到他的面前。

“荣哥，果然是你！咦，你怎么弄成这个样子，是受了伤吗？”那女子跳下马背，一脸又惊又喜的神情问他。

这军官更是惊喜交迸，连忙叫道：“欣欣，闲话少说，你快给我解神仙丸之毒！”

原来这个女子不是别人，正是白驼山主的宠妾穆欣欣。穆欣欣一面把解药给他，一面说道：“怎的你会误服神仙丸，这神仙丸又是谁给你的？”

这军官服下解药，稍稍安心，说道：“先别多问，麻烦你给我仔细看看，我是否中了夺命神砂。”

穆欣欣怔了一怔，说道：“什么夺命神砂，我可不知道有这种暗器。”

那军官越发吃惊，说道：“你都不知道吗？不过你是擅于使毒的大行家，我说给你听，希望你能解救。夺命神砂说是用七种剧毒之物淬炼的毒砂子……”他的记忆力倒是不错，把龙灵珠信口开河的谎话，一字不漏地背给穆欣欣听。

他把话说完，穆欣欣早已替他把过了脉，并且仔细察视过他是否受伤了。他话犹未了，穆欣欣已笑了起来。

“你笑什么？”那军官惊疑不定，问道。

“我笑你上了人家的当了，神仙丸的药力已解，你的身上根本就没有丝毫中毒的迹象!”穆欣欣笑道。

“这小妖女真是可恶可恨!”军官不禁骂起龙灵珠来。

穆欣欣眼睛一亮,说道:“你说的是那姓龙的小妖女吗?我正是追赶她的,你碰上她了?”

那军官气冲冲地道:“不错,我碰上了她。我也正要问你,你是不是收了她做徒弟?”

穆欣欣道:“你这话从何说起,我怎能收这小妖女为徒?”

那军官道:“那怎么她会有你们白驼山的神仙丸?”

穆欣欣道:“哦,原来你是上了这妖女的当。我想起来了,杨炎曾经在马犇的身上搜去一樽神仙丸,马犇是给我们白驼山做买卖的。小妖女的神仙丸想必是从杨炎这小子手中取得。”

那军官道:“你口口声声骂小妖女,你也和她有仇?”

穆欣欣道:“不是我和她有仇,是我们当家的和她死鬼父亲有仇。我们当家的要斩草除根,我是奉命捉这小妖女的。”

那军官道:“怎的你会来到这里?”

穆欣欣娇笑道:“就是为了你这冤家呀!我知道你领兵来打回疆,特地暂缓回山的!”

原来这军官名唤尔朱荣,正是穆欣欣的老相好。

尔朱荣笑道:“我以为你早就有了新相好了,哎哟,你别打我,算我说错了话,我在这一厢,向你赔罪了。不过我还是不大相信。”

穆欣欣嗔道:“人家把心肝都给了你,你还不领情,真是气死我了。”

尔朱荣道:“别生气,我是和你说笑的。不过我却不懂,何以你不到大营找我,却跑到这儿?难道你能未卜先知,知道我在这里?”

穆欣欣道:“我的未卜先知之能,其实和你一样。”

尔朱荣愕然问道:“这是什么意思?”

穆欣欣道:“你是怎么来的,我就是怎么来的。”

尔朱荣道:“我是听得军中的探子报讯,说是发现一个女子在这条路上奔逃,她的马跑得非常快,哨兵要追也追不上,故此我才亲自出马的。”

穆欣欣道：“你当然是猜得到，这个逃亡的女子十九是那小妖女了？”

尔朱荣道：“这个当然，否则我何必亲自出马？”说至此处，已经恍然大悟，说道：“哦，莫非你也是……”

穆欣欣笑道：“正是。我本来要到大营找你的，路上碰见你们的哨兵，说是发现那么一个女子朝这方向奔跑。我就跟着蹄印追下来了。不过，那个哨兵却不知道你业已追来。”

尔朱荣笑道：“这可真是巧遇了，也幸亏你碰上那个哨兵。否则我纵然没有性命之危，也得多担忧几日。这次咱们久别重逢，可得多聚几天。”

穆欣欣道：“但可惜却给那小妖女跑了。她的马跑得快，咱们又耽搁了这许多时候，恐怕她已经进入了哈萨克的防地了。”

尔朱荣道：“你们的山主为何这样急于捉那小妖女？纵说要斩草除根，但这小妖女年纪轻轻，如今尚未足以成为大患，即使再过几年才对付她，那也未为晚呀。”

穆欣欣道：“你有所不知，这小妖女的父亲是玉龙太子展灵鲲，祖父是玉面龙王展南冥。”

尔朱荣道：“那又怎样？”

穆欣欣道：“玉面龙王当年是在海外称王的大盗，听说他留下价值连城的珠宝在一个荒岛，藏宝处只有他的儿子知道。但如今做父亲的玉面龙王和做儿子的玉龙太子都已死了。”

尔朱荣笑道：“我明白了，你们的山主以为如今只有那小妖女知道这个秘密了，故此急于拿她。其实你们的山主心急，你却无须心急。如果我是你，纵然有机会可以抓到那小妖女，我也会放她逃跑。过几年才拿她。”

穆欣欣道：“为什么？”

尔朱荣道：“你不是想和宇文博做恩爱夫妻吧？”

穆欣欣嗔道：“你以为我想一世做他的二奶吗？只是我没办法摆脱他罢了。”

尔朱荣道：“不是就好。”

穆欣欣道："但这和我抓小妖女的事又有何干?"

尔朱荣笑道："你这样聪明，应该想得到的。宇文博一大把年纪，来日无多，他当然希望在有生之年找到那批宝藏，因此自是不能不急。但你比他年轻得多，你是不妨等待的。"

穆欣欣道："啊，你是说等他死了之后……"

尔朱荣道："是啊，他死了之后，我们二人合力，要捉那小妖女谅也不难。那时玉面龙王留下的宝藏就全都是你的了。"

穆欣欣道："原来你是打这个主意，宝藏是我的，当然也是你的了。"

尔朱荣笑道："咱们还分什么彼此么?"

穆欣欣道："可是你只知其一，不知其二。宇文博急于捉那小妖女，还有一个原因。"

尔朱荣道："什么原因?"

穆欣欣道："据说这小妖女的外公有一样东西是当今皇上要得到手的。她的外公只有她一个亲人，要是抓住了她，就可以威胁她的外公把那件东西交出来。宇文博和大内总管乌苏台是好朋友，宇文博虽然不想做官，但却希望帮得上乌苏台这个忙的。帮了乌苏台的忙，对白驼山也有好处。这好处我不说你也知道的。"

尔朱荣笑道："我知道。有乌苏台暗中照拂，最少对你们白驼山的贩毒'事业'就可以减少许多阻力。"

穆欣欣道："我好像听你说过，你吃过隐居在大吉岭灵鹫峰上的一个老头儿的亏，这个龙老头儿我们已经打听清楚，正是那小妖女的外公。"

尔朱荣道："不错。有关这个龙老头儿的事情，我恐怕知道得比你们山主还更清楚。这龙老头儿还是钦犯呢。实不相瞒，我要抓那小妖女，就是想把她作饵，引那龙老头儿上钩的。"

穆欣欣道："那么你现在的意思还是要放过那小妖女吗?"

尔朱荣道："你似乎还不很明白我的意思，我只是不想你把小妖女捉回山去。假如有个法子不让宇文博知道，我倒是巴不得现在就抓住那小妖女的。"

穆欣欣道："你是怕宇文博知道了问你要人。"

尔朱荣道："他的武功比我强，和乌苏台的交情比我深，我不能不顾忌他。要是他知道我抓住那小妖女，纵然他不敢把我的功劳全都抢去，那批宝藏则是非分给他不可了。"

穆欣欣道："要是你能抓住那小妖女，我倒有办法诱出她的口供，而且可以不让宇文博知道。"

尔朱荣道："哦，你用什么法子?"

穆欣欣道："我可以用迷魂大法诱出她的口供。至于不让宇文博知道，那更容易，只要你不贪图加官进爵就行。"

尔朱荣道："你的意思是诱出了她的口供，就悄悄把她杀了灭口?"

穆欣欣道："不错，只要不告诉宇文博，他又怎能知道。"

尔朱荣笑道："鱼我所欲也，熊掌亦我所欲也。两者不可兼得，舍鱼而取熊掌也。倘若得到玉面龙王的宝藏，官做不做也罢。"

穆欣欣笑道："算盘也不能打太如意了，要抓那小妖女恐怕还得费许多气力呢。"

尔朱荣道："料想她是逃往罗海那儿，咱们只要攻下鲁特安旗的首府，就有擒获她的希望。"

穆欣欣道："她未必就会呆在那儿等候咱们大军攻城。"

尔朱荣道："她是杨炎的情人，杨炎是天山派的叛徒，她和天山派也有仇怨，谅她不敢逃往天山。因此我认为她留下来帮助罗海的可能性更大，又即使她不留下，咱们也可以搜查她的行踪呀。军中有许多探子，消息总要比你在白驼山上灵通，只要你不急于回山，咱们也不怕等待。"

穆欣欣皱眉道："那就不知要等到几时了?"

尔朱荣笑道："你急于回去和宇文博夫妻团聚吗?"

穆欣欣叹道："你又来气我了，我当然不是想要回去见他!"

尔朱荣道："那么你是另有紧要事情待办?"

穆欣欣若有所思，低下头不说话。

尔朱荣心头一动，柔声说道："你我不是外人，你有什么事情难道还怕让我知道?"

穆欣欣想了一想，说道："好，我告诉你。昨天我碰见一个哈萨克的小伙子，从他身上搜到一件东西，这件东西是有人托他送去给那小妖女的。”

尔朱荣道：“哦，是件什么东西，可以让我看一看吗？”

穆欣欣道：“这件东西关系重大，你看了给我出个主意。”当下将石清泉画押的那份“认罪书”递给他。尔朱荣一看，大喜若狂，说道：“哈，这东西可比小妖女更值价了！”

穆欣欣道：“瞧你高兴成这个样子，难道这份认罪书比玉面龙王的宝藏还要更宝贵？”

尔朱荣道：“确是这样！”

穆欣欣道：“我知道这东西对咱们是大有好处的，可还没有想到这样宝贵，我倒是愿闻其详了。”

尔朱荣道：“这是石清泉自暴丑行的认罪书，石清泉是石天行的独子，石天行是天山派掌权的长老，对么？”

穆欣欣道：“不错，那又怎样？”

尔朱荣道：“有了这份认罪书，咱们就可以拿来要挟石天行了，是吗？”

穆欣欣道：“要挟他什么？”

尔朱荣道：“于公于私，都可要挟！”

尔朱荣续道：“你听我说吧，这次我们来打回疆，乃是一石两鸟之计，柴达木那股反叛朝廷的强盗和回疆的罗海作盟主的十三个部落是订有盟约的，我们打垮罗海，就可切断柴达木那股强盗的外援。但罗海也有一个强援，就是天山派。天山派的人数虽然不多，但个个武功高强，要是天山派帮他，这个仗就比较难打了。你懂了吧？”

穆欣欣笑道：“军国大事，我本来是不懂的。但听你这么一说，我倒是明白你的意思了。你是想要借此要挟石天行，假如罗海向天山派求援，就要他设法阻拦，阻拦不成，也须暗中破坏。破坏不成，最少也可以通风报讯。”

尔朱荣笑道：“你真是聪明，怎样要挟石天行的方法都给我想好了！”

穆欣欣道：“石天行从今以后只能做咱们的奴仆，咱们要他向东，他不敢向西。他们天山派不是正要捉拿杨炎吗？那小妖女也在从犯之列，咱们还可以假石天行之手，要他乖乖地将小妖女送给咱们呢。有天山派的人协助咱们，捉拿小妖女的把握就更大了。捉到了小妖女，正如你刚才所说，那宝藏也自然会落在咱们的手中了。”

穆欣欣笑道：“原来这份认罪书有这么多用处，既然公私都可得利，那么你岂不是既可升官又可发财了？”

尔朱荣大笑道：“是呀，鱼与熊掌都可得兼了。把这份认罪书给我吧！”

穆欣欣笑道：“我可是有点害怕锅里的鱼也会跑掉，既然你说得它这样宝贵，那还是留在我的身上放心一些。”尔朱荣变色道：“你把我比作小鱼？”穆欣欣笑道：“你是熊掌，我就更怕你变心了。”

尔朱荣叹口气道：“咱们是老相好了，怎的你对我总是还不放心。本来放在谁的身上都是一样，我不过要用来当作凭证，才能请求武毅批准我出差呀。否则在这正要用兵之际，我怎好擅自离开去找石天行呢。”

穆欣欣道：“武毅我也认识的，我可以和你一起见他。谅他也不会不相信我的说话。”

尔朱荣见她起疑，不敢强求，心里想道：“待事成之后，再设法摆脱她吧。”于是假意笑道：“你喜欢怎样就怎样吧，不过我可不喜欢做你锅里的小鱼。”

穆欣欣笑道：“那你就做河里的鱼吧。其实把你比作鱼也没有什么不好，你是鱼，我是水，咱们两人在一起，那就是如鱼得水了。”

尔朱荣苦笑道：“不如比做拴在一条绳上的蚂蚱，从今以后，咱们是谁也离不开谁了。”

穆欣欣笑道：“什么一条绳上的蚂蚱，又肉麻，又难听。好啦，好啦，我不想听你这些肉麻的话儿了，咱们一起回营去见你的上司吧。”

尔朱荣忽道：“且慢，且慢，好像有个人正在朝着咱们这里走来？”

穆欣欣道："是来找你的哨兵吗？"

尔朱荣道："看样子不像。"过了一会，从沙丘背面走下来的那个人看得较为清楚了，穆欣欣咦了一声，说道："原来是个小叫花。"

尔朱荣道："兵荒马乱之际，在这荒山野岭，竟然会有个小叫花出现，这小叫花可有点古怪。且待片刻，看看小叫花可是怎么样的人。"

穆欣欣道："你们沿途抢劫，或者是个失了爹娘，饿坏了肚皮的野孩子也说不定。"

尔朱荣道："不对。"穆欣欣道："什么不对？"尔朱荣道："这小叫花是汉人，不是哈萨克人。如果是你说的那种野孩子，他应该是哈萨克人。"

那小叫花已经走近来了。虽然一脸污垢，肮脏非常，但也还看得出他是汉人。

尔朱荣心中一动："这小叫花似曾相识！"一时间却想不起是在哪里见过的。便向穆欣欣抛了一个眼色，示意叫她暂缓出手，看这小叫花来意如何。正是：

到口馒头难咽下，何来叫花惹疑猜。

欲知后事如何？请听下回分解。

第八回　浪子伤情寻故侣
边城浴血振军威

戏弄妖人

那小叫花气喘吁吁地走上前来，说道："请两位做做好心，给我一点水喝。"

尔朱荣道："你为什么不讨食的？"

那小叫花道："要是两位肯给我食物，那更是求之不得。不过渴比饿更难受，我喉咙里已经要冒出火来了，但求能够先喝一口水，润润喉咙。"

穆欣欣道："我看你已经吃过两个烤山芋，对吗？"

那小叫花心头一凛："这妖妇的鼻子倒是好灵，居然嗅得出刚吃过的烤山芋的气味。"他哪知道穆欣欣是有意试探他的。

"不错，我是在一家没人住的人家偷吃了两个山芋，但找不到水喝，吃了烤山芋更加喉咙冒火。"

穆欣欣格格笑道："瞧你说得这样可怜，好，我给你水喝。"

说话之时，她已打开盛水的皮袋，把早就藏在指甲缝中的一撮药粉弹进去，这是立即就能令人筋酥骨软的麻药。本来对待一个小叫花是无须用到下毒的手段的，只因有尔朱荣的暗示在先，她这才格外谨慎。心里想道："即使你是一流高手，喝过了老娘的一口水，你也非得乖乖听我摆布不行。"

那小叫花道："多谢太太。"就在此时，一个突然大叫，一个突然出手。

大叫的是尔朱荣，出手的是小叫花。

尔朱荣叫的是："这小子乃是杨炎，小心！"

小叫花在他未曾叫出自己的名字之前，已是一抓向穆欣欣的琵琶骨抓下。

杨炎正是追踪龙灵珠而来到这个地方，他在那家人家已经发现了龙灵珠所用的梅花针。地下一堆梅花针粉末，完整的梅花针不过寥寥数根，一看就知龙灵珠是刚刚碰上了劲敌。

他用龙灵珠所授的改容易貌之术扮成小叫花，但一来他学得不精，二来匆匆忙忙也无暇刻意化装，不过扮小叫花却是他做惯了的。这才能暂时间瞒过了尔朱荣，不过也只是瞒得一时而已，终于还是给他看破。

杨炎早有准备，但穆欣欣也是早有准备。

杨炎固然没有上穆欣欣的当，穆欣欣也没有被他所擒。

杨炎一抓之下，指头已经碰上了她的肩膊，只觉滑不留手，他想把穆欣欣抓作人质的企图登时落了空了。原来穆欣欣的武功虽然不是很高，但她有一门防身的泥鳅功却是杨炎未曾见过的。

应变双方都是迅速之极，穆欣欣刚刚脱出杨炎的掌握，反手一扬，只听得"波"的一声，一颗弹丸，空中爆裂，烟雾迷漫，而且在烟雾之中，夹杂着无数细如牛毛的梅花针。烟是毒烟，针是毒针，满以为杨炎即使避得开毒针，也会被毒烟昏迷。她暗箭一发，一看杨炎已在毒烟笼罩之下，便即斜身窜出，纵声笑道："小叫花，你躺下吧！哼，你胆敢暗算老娘，这可真是孔夫子门前卖百家姓了！"

哪知杨炎非但没有躺下，连闪避也没闪避。只见牛毛也似的无数光芒四处流散，杨炎一声不响便即冲出烟雾的笼罩。

原来杨炎早已提防她会放毒，在暗器未爆裂之前他已闭了呼吸，至于那一丛毒针，则是被他施展"沾衣十八跌"的上乘内功反弹开去的。

"沾衣十八跌"本来是从摔角中变化出来的绝技，可以令袭击自己的敌人沾衣即跌，有十八种技巧，以内功配合摔角的技巧，故称"沾衣十八跌"。原本"跌"的是人，而不是物。但内功若是练到上乘境界，暗器沾衣也会弹开，无须以摔角的技巧配合。

穆欣欣固然是吓得魂不附体，尔朱荣更是不禁大吃一惊，心里想道："看来这小子的内功造诣竟似不在我之下，倒是不可小觑他了！"

杨炎冲出了烟雾的笼罩，这才吐气开声："你们白驼山的鬼蜮伎俩我早已见识过了，妖妇，你给我躺下吧！"声出招发，这一掌已是全力施为，有如铁斧开山，巨锤凿石，穆欣欣触到掌风，已是感到呼吸不舒。

刚才杨炎是想抓她作为人质，那一抓手法虽然巧妙，内力却是不足致命的，如今他全力施为，可就不同了。穆欣欣的"泥鳅功"对付这样刚猛的掌力是毫无用处的，莫说给他打个正着，劈空掌力亦足以令她五脏受伤。

不过，她也没有倒下。杨炎掌力刚发，尔朱荣已是飞身扑来，刚好赶得上接上这掌。

双掌相交，声如郁雷，杨炎接连晃了几晃，暗暗吃惊："怎的这厮也会龙象功？似乎比齐世杰的龙象功还更霸道！不过刚猛有余，精纯却是有所不及。看来尚是未能尽得天竺那烂陀寺的武学精髓。"

原来尔朱荣的母亲是天竺人，父亲是在西藏长大的汉人，他是在那烂陀寺做过几年僧人的，传授他龙象功的师父是那烂陀寺三大高僧之一的奢罗法师。奢罗嗜武成迷，佛学却是未到勘破色空的境界。故此他的龙象功反而不及第三名高僧迦象（齐世杰师父）的精纯。

尔朱荣占得上风，心头大喜："这小子虽然自兼两派武功，两个师父都是顶儿尖儿人物，武功却也没有如我想象那么厉害。"当下用了个"黏"字诀，不让杨炎松开手掌，加紧运用龙象功进逼，喝道："小子，你要逃出我的手掌心那是决计不能的了，你若还要性命，乖乖投降吧！"一攻一拒，杨炎接连退了三步。

穆欣欣这才稳住身形，胸口还在隐隐作痛。想起刚才遭遇之险，尔朱荣倘若迟来片刻，真是不堪设想。她调匀呼吸，知道自己没有受伤，方始放下心上的石头，余怒未消，叫道："你别忙着杀这小叫花，留他给我。”尔朱荣笑道：“你要他做什么？”穆欣欣道：“他长相不算太丑，我要把他变作小太监，让他服侍老娘。”尔朱荣哈哈笑道：“原来你看中这个小白脸，我可不能把他留给你了。”

两人一唱一和，把杨炎当作囊中之物、釜底之鱼。要是杨炎被他们激怒，尔朱荣就可以更容易取胜。

杨炎沉住了气，尔朱荣发觉对方的内力似乎越来越弱，但总是攻不破他，心里有点诧异，但也只道杨炎已是势困力穷，在作最后的挣扎。当下缩紧掌力，喝道：“臭小子，还不投降，当真要找死么？”

话犹未了，陡地只觉自己所发的内力如泥牛入海，一去无踪，突然间就给对方化解了。说时迟，那时快，杨炎已是运劲反击，尔朱荣脉门一震，大惊之下，急忙把手松开。杨炎喝道：“且看是谁逃不出谁的掌心！看剑！”他震退尔朱荣，拔剑出鞘，飞身追刺，几个动作一气呵成。攻势的凌厉，比起初交手时尔朱荣对他的猛攻，有过之而无不及。

原来他最初的吃亏是吃亏在刚刚闭了呼吸之后，他闭了呼吸可以抵御穆欣欣的毒烟，但有一利亦有一害，真气未能立即流贯全身，内力也就相应打了折扣。幸亏他练的大须弥掌亦有相当的火候，只守不攻，可以支持。此时他已经恢复原状，最后一招是故意先行示弱，这才蓄劲反攻的。

不过在拼了这场内力之后，杨炎亦已知道论功力他和尔朱荣乃是各有所长，若再硬拼下去，只怕难免两败俱伤，此时他改用兵刃，乃是要用天山派的精妙剑法克敌制胜。

尔朱荣也委实了得，虽惊不乱，霍地转身，月牙弯刀亦已出鞘，喝道：“好大的口气，你以为天山剑法就吓得了我么？”

尔朱荣刀中夹掌，呼呼带风。杨炎剑尖颤抖，似是给对方刚猛的力道所压，兵刃都有点不牢的样子，殊不知却是另有一功。原来他用的是一套龙家独创的醉八仙剑法，这套剑法以变幻莫测见长，在对方掌风的震荡之下，有如银蛇乱掣，更得轻灵翔动之妙。

两人对攻了十数招，尔朱荣丝毫没有占到便宜，反而迭遇险招。杨炎剑剑指向他的要害穴道，只可惜，这套醉八仙剑法变化奇诡有余，威力尚嫌不足，尔朱荣给他扰得眼花缭乱，杨炎却还未能伤他。

尔朱荣是个武学的大行家，看出了对方剑法的优劣所在，以一掌护身，单刀应敌，不给对方利用他的掌风反增奇诡之势，情况稍微好了一些。但一时之间，仍是未能洞察这套剑法的奥妙。在穆欣欣的眼中看来，见他只是招架，似乎更加险象环生了。

尔朱荣退了几步，喝道："你这是什么天山剑法，天山剑法哪有你这么乱七八糟的!"

杨炎笑道："你还不配我使用天山剑法呢，你想向我讨教，可得先向我磕头拜师，否则我为什么要收你这样愚蠢的弟子!"口中说话，手底丝毫不缓，"龙门鼓浪"，"白虹贯日"，"客星犯月"，一连几招，可把尔朱荣逼退三步。

穆欣欣看得心惊胆战，掏出了三枚蝴蝶镖向杨炎打去。心想杨炎纵然有沾衣十八跌的功夫，但只要他为了抵挡暗器心神略分，尔朱荣就有反败为胜的机会。她这三枚蝴蝶镖，两枚打左右耳门的"天聪穴"，一枚打脑后的"玉枕穴"，这三个地方乃是内功很难练到的地方。

哪知这次暗器未曾沾衣已跌落了。只听得叮叮叮三声清脆的响声，三枚蝴蝶镖反射回来，还幸穆欣欣闪避得快，否则几乎给自己的暗器所伤。原来在方圆数丈之内，由于交手双方都以全力厮拼，尔朱荣的龙象功固然刚猛，杨炎的剑尖上也附上内力，这方圆数丈之内就像有暗流汹涌一般。穆欣欣的内力远远不及他们，发出的暗器在距离他们三丈开外，就给反弹回来了。

尔朱荣连忙叫道："你不用出手，这小子我对付得了。你若是不放心，你先回营报讯。"

穆欣欣道："你一个人……"尔朱荣道："你放心，我纵然杀不了这小子，也绝不会败在他的手下。说不定你回来的时候我已经将他擒了。"

杨炎冷笑道："我不用天山剑法已经杀得你手忙脚乱，还敢胡吹大气!"冷笑声中，欺身逼进，一剑指向尔朱荣咽喉。

尔朱荣正在踏步向前，和他抢攻，突然给他欺身逼进，眼看这一剑尔朱荣绝难闪避，站在一旁观战的穆欣欣已是禁不住失声惊呼。

杨炎也想不到这么容易得手，心念方动，尔朱荣霍地一个凤点头，杨炎忽觉剑尖一滑，似乎是触及他的肩头，却给滑了开去。说时迟，那时快，尔朱荣的月牙弯刀竟然伸过他的背后，反勾他的颈背。按常理来说，尔朱荣的月牙弯刀比杨炎的青钢剑还短三寸，杨炎的剑尖才不过触及他的肩头，他的月牙弯刀是决计不能伸得这样长的，这一下实是大出杨炎意料之外。

原来尔朱荣的武功异于中土，他练过印度的瑜伽术，全身柔若无骨，各部分肌肉，都可以随意扭曲变形。就在这瞬息之间，他吞胸吸腹，身形已是挪后半寸，避开了刺向咽喉的要害，而他的手臂关节松开，却突然暴长数寸。

尔朱荣是在摸熟了杨炎这一套醉八仙剑法的路数之后，才突然使出看家本领的。他满以为这一下奇袭必然得手无疑，一刀削出，便即哈哈笑道："我早就说这小子不是我的对手，你看……"

哪知出人意外的变化接续而来，尔朱荣也不过只能得意片刻，笑声就好像给冰雪覆盖，突然冻结了。

原来尔朱荣的瑜伽功夫虽然是杨炎始料之所不及，但杨炎也并不是毫无警惕的，他心念一动，中途立即变招。尔朱荣的手臂虽然能够暴长数寸，他的出剑却是更快半分，而且是从尔朱荣决计料想不到的方位刺来。

"好，你要见识天山剑法，那就让你见识吧！"杨炎喝道。原来他已从醉八仙剑法一变而为天山剑法中的追风剑式，追风剑式，名不虚传，杨炎运剑如风，大喝声中已是刺出了三招二十一式！

尔朱荣一掌护身，右臂忽屈忽伸，把龙象功与瑜伽术配合，出招之怪，与杨炎各有千秋。化解了杨炎这三招二十一式。

两人各显神通，尽展平生所学，打得难分难解。不过尔朱荣的龙象功较耗内力，他自己心里明白，久战下去，终须还是自己吃亏。

正在他们斗得最紧张的时候，忽听得蹄声得得，一骑快马奔来。骑者“咦”了一声叫道：“朱荣兄，你在和谁打架?”

尔朱荣忙于出招，分不出心神回答。穆欣欣大叫道：“段公子，你来得正好，你看看这小叫花是谁？你应该认得他吧?”

原来来的不是别人，正是段剑青。穆欣欣和段剑青也是早就相识的，知道他和杨炎过去的关系。

段剑青听得他这么说，开头一惊，定睛瞧去，只见这小叫花果然似曾相识，登时心中有数，知道这小叫花是谁了。

要知杨炎在天山的时候，段剑青为了讨掌门人的欢心，他知道掌门人最疼这个关门弟子，因此曾经教过杨炎诗书。和杨炎最接近的人固然是冷冰儿，但第二个就要数到他了。杨炎的改容易貌之术未臻佳妙，瞒得过别人，可瞒不过他。

他一看出是杨炎假装，便即哈哈笑道：“我道是谁，原来是杨炎这小子。嘿，嘿，这小子我岂只认识，他还曾经叫过我做大哥呢!”

穆欣欣知道他的用心，有意和他同唱双簧，于是明知故问：“哦，他曾经叫过你做大哥，你们是结拜的异姓兄弟?”

段剑青道：“不是把弟，是师弟。”

穆欣欣道：“哦，原来是同门兄弟。那你这个师弟就太不对了。他分明听见你叫朱荣做大哥了，而他又是叫你做大哥的，他怎的还要再打下去！你教训教训他吧!”

说话之间，段剑青已经来得近了。仔细一看，见杨炎和尔朱荣打得难分难解，心里想道：“杨炎的追风剑式已有渐显迟滞的迹象，我再过一会拿他，可以不费吹灰之力。”要知他与杨炎曾经数度交手，互有胜负，实是并无必胜的把握，他一向自恃武功，极为骄傲，且又以杨炎的师兄自居，倘若和尔朱荣联手，胜了也不光彩。

段剑青跳下马来，缓缓说道：“这小子是该受点教训，不过还是让我先劝劝他吧。”

穆欣欣笑道：“你是他的师兄，也用得上一个劝字?”

段剑青道：“以往是的，但现在不是了。”

穆欣欣又来一个明知故问：“为什么?”

段剑青道："他和我一样，如今都已被天山派逐出门墙了。"

穆欣欣笑道："你这话可错了！"段剑青道："怎么错了？"穆欣欣道："你们同一遭遇，先后反出本门，那不更应该亲如兄弟吗？"

段剑青道："对，你这话说得有理，杨炎，你已经不是小孩子了，你也应该懂得想一想了！"

杨炎全神应敌，对段剑青的来到恍若视而若不见，听而不闻。暗自盘算如何方能脱险。

他假装气力不济，想诱尔朱荣上当。哪知尔朱荣临敌的经验比他丰富，他这诱敌之计如何能骗得尔朱荣。尔朱荣的打法更加沉稳了。非但更加沉稳，而且趁着杨炎把剑法放慢的时机，牢牢抓着先手，使得杨炎想要摆脱也不容易。

段剑青继续说道："你也应该懂得想一想了，过去你是老掌门最疼爱的关门弟子，如今你却和我一样，都是为天山派所不容的逆徒了。你虽然做过许多对不住我的事情，但我愿意原谅你。你不能见容于天山派，天地茫茫，何处有你立足之地？唯一可以收容你的地方，就是跟着我走，在我所统率的大军之中。祸福无门，唯人自招。你想清楚了，就叫我一声大哥。只有我才可以庇护你！"

杨炎忽地喝道："放你的臭屁，你做了鞑子的奴才，好得意么？在我眼中，你只是个禽兽不如的东西，要我跟着你走，那是做梦！"

他似乎是因为分神说话，抵御不了尔朱荣的反击，连连后退，突然一个踉跄，跌倒地上。

这一下不但大出尔朱荣意料之外，段剑青亦是始料之所不及。他不知道杨炎是假装气力不济，以为他还能够支持一些时候的。

"早知这小子如此不济，我应该早就出手。如今却让尔朱荣独占功劳了。"段剑青暗暗后悔。

尔朱荣怔了一怔，心里想道："我怎的还未打着他，他就跌倒？这小子诡计多端，莫要上他的当才好！"一时间踌躇莫决，竟是不敢上去拿他。

哪知他这么一踌躇，正是中了杨炎攻心之计。

杨炎的跌倒虽是伪装，但假如他敢立即就挥刀斫下去的话，两人功力相若，杨炎跌在地上，势必不能与之相抗，不死也得重伤。

这实在是杨炎作孤注一掷的赌博，尔朱荣略一踌躇，这就给他以摆脱强敌的机会了。

他一打滚，人未站起，暗器已是射了出来。一道乌金光华，挟着刺耳的呼啸。

段剑青大吃一惊，叫道："小心，这是天山神芒！"

天山神芒是天山派独有的暗器，坚逾金铁，威力之强在任何一种暗器之上。杨炎当年下山之时带了三枝，一年前曾用了一枝打伤段剑青，一枝没有射中，如今剩下的是硕果仅存的一枝。

距离不过数步，暗器突然飞来，而且又是暗器之王的天山神芒，饶是武功高强足可称为当世一流高手的尔朱荣，也给打得手忙脚乱。

尔朱荣本来正要扑上前去，幸亏得到段剑青及时提醒，他一听见是天山神芒，立即改前扑而为后跃。瞬息之间，移前作后，难度之高可以想见。尔朱荣虽然差不多已练到随心所欲的境界，猝然之间施展的轻功，究竟还是不免受了多少影响。

尔朱荣挥刀护身，只听得"叮"的一声，天山神芒碰着了他百炼精钢的月牙弯刀，碰得火花四溅。天山神芒余势未衰，几乎是贴着他的肩头飞过，擦伤了一片皮肉。这还算他应付得宜，知道天山神芒的厉害，立时防备，倘若段剑青说迟片刻，他稍微大意，只怕这琵琶骨都要给天山神芒射穿。

说时迟，那时快，段剑青已是飞步追来，尔朱荣惊魂未定，一股劲地仍向前奔，险些和他碰个正着。段剑青侧身一闪，伸手扶他，说道："朱荣兄没受伤吧？"

尔朱荣哼了一声，说道："多谢关心，皮肉之伤，并无大碍。"他是不满段剑青适才袖手旁观，迟迟不肯出手，以至他吃了大亏。不过段剑青提醒他对他亦有恩惠，这口怨气可是不便向段剑青发作。

段剑青亦已无暇琢磨他的语气，见他没有受伤，放下了心，说道："好，你歇一歇，待我拿这小子。"他自忖杨炎经过了这场激斗，纵然还有天山神芒，他也可以稳操胜券。

“不识抬举的小子，往哪里跑？告诉你，这里已经是军官的防地，你跑不了的！”段剑青大声呼喝，心想杨炎气力不济，比拼功夫，也可以追得上他。但为了预防万一，他还是射出了一支蛇焰箭，召唤在附近驻扎的一小队骑兵。

哪知杨炎并没逃跑，他作势前奔，忽然转个方向，反而跑回来了。

他是扑向独自站在一边的穆欣欣的。他使出八步赶蝉的轻功，几个起伏，就掠到穆欣欣身前，穆欣欣也没料到他这么大胆，吓得连忙大叫：“你们快来！”但已经迟了一步了。

杨炎冷笑道：“臭妖妇，你想把我变作太监，我先把你变作尼姑！”剑势如虹，剑光疾吐，穆欣欣只觉头皮一片冰凉，头上青丝已是给他削得干干净净。杨炎迅即抢了她的坐骑，喝道：“你值不得污我宝剑，暂且饶你一命。”

他挥剑削发，飞身夺马，动作之快，难以形容。但只这么略一耽搁，段剑青亦已追到他的背后，杨炎就是因为段剑青追得紧，无暇搜穆欣欣的身的。

只是一步之差，杨炎已是跨上马背，冷笑道：“段剑青，有胆的你追来，到了没人的地方，大家不要帮手，我和你一决死生！”

穆欣欣摸了摸光滑的头皮，又是害怕，又是伤心，又是生气，哭丧着脸道：“段公子，我从来没受过这样大的侮辱，请你看在我们当家的份上，务必……”

段剑青哪有心情安慰她，忙道：“我知道了，我一定替你报仇就是！”

一小队清军的骑兵已经来到，段剑青也跨上了自己的坐骑，率领这队骑兵，赶忙去追杨炎。

乱箭纷纷射来，杨炎挥剑格打，虽然没有受伤，但距离则已拉近了。距离一近，受弓箭的威胁更大。杨炎护得了自身，护不了坐骑。有几枝箭几乎射着他的坐骑，当真是危险之极。倘若坐骑一倒，他气力尚未恢复，是决计打不过段剑青的。

正在紧张关头，忽见尘头大起，前面也有一队骑兵跑来。杨炎暗暗叫苦："前后夹击，我可真是没路跑了。"

忽听得有人叫道："咦，你不是那小叫花吗？"杨炎定眼一瞧，原来，来的不是清兵，却是哈萨克骑兵，前头那个哈萨克军官，正是罗海的侍卫队长沙辽。

杨炎笑道："多谢你还记得我这小叫花。"

一年多前，段剑青曾经在鲁特安旗行刺过罗海，沙辽见过他的背影，依稀眼熟，问杨炎道："这狗官是……"杨炎道："就是那天晚上给你赶跑的那个刺客，臭名叫段剑青。"

沙辽道："原来是这贼子。那天晚上的事，我可不敢居功。嗯，以后再说吧。"在他们说话之间，段剑青那队骑兵已然来近。

沙辽大怒喝道："姓段的狗贼，你胆敢行刺我们的格老，今日又欺负我们的朋友，你们有弓箭我们也有弓箭，咱们就比比箭吧！"一声令下，箭如雨落。

哈萨克人精于骑射，比清兵的箭法高明得多。沙辽率领的这队骑兵，约有三十多骑，也比清兵多了一倍，双方乱箭纷飞，段剑青仗着武功高强，一枝箭也射不到他的身上。但他率领的那十多名骑兵，却是在片刻之间，都给射毙了。段剑青独力难支，赶忙拔转马头逃跑。

沙辽还想去追，副队长凯石劝道："清兵营地，离此不远，敌众我寡，孤军深入，兵家所忌。咱们已然打了个小小胜仗，也可以适可而止了，留待明天打个更大的胜仗。"

沙辽听他说得有理，便即下令收兵，说道："我们这一小队骑兵是奉命出来巡逻的，我何尝不知道不该犯险，只是气这贼子不过。上次在格老家中抓不住他，这次陌路相逢，又给他跑了。"

凯石说道："汉人有句俗语，君子报仇，十年未晚。这小贼跑得了两次，跑不了第三次。咱们有贵客远道而来，还是先招待贵客要紧。"

杨炎哈哈笑道："我只是一个小叫花，哪里是什么贵客了。"

沙辽笑道："你这个小叫花可是与别不同。对啦，杨兄弟，我还没有问你，你怎的会在兵荒马乱的时候，来到这里？"

杨炎怔了一怔，说道："你怎么知道我姓杨？"

沙辽说道："那晚在格老家中，我虽然没有见过你的面，却听过你的声音，那晚你用一种奇怪的暗器，打伤姓段这个小贼，有一支落在地上，我捡起来了，后来我才知道这暗器叫天山神芒。我们认得出你就是那天晚上发暗器的那个人了，你不能否认吧？"

杨炎只好承认，问道："是谁告诉你的？"

沙辽说道："那晚的事情过后不久，天山派的冷冰儿女侠来到我们这儿，天山神芒的名称你的名字都是她告诉我们的。"

杨炎说道："哦，原来是她说的。后来你们还见过她没有？"

沙辽说道："大约一个月前，她和缪长风大侠从柴达木回来，经过我们这里，听说是要到天山去。"

杨炎说道："我也正是想回天山去的。路上碰上你们格老的女婿桑达儿，有点事情，要向你们的格老禀报。"

沙辽喜道："好极了，那咱们正好可以一同回去。"

杨炎说道："我还想向你们打听一个人。"沙辽道："是什么人？"杨炎说道："是个姓龙的女子，年纪和我差不多，不知她已经到了鲁特安旗没有？"

沙辽说道："我是昨天一早出来的，在城中的时候，没见过你说的这个女子。"

杨炎急于知道究竟，当下快马加鞭，与沙辽兼程赶路，黄昏时分，就抵达鲁特安旗首府。

罗海闻报，亲自出迎，携着杨炎的手，哈哈笑道："小兄弟，原来你就是我的救命恩人，我却一点也不知道，一直把你当作小叫花，真是怠慢你了。"

杨炎说道："格老，你帮过我的忙也很不少。刚才我被清兵追赶，也是多亏你这位沙队长救我脱险的。"

沙辽说道："那队清兵的头儿正是那天晚上行刺你的那个刺客，可惜给他跑了。杨少侠说他在路上曾经碰上桑达儿，桑达儿有事情托他禀告你。因此我们只好赶快回来。请格老恕我们无能，抓不着刺客。"

罗海说道："就是没有军情禀报，你们也该回来的。你们只是奉命巡逻，何罪之有？"说罢回过来问杨炎道："桑达儿要你告诉我什么事情?”

杨炎说道:“他救了个名江上云的汉人,他知这个江上云和格老也是相识的。”

罗海登时现出兴奋的神情,说道:“岂只相识,这位江大侠和你一样,也是帮过我们很多忙的好朋友,他怎么样了?”

杨炎说道:“听说受了点伤,并无大碍。他托令婿回来打探一个人,适好我在路上碰上他,我说不如让我替你跑这一趟吧,反正我也要到鲁特安旗的,你可以回去照料那位江大侠。”他没说出桑达儿中毒之事,以免罗海挂心。

罗海问道:“江大侠要打探的是什么人?”

杨炎说道:“说起来格老你也认识的,就是那次咱们在草原上碰见的那个小姑娘。她冒名来见令媛,却恰好帮上了咱一个大忙。”

罗海笑道:“对,说起那次事情,我可真是大大的走了眼了。当时你扮成一个小叫花,我丝毫也不知道你身怀绝技,那位姑娘一跑来就和曼娜大开玩笑,我也把她当作了淘气的小姑娘。就在其时,有一个本领极高的清廷鹰爪要把曼娜掳走,多亏你们出手赶跑了他。”

杨炎说道:“不,那次我可没有出力。因为前一天晚上,我虽然用天山神芒打伤了那个刺客,但我也被刺客打了一掌,伤还未愈的。”

罗海笑道:“你不必谦虚,我知道你当时的功力虽然尚未恢复,但也暗中助了那位龙姑娘一臂之力的。”

杨炎不觉又是一怔,心里想道:“他怎么会知道。灵珠当时匆匆便走,他又怎么知道她姓龙?”但无暇细问根由,说道:“这位龙姑娘是和江上云一起碰上清兵的,江上云负伤突围,却不知她脱险没有,甚是挂心。”

罗海哈哈笑道:“龙姑娘早已脱险了,她也正在找我们打听江上云的下落呢。”

杨炎喜出望外,连忙问道:“龙姑娘,她、她就在这里么?”

刚说到这里,忽听得尖锐刺耳的胡笳声,卫队副队长凯石进来禀报:“城外库图山下,有两军交战。似乎是咱们的援兵受到清军包围。但却不知是哪一路的援兵。除了库图山外，还有好几座山头烧起烽烟，似乎清军正在大举进攻。”

罗海说道：“好，咱们分兵三路，中路协助友军，左右两路攻清军侧翼，沙辽，你带领五百名弓箭手做前锋。”

杨炎说道：“格老，我做你的卫士吧。”

罗海笑道：“我们还用不着客人打仗。清兵的虚实已在我掌握之中，他们分路进攻，我有把握可以打赢这仗。”

杨炎急道：“你们去打仗，我怎能袖手旁观？”

凯石说道：“我们不会客气的，如果需要你帮忙的话，我们会开口的。打仗的事，用不着太高深的武功，我们的战士对付得了敌人。”

沙辽说道：“对，如果是应付刺客，那就非你出手不可。但说到用兵，我们的格老可是高手，他说能够打赢，就一定能够打赢。你放心吧！”

罗海无暇多讲，吩咐一个随从：“请格格出来。杨少侠，你要知道龙姑娘的事情，曼娜可以告诉你。”

杨炎急于知道龙灵珠的消息，心里想道：“大军作战，多我一个，确实也是帮不上什么大忙。”只好接受主人的好意。

罗海沙辽刚走，罗曼娜就进来了。一进来就道：“杨少侠可惜你来迟了一步。”

杨炎心头一跳，忙问：“因何说我来迟了一步？”

罗曼娜道：“我已经知道你是来找龙姑娘的了，她是今日午间走的。”

杨炎放下心上一块石头，说道：“为何走得这样匆忙？”

罗曼娜噗嗤一笑，说道：“还不是为了你吗？你们的事情，她都和我说了，她生怕追不上你，想不到你落在她的后头。”

接着说道：“江上云的事情她也和我说了，但她说她是看着江上云突围的，以江上云的武功，料想可以平安脱险。她最担心的是你，所以不等他了。”

杨炎又是感动，又是担忧：“她独自前往天山，非但于事无补，只怕反而连累了她。”

罗曼娜道："杨兄弟，你别担忧追不上你心爱的姑娘，你不会被困在这里的。爹爹说能够打赢这仗就一定能够打赢，爹爹一打胜仗回来，明天你就可以走了。我叫爹爹给你挑一匹最好的骏马。我们哈萨克人有句俗语，叫做：有情不怕山来挡，何况清兵？"

杨炎叹道："你们对我这样好，我可真是惭愧。"罗曼娜道："嗯，你惭愧什么？"杨炎说道："惭愧帮不上你们的忙。"其实他感到"惭愧"的岂仅只是这点。

罗曼娜道："你们汉人就是爱讲客套，你帮我们的忙已经够多了。"说至此处，忽地望着杨炎笑道："我倒有一句不大客气的话想要问问你。"

杨炎道："我也是不懂客气的，你尽管问吧！"

罗曼娜道："杨兄弟，龙姑娘追你追得那样急，听她的口气，似乎你回到天山就会有大祸似的，问她她又不肯告诉我。你是私自逃下山的吗？"

杨炎说道："不是。是因为我做错了事，她怕我回山会受处罚。"

罗曼娜道："我也猜到是这样。不过我相信不会有什么大事的。"

杨炎苦笑道："但愿如你所言，但你凭什么这样相信？"

罗曼娜道："龙姑娘是个淘气的小姑娘，你和她相好，我想你也是个顽皮的孩子。别笑我倚老卖老，我是可以做你的大姐姐的。瞧，你总是喜欢扮成小叫花模样，我说你是顽皮的孩子，没说错吧？"

杨炎笑道："好，大姐姐，既然我是个顽皮的孩子，那岂不是更加令你不能相信了？"

罗曼娜道："不，不。就因为你是顽皮的孩子，我相信你纵然做了错事，也不过是孩子气闹出来的错事，没什么大不了的！"

杨炎想不到她是这样"推理"，但一想自己任性而为，倒的确是难以否认有几分孩子气的。苦笑道："我做的错事，我自己认为是说大不大，说小不小。不过有些人却认为是错得很厉害的。你要我告诉你吗？"

罗曼娜道："你用不着告诉我，不管别人怎样说，我都相信你是好人。"

杨炎笑道："你怎么又知道我是好人了？就因为那次我曾帮忙你的爹爹赶跑刺客吗？老实告诉你吧，那次的事情，其实我并不是为了帮你爹爹忙的，那个刺客是我恨之入骨的仇人。"

罗曼娜正容说道："我知道。那个姓段的小贼也是曾经害过我的，他是天下最坏的坏蛋。不过我说你是好人，却也不是仅仅为了这件事情。"

杨炎不觉一怔，说道："那又是为了什么？"

罗曼娜道："是因为冷姐姐说你好。"

杨炎说道："我不相信，冷姐姐亲口对你说我好吗？"

罗曼娜道："用不着她亲口说出来的。我知道她曾经到处找寻你的下落，上一次就在你暗中帮我爹爹赶跑刺客之后，没几天她就来了，她一听就知道是你。那时她欢喜的神情，我真是无法形容。两个月前，她和你的义父缪大侠从这里经过，也曾和我说起了你。不过这一次她却是忧形于色了，敢情她也和龙姑娘一样，担心你是顽皮惹祸，回山会受责罚。不过，不管是喜是忧，她都是对你关心到了极点的。冷姐姐是个好人，你不能否认吧？"

杨炎说道："她是天下最好的好人。"

罗曼娜道："着呀，她是好人，好人关心的人岂能不是好人！"

杨炎笑道："坏孩子他的姐姐也会疼爱他的。"

罗曼娜忽地摇了摇头，一双明如秋水的眼睛盯着杨炎说道："她和我不一样的，我可以是你的大姐姐，她可不像只是把你当作小弟弟。虽然我知道你们在天山的时候是曾经像姐弟一般相处。"

杨炎心中一凛，说道："怎的你会这样猜想？"

罗曼娜道："因为我和她都是女人。当她说起你的时候，我一看她的眼神，一听她的声音，就知道她对你不仅是姐弟之情了。不过，恐怕她自己都不知道，或许是知道了，但却自己欺骗自己，不愿意承认她的内心是爱上了你。"

杨炎感情激荡，暗自想道："罗曼娜纯洁得好像冰峰上雪莲的露珠，想不到她的眼睛也是这样明亮，看冷姐姐的内心看得这样透彻。冷姐姐几次避开我，我倒是未能看透她的内心呢。假如冷姐姐的心事当真是如罗曼娜说的这样，我就放心了。”但真的是“放心”吗？龙灵珠的影子突然从他心中出现，他又不觉心烦意乱了。

罗曼娜忽道：“你知道我担心什么？”

杨炎茫然道：“你担心什么？”

罗曼娜道：“我不担心你曾经做过的错事，但却担心你将来会做错事。”

杨炎道：“我会做什么错事？”

罗曼娜注视他的眼睛，说道：“你老实告诉我，你是喜欢龙姑娘还是喜欢冷姐姐？”

杨炎说道：“这，这……”

罗曼娜道：“你觉得很难回答？”

杨炎道：“我不知道怎样说才好，冷姐姐好像是我的亲人，她曾经遭遇许多不幸，我要令她得到幸福。”

罗曼娜道：“这么说，你是愿意娶她为妻了。”

杨炎面上一红，点了点头。

罗曼娜道：“那么你对龙姑娘又是如何？”

杨炎说道：“我没想过娶她为妻，不过我也很喜欢和她在一起的。”

罗曼娜叹道：“如此说来，其实你自己还是未曾确切知道，你是喜欢哪一个多一些的。但我知道她们可是同样的爱你。我不能勉强你爱谁，但我要告诉你，我们哈萨克有句俗语，一把锁匙只能开一把锁。虽然她们都是人间少有的值得你爱的姑娘，你也只能爱一个！”

杨炎喃喃自语：“一把锁匙只能开一把锁。嗯，大姐姐，我会记得你这句话的。”

罗曼娜道：“小兄弟，你记得就好。否则你就会铸成大错了。”

说至此处，隐隐听得金鼓之声。

杨炎竖起耳朵，惊疑不定。罗曼娜笑道：“你以为是清兵打来吗？不，这是鸣金收兵，打的是得胜鼓。我们的战士已是凯旋归来了！”

杨炎大喜道："这么快就打赢了，真是料想不到！"

罗曼娜笑道："你赶快换衣服吧，最好洗一个澡。待会儿你是要参加庆功宴的，小叫花坐在主宾席上，虽然你不在乎我也不在乎，但总是不雅。"

杨炎满面通红："我可没有第二件衣裳。"

罗曼娜道："我早已替你准备好了。桑达儿的身材和你差不多的。"拍拍手掌，叫一个侍女带去沐浴。

杨炎洗过澡换了衣裳，罗海和沙辽果然还是打了胜仗回来了。

罗海眉飞色舞地讲述这次战役，原来是天狼部和巨熊部来了援兵，这两个部落是最擅长于在雪地作战的。

边城大捷

两支援兵合起来不过六七千人，城中的守军也不过一万多点，但在鲁特安旗城外的清兵则有三万之众。

清兵主帅丁显武不过三十左右年纪，他之所以能够当到一军主帅，倒并非因为他骁勇善战，而是因为他有个好父亲。他的父亲就是替清廷镇守边疆，驻节西宁，官封抚远大将军的丁兆庸。

丁兆庸行伍出身，从小兵做到大将军，他的"抚远大将军"是打出来的。纵然不能说是用兵如神的名将，最少算得是身经百战的老将。但他的儿子却是个纨绔子弟，只知死读兵书的庸才。军中曾有笑话，说是他们两父子的名字应该掉转过来才对。丁兆庸这次亲自部署，定下奇兵突袭鲁特安旗的作战计划，料想必然可以攻克，故此有意栽培他的儿子，由儿子统兵出征，好建战功。他手下第一员大将武毅，反而只能做个"副帅"，屈居他的儿子之下。不过武毅虽是副帅，大军则是由他指挥。这是在出征之前，丁兆庸就当着武毅的面，和儿子说好了的。武毅当然懂得这是丁兆庸要自己扶助他的儿子，他得到应得的尊重，又得到了实权，也就不以屈居副帅为辱了。

也是合该清兵有此一场大败，天狼、巨熊两部援兵来到距离鲁特安旗十里之外的雪地之时，丁显武闻报，知道援军不过六七千人，遂生轻敌之念。引淝水的战例，把雪山的峡谷比作湍急的河

勇

罗海兵分三路，倾城而出，清军想不到他们敢冲出来，登时乱成一团。

流，要乘敌半渡而击。作战的计划是分兵一半，由他亲自指挥，乘敌军在峡谷行进之时，强行阻击。清兵有三万之众，分兵一半已是比那两个部落的援兵多出一倍。另外一半兵力，再分成三路，两路虚张声势攻城，一路守住大营。他的如意算盘是这样打的，只须有两路兵马，陈兵城下，摇旗呐喊，已是足以吓阻城中的守军。他自己率领的那一万五千兵马，占着地利，以逸待劳，自是不难尽歼只有六七千人的敌军。

武毅虽然得到他的父亲授以指挥全权，但名义上他总是一军主帅。武毅劝阻不来，只好由他。

他的战略也不能说是全错，在兵书上都可找到根据的。但书是死的，人是活的。他根本没有估计对方的士气比他旺盛，地形比他熟悉，在特殊地区的作战能力更比他高。更致命的是，他估计守军不敢冲出来，罗海偏偏就倾城而出，杀他一个措手不及。

在雪山的峡谷之中，他以一倍的兵力非但占不到上风，反而只能挨打，武毅把留守的部队开上去，方能稳住阵脚。

罗海分兵三路，人数和攻城的清军已是相差不远。

罗海的左右两路，攻清军侧翼。清军只是虚张声势，想不到他们敢冲出来，登时乱成一团。自顾不暇，哪里还能阻拦敌方的赴援部队。罗海亲自率领中路的主力部队，直趋雪山。

其时武毅那一部分部队只有一半进入峡谷，沙辽率领的哈萨克骑兵，都是百中挑一的神箭手，把武毅的后军射得死伤累累，登时给罗海切断了“尾巴”。罗海与援兵会合，里外夹击，不到半个时辰，已是杀得敌方溃不成军！

罗海眉飞色舞地讲述了这次战役的经过，说道：“清军经过这次大败，估计他们最少伤亡了一半。纵然他们可以从西宁再调兵来，那也是三个月之后的事情了。不过……”说至此处，声调极为低沉，高兴的神情已在脸上消失。

“不过什么？”罗曼娜问道。

罗海说道：“不过我们也遭受一个意想不到的损失，在黑风坳我们所设的一个监视敌人的哨所，三十多名弟兄，只有一个生还。”

杨炎安慰他道：“杀人三千，自损八百。打仗总是免不了死伤的，比起清军的死伤过半，这点损失也算不了什么了。”

罗海黯然说道：“算不了什么？你不知道，这三十多个弟兄是我从家乡带出来的，瓦纳族最好的战士！因为黑风坳是北面的咽喉，我才叫他们在那里防守的。”

罗曼娜道：“你们作战那座雪山，不是在城南十数里处吗？”罗海说道：“不错。”罗曼娜道：“黑风坳却在城北十里之遥，清兵怎么能够一下子就打到那儿？从雪山到黑风坳都是我们的防地，女儿虽然不懂用兵，但依照常理而论，除非鲁特安旗已经给他们攻下，否则他们是要绕城而过，然后才能通过咱们的防区到达黑风坳的。纵然是急行军，恐怕最少也要走个大半天吧。咱们的城池可并没有给他们攻下啊。”

罗海说道：“他们并不是使用军队强攻黑风坳的，他们只有两个人，一男一女。”

罗曼娜诧道：“一男一女就能杀伤咱们三十多个最好的战士？”

罗海道：“那女的是个汉人，咱们在黑风坳防守的那个小队队长是知道有个龙姑娘昨天到了鲁特安旗的，不过他没有见过龙姑娘，只知道龙姑娘与冷女侠一样，都是帮过咱们的忙的好朋友。”

罗曼娜道：“他以为这个女的是龙姑娘？”

罗海说道：“他见只是一男一女，也不怎样在意。何况有冷女侠和龙姑娘的例子，他见走在前头的是汉人妇女，先就有了好感了。”

杨炎说道：“其实任何种族，都有好人坏人之分。汉人女子之中也有坏人。”

罗海说道：“是呀。要是他们早有警惕，就不至于遭那女子的毒手了。”

罗曼娜道：“那个汉人女子武功很强吗？”

罗海说道：“岂只懂武功，还会妖法呢！”

罗曼娜怔了一怔，说道：“妖法？世间真有妖法？”

罗海说道：“其实不是妖法，是她会放毒烟。不过我们的战士不识她的这种古怪暗器，就以为是妖法了。”

这次轮到杨炎为之一愕了，问道：“是什么样的一种古怪暗器?”

罗海继续说下去:“黑风坳地形险峻,是我们防地最后一个哨所。假如他们据险固守,不许任何陌生人上山,那一男一女,武功再高也是难以通过的。但他们不以为意,让那女子走到哨所前面,这才发觉她不是龙姑娘!”

杨炎问道:“他们又没见过龙姑娘,怎么知道不是?”

罗海说道:“他们虽然没有见过龙姑娘,也知龙姑娘是比我的女儿更年轻的。”

杨炎道:“那个女的有多大年纪?”

罗海说道:“据那个生还者说,大约有三十岁左右。搽脂抹粉,甚为妖媚。”

杨炎不禁啊呀一声,摇头叹气,心道:“如此说来,多半是在我手下逃脱的那个妖妇了。早知如此,当时我拼着给尔朱荣砍一刀,也该把她杀掉!”

罗曼娜道:“杨兄弟,你知道这个女子是谁吗?”

杨炎说道:“我猜想是我曾经碰见过的一个妖妇。请格老先说她是怎样放毒,我就知道猜得对不对了。”

罗海继续说道:“那个妖妇走到哨所前面,脸上还是笑嘻嘻的,突然把手一扬,‘波’的一声,一个弹丸在空中爆裂,登时毒烟弥漫,我们的战士一个个昏倒,没昏倒的也浑身酥麻,使不出气力。只有一个战士在哨所后解手,闻到异味,立知不妙,他和身滚下山坡,才幸免于难。他在草丛中解手,前面的情形是看得清楚的。在他滚下山坡之时,他看见那个男的已经挥刀大杀我们的弟兄了。”

杨炎道:“那个男的使的可是一柄月牙弯刀?”

罗海说道:“正是。啊,你已经知道他们是谁了?”

杨炎咬牙道:“那个男的正是我的仇人,昨天我才知道他也是这次率领清军来攻打你们的军官之一,名叫尔朱荣。那个女的是白驼山山主的小老婆。”

罗海道:“白驼山山主是什么人?”

杨炎说道:“是和侠义道作对的妖人首领,也是暗中为清廷效力的鹰爪。”

罗海说道：“清廷的军官为何带了人家的小老婆私奔呢，倒是有点古怪。”

罗曼娜道：“你怎么知道他们是私奔？”

罗海说道：“他们跑到黑风坳之时，我们在雪山的大战还未展开。这是我根据我们那个生还的战士告诉我的时辰算出来的。

“他们的大军正在准备大举进攻，他却和那妖妇离开军队，而且是绕过鲁特安旗向咱们的后方走，那还不是私奔是什么？”

罗曼娜接受这个解释，但却说道：“他们都是坏人，那么私奔那也没什么奇怪了。”

罗海说道：“他的武功很高，在清军的职位想必不低。他有权有势，清军又是不讲纪律的，他和人家的小老婆勾搭，用不着私奔。”

罗曼娜面上一红，说道：“爹，他们这种龌龊的行为，咱们也用不着详加根究了。”

罗海说道：“你说得对，坏消息说过了，我再告诉你一个好消息吧。”

杨炎也觉得奇怪，但他不能接受罗海的解释。

因为他知道在那妖妇的身上，有石清泉画押的一份认罪书。

虽然他还想不到他们拿了这份认罪书有何作用，但也已猜得到是对龙灵珠大大不利的了。

何况他们是向北走，天山就正是在北方的。

“灵珠一个人前往天山，已经是危险得很了。万一给尔朱荣和那妖妇追上，那可更是不堪设想了。”杨炎从最坏的方面着想，不禁心急如焚。

罗海已经在开始说那好消息了，那好消息立即吸引了他的注意。

“曼娜，龙姑娘不是要打听江上云的消息吗，她走了没有？”罗海先问女儿。

罗曼娜道：“她日间已经走了。当时爹爹事忙，我没敢打扰你，故而未曾禀报。爹爹有了他的什么新消息？”

罗海说道："岂只有他的消息，他明天就会到这里来了！"

罗曼娜喜出望外，说道："他不是受了重伤的么？"

罗海说道："他身上中了三枝箭，是伤得不轻，但幸亏没有伤着要害，也没伤着筋骨，只能算是比较严重的外伤。他敷上了金创药，经过两天调治，昨天晚上已经能够走动了。这是我刚刚接到的从家乡来的消息，那个人说桑达儿亦已平安回到家乡了。"

罗曼娜吃了一惊，说道："桑达儿曾经碰上什么危险吗？"

罗海道："是呀，他碰上什么危险，你问杨兄弟就知道了。"

罗曼娜道："杨兄弟刚才告诉我是在路上碰上桑达儿，替他跑这一趟的，因为他想桑达儿回去照料江上云。"

罗海说道："他是恐怕你我担心才这样说的。"

罗曼娜瞿然一省，说道："对了，依桑达儿的脾气，他是受人之托，若不是中途出事，他一定不会转托别人的。杨兄弟，快告诉我，他可有受伤？"

杨炎说道："一根头发都没损伤，只是着了别人的道儿。喝了溶化了神仙丸的马奶酒。"

罗曼娜道："神仙丸是什么东西？"

杨炎说道："你知道鸦片和大麻吗？"罗曼娜摇了摇头，杨炎笑道："那我只好这样解释了，神仙丸是一种可以令人变作废物的东西，不过那是长期服食的结果，偶然服食少许，药力一散就没事了。"

罗曼娜放下了心，问道："你知道是什么人暗算他吗？"

杨炎说道："他说是个妖里妖气中年妇人，我猜十九就是在黑风坳出现的那个妖妇。"

罗曼娜恨恨说道："这妖妇真是恶毒，不过桑达儿既然着了她的道儿昏迷，她为什么不把桑达儿抓去呢？"

杨炎说道："这我就猜不出来了。"

罗海说道："这种妖妇还能安着什么好心，咱们也不必猜了。好消息我还没有说完呢。"罗曼娜道："还有什么？"罗海说道："桑达儿托那人捎来口信，明天他准备陪同江大侠一起回来呢。"

罗曼娜大喜道："这可真是好极了！"

罗海说道："杨少侠，你不是忙着走吧？明天晚上这个时分，他们就可以来到了。"

杨炎踌躇道："我，我……"一时间不知怎样开口才好。

罗海道："你另外有事？"

罗曼娜笑道："爹，你莫强留他了，他正是忙着要走。"

罗海道："真的吗？"杨炎点了点头。罗海问道："多留一天都不行吗？明天你就可以和江上云会面了。"

罗曼娜噗嗤一笑，说道："爹爹，你一点也不知道人家心事！"

罗海道："哦，杨少侠有什么心事？"

杨炎面红耳热，讷讷说道："格格是和我开玩笑的。"

罗曼娜笑道："你说我开玩笑，那就要你留下了。"杨炎面色更红，不敢说话。

罗海道："曼娜，别捉弄他了，你替他说吧。"

罗曼娜道："他若是留下来等候和江上云会面，他就赶不上和龙姑娘会面了。爹，你不知道，龙姑娘是为他来的。龙姑娘不肯留下来等江上云，为的就是要追赶他，但却不知他还在后头，如今龙姑娘已经走了，他当然也得和龙姑娘一样，反过来追赶她了。"

罗海拍一拍脑袋，笑道："原来如此。我早该想到的，我真是老糊涂了。"

杨炎说道："我和江上云不是很熟，他既然脱险，我也可以放心了。你们打了这个大胜仗，最少三个月内可保无事，因此我想趁这空档，先回天山一趟。回来再给你们效力。"

罗海说道："好，那我不留你了。曼娜，你去准备一点酒菜，咱们给杨兄弟饯行。"

罗曼娜道："今晚不是摆庆功宴的吗？"

罗海说道："本来是要摆的，但为了悼念黑风坳殉难的兄弟，庆功宴取消，改为只是犒劳军士了。"

第二天一早，罗曼娜给杨炎挑选了一匹骏马，亲自送他出城，再三叮嘱，这才分手。

杨炎快马加鞭，兼程赶路，走了六七天，已到天山南路。天山山脉，迤逦三千多里，他看见峰峦，虽然已是属于天山山脉，但距离天山派居住的主峰，可还有七八百里路程，少说也还能再走三日。

此时已是农历三月，在江南是杂花生树、群莺乱飞的暮春季节，但在北国却还正在开始解冻。从草原看上高山，可以看见冰川交错俨若银龙的奇景。

旅人之歌

虽然还有一段很长的路要走，但看见了熟悉的雪峰冰川景色，杨炎在山脚下的草原上快马奔驰，也已经有了回到家中的感觉了。

不过在喜悦之中也有担忧，他还没追上龙灵珠，一路上也打听不到她的消息。

想起了龙灵珠，不觉也想起了冷冰儿。蓦地他的耳边响起了一个既是温柔的又是严峻的声音："记着，一把锁匙只能开一把锁！"这是罗曼娜给他送行之时，还再三叮嘱他的。

从草原上看上去，山脚已有野花开放；山腰也已有了开始解冻的流泉呜咽。但山顶则仍是雪花纷飞。一山之上，春、秋、冬三个季节的景色齐备。杨炎的脑海中也有两个少女的影子，心头一片茫然。

忽地他发现乱草丛中有一匹马的尸骸，肉已经差不多给饥鹰啄尽了，但还可以看得出来，这匹马是不久之前倒毙的，死亡的时间可能就是昨天。

"不知哪个流浪旅人在这里失了坐骑？他如今是还在走呢？还是已经和他的坐骑一样安息了？"

"唉，我是一生出来没家的，如今虽然回到天山，我也不能再把天山当作我的家了。我是个注定要一生流浪的旅人。"

杨炎睹物伤情，不觉悲从中来，哼起一支在草原上流行的牧歌：

圣峰的冰川像天河倒挂，
你听那流冰浮动轻轻地响——
像是姑娘的巧手弹起了东不拉。
她在问那流浪的旅人：

你还要攀过几座冰山？经历几许风砂？
咿啦——
流浪的旅人呀，
草原的兀鹰也不能终日盘旋不下，
你们尽是走呀，走呀，走呀——
要走到哪年哪月，才肯停下你们的马？

姑娘呀，多谢你的好心好意。
只是我们没有办法回答。
你可曾见过荒漠开花？
你可曾见过冰川融化？
（你没有见过？没有见过！呀！）
那个流浪的旅人哪，
他也永不会停下！

天苍苍，野茫茫。不过却没有“风吹草低见牛羊”的景色。

杨炎哼罢“旅人之歌”，只觉天地之间，似乎只有他一个人在踽踽独行。

“啊，冷姐姐，你在哪儿？你知道你的弟弟回来找你吗？”

“啊，灵珠小妹子，你在哪儿？你知道我正在追赶你吗？”

他同时想起了两个人，突然两个人的幻影同时在眼前消失了。

他凝神细听，隐隐听得远处似乎有人在吹芦笛，这种芦笛是天山上冰湖边特产的芦木制的。芦木和芦苇不同，芦苇属于“禾本科”，芦木则是隐花植物，不过有一样相同的是，芦木也是茎中空有节，制成的芦笛比芦苇制成的“芦管”吹得更响，声音往往可以传到数里外。

杨炎只闻其声，不见其人，竟不知是有多远。心里想道：“此人内功造诣甚是不弱，不知是哪位师叔？咦，他吹的这个曲调，这个曲调……”

那人吹的正是“旅人之歌”！

杨炎跳了起来，叫道：“冷姐姐，冷姐姐。一定是冷姐姐。”

“旅人之歌”已经吹完了，接着听得声长啸，宛若龙吟！

“是义父，是义父！义父，冷姐姐，你们听得见我吗？”

缪长风运用狮子吼功，长啸可以声传数里。杨炎的内功还未达到这个造诣。

他的大叫，也还没有寻常人吹的芦笛传得那么远。他在发狂大叫之后，也立即知道他们是不会听见他的了。他只能快马去追。

但远处的声音已经消失了。

杨炎没有看错，他刚才发现的那匹马是在昨天死的。骑这匹马的正是龙灵珠。

龙灵珠正在纵马疾驰之际，她的坐骑突然四蹄屈地，一声长嘶，就倒毙了。

虽然是连日奔驰，但这匹马并非是越跑越慢的情形倒毙的，似乎不应该是由于疲劳所至。

龙灵珠大吃一惊，急忙跃过一旁。

幸而她惊觉得早，定睛一瞧，只见翻倒的马腹上有一只五色斑斓的蝎子。这是沙漠上一种罕见的毒蝎，腹有吸盘，这匹马刚好从它身旁经过，给它爬了上来。

龙灵珠一剑刺死毒蝎，但她的坐骑却是返魂乏术了。更糟糕的是，她的干粮包给抛在地上，泥沙和干粮混在一起，她怕沙中有蝎子的毒液，不敢冒这个险拣出干粮。她大叹倒霉，心里想道：“这可真是屋漏更遭连夜雨，行船更遇打头风。靠两条腿走路，不知何日方能走到天山？但不管如何，纵使是爬着走路，我也是要爬到天山的！”

不幸中之幸是，她已经走到这个小戈壁的边缘，走过去没多久就进入有水草之区的草原了。草原和沙漠是她长大的地方，在这种地区找寻食物的经验，她甚至比草原上的牧人还更丰富。

她知道有几种在这个季节结实的野果是可以吃的，她用野果充饥解渴，过了一天。

行行重行行，第二天中午时分，已经看得见属于天山派的雪峰了。她正想多找野果，准备进入山区，忽见山脚路边，有个帐篷，一个老婆婆站在帐篷外用土语叫：“甜水，糌粑，还有马奶酒！”

原来这个时候正是山区开始解冻迎春的时候，猎人已经开始入山打猎了。经过漫长的冬季，饿得慌的野兽也要出来觅食了，这个时候入山打猎，往往有意想不到的收获。

这个时候，一些劳动力较弱的老人就在山下搭起帐篷，摆卖如糌粑之类的粗糙食物供给入山的猎人。汲自山泉的“甜水”也是猎人所需的恩物，因为草原上虽然并不缺乏食水，但其他水源都是枯枝败叶沉淀的，当然不似泉水的甘美了。不过，既然只是做猎人的生意，这种帐篷当然也不会很多，有时甚至走大半天也难碰上一个。

龙灵珠精神一振，赶忙到那帐篷买糌粑。那个老婆婆盯着她看，神色惊疑不定，说道：“小姑娘，你家的大人呢？你不是入山打猎的吧？”

原来龙灵珠精于改容易貌之术，她怕天山派的弟子认出她，前几天已经扮成土人模样，而且故意扮得十分丑陋。

龙灵珠用土语对答：“我只有一个哥哥，他入山打猎去了，几天没回家，家里东西已吃完了。我入山找他。老婆婆你可曾见到我的哥哥？”那老婆婆道：“你哥哥是什么模样？”

龙灵珠信口开河，乱说一通，那老婆婆摇了摇头，说道：“没有见过。你们兄妹是从外地来的吧？”龙灵珠道：“不错，我们是从鲁特安旗来的。”

游牧民族，本来就是逐水而居，一个地方的猎人跑到另一处地方打猎是常有的事。尤其因为这座山盛产珍贵的独角犀和梅花鹿，每年开春季节，更多外地来的猎人。老婆婆虽然觉得这个丑姑娘有点怪里怪气，倒也并不怎样怀疑。

老婆婆道：“原来你是因为家里的东西吃光了，跑出来找哥哥的，真是可怜。不过，你一个小姑娘跑进深山密林，可是危险得很呀。这座山这么高这么大，你也不知什么时候碰上天大的运气才能凑巧碰上哥哥。”

龙灵珠装作低头思索，哭丧着脸，喃喃自语：“那怎么办？”

老婆婆道：“这样办吧，你留在这里帮我做买卖，没有工钱，但可吃饱。”

龙灵珠喝了一口“甜水”，说道：“不成，不成的。”

老婆婆道："为什么不成？"

龙灵珠道："第一，我只会掰着指头计数，数铜钱也常常数错，怎能帮你做买卖？第二，哥哥常常说我又脏又丑，你不怕我吓坏了你的客人？"

她双手捧着碗喝水，两根拇指浸在水中，老婆婆一看，一碗清水变得污浊不堪，连她也不禁皱起眉头了，心里想道："经过了她的手只怕当真没人敢喝我的甜水。"

龙灵珠装痴作呆，忽地说道："有了！有了！"老婆婆道："什么有了。"龙灵珠道："我家里没东西吃，你这里可多得很，要你给我一个人吃的话，半个月也吃不完。但我只须有七天的干粮就够了，我拿了七天的干粮回家里等待，一定可以等到哥哥回来。"

老婆婆苦笑道："小姑娘，就算是我舍得给你，但我也是穷人，我给了你，我家里的人也会挨饿的。你懂不懂？"

龙灵珠道："我懂，我懂。你的干粮是要拿来换钱的。"老婆婆道："你懂得就好。"

龙灵珠哈哈一笑，说道："我不会白要你的，你给我七天的干粮，糌粑、粿粿、麦饼都行。这块银子够不够？"

老婆婆吃了一惊，掂了掂银子，说道："这块银子少说也有三两多重，你有碎银吗？"龙灵珠道："不够吗？我还有！"拿出钱袋，把袋里的银钱通通倒出来。

只听得哗啦啦声响，摆放食物的长方形木板上多了两锭元宝，七八块碎银，两串铜钱。还有十几文零散的铜钱滚到地下。全部银钱，合起来大约值十多两银子，这点银子在富人眼中不值一睹，但在穷人眼中已是一笔可观的财富。

老婆婆吃了一惊，说道："你哪里来这许多银子？"

龙灵珠道："哥哥给我的。这是他的全部家当，他恐怕给猛兽咬死，入山之时，都留下给我。其实他是个本领最好的猎人，我认识的小伙子们都这样说的。他从没出过事，我也从来不为他担心，我只担心有银子也换不到食的。"

老婆婆道："原来你的哥哥并非粗心大意，他倒是为你想得很周到的。"

龙灵珠道：“这些银子够了吗?”

老婆婆道：“我不是这个意思，我问你有没有碎银，那是因为糌粑、粿粿、麦饼都是不值钱的东西，七天干粮，只要七钱银子就够了。你给我那块银子，有三两多重呢。”她一面说，一面替龙灵珠捡起跌在地上的铜钱。

龙灵珠道：“这条熏鹿腿也给了我好不好，用那块银子换行吗?”

老婆婆道：“这条熏鹿腿我是准备留给喜欢喝酒的猎人的。”要知这条鹿腿乃是她这个小食铺中最珍贵的食物，她有一些熟客是喜欢用野味送酒的。在打猎回来，会把猎获的兽肉加倍地送给她。

龙灵珠道：“我不会喝酒，但我已经有六七天没沾过荤腥了，可馋得慌。值多少钱，我加倍给你吧。”

老婆婆笑道：“瞧你说得多可怜，好吧，就让你带回家里慢慢吃吧。我也不要你多付钱，一两银子够了。余下的你收回去吧。”说至此处，忍不住教训她两句：“钱财不可露眼，在这里不打紧，在别处人多的地方，说不定会有坏人打你的主意的。”

龙灵珠道：“多谢婆婆好心。”她正在收拾，忽见两个人骑马来到，一男一女，男的鹰鼻深目，女的打扮得甚为妖媚。龙灵珠一见，不禁心头吓得卜卜地跳：“这可真是陌路相逢了。但盼他们认不得我!”

原来这两个人不是别人，正是尔朱荣和穆欣欣。龙灵珠和这两个人都是曾经交过手的。

尔朱荣大踏步走进帐篷，问道：“有酒喝吗?”老婆婆道：“有马奶酒。”尔朱荣指着那条熏鹿腿：“好，给我切半条鹿腿下酒!”

老婆婆道：“对不住，整条鹿腿刚刚卖给了这姑娘。”尔朱荣斜眼向龙灵珠望去，龙灵珠刚把最后十几文铜钱扫入钱袋，手指不觉微颤抖。尔朱荣眼利，一瞥之间，已是看出了铜钱上“康熙通宝”四个字。康熙年间所铸的铜钱质量较佳，来到回疆做买卖的商人是很少使用这种铜钱的。尔朱荣不觉心里起疑：“康熙通宝根本不可能在回疆流通，这种铜钱两枚可抵其他铜钱三枚，即使有人藏有这种铜钱，也不会拿来买东西的。这丑姑娘又不是汉人，怎的她有这许多康熙通宝？”

穆欣欣跟着进来，说道：“让给我们半条也不行吗？”

老婆婆道：“这我可做不了主，你们得和她商量。”

尔朱荣哼了一声，说道：“我不要半条，我要整条，你卖给她多少钱，我加倍给你！”

老婆婆道：“对不住，做买卖的没这规矩。”

尔朱荣拍案喝道：“我不理会你什么规矩，这条鹿腿我是要定的了！”

他一掌劈下，掌锋有如利刃，把木板削去一角，摆放在木板上的糌粑、麦饼却是一个都未跌下。内功运用的精妙，在懂得武功的人看来，当真可以说得是恰到好处。他一掌劈下，偷看龙灵珠的反应。

龙灵珠内心确是惊慌，但却装作丝毫不懂武功，惊慌的神色表现得恰如其分，眼光中流露的只是惊慌而非惊奇。她颤声说道：“老婆婆，这条鹿腿我不要了，就让给他吧。”她善于改容易貌之术，但改变声音的本领则未到家。好在她利用惊慌的神色掩饰，变了声调。尔朱荣一时间倒是听不出她原来的口音。

老婆婆如释重负，说道：“这条鹿腿我是卖一两银子的，你照价给我就行了。”说罢，不待尔朱荣将银子给她，她先自把那两碎银还给龙灵珠。

龙灵珠知道她的意思，是叫她收回银子就走的。龙灵珠心想：“我若走得太过匆忙，只怕反而会引起他们疑心。”她哪知道尔朱荣和穆欣欣早已起了疑心了。尔朱荣也还罢了。穆欣欣则已看穿了她是乔装打扮。

要知穆欣欣也是个精于改容易貌的行家，一看她脸部的化装，再看她的体态，立即就看出了她是汉人，而且是经过改容易貌。

龙灵珠喝光那碗甜水，吃了两个糌粑，然后包起干粮，说道：“老婆婆，多谢你的好心。我听你的劝告，现在就回家了。”忽见人影一晃，穆欣欣已是拦在她的面前。

穆欣欣望着她笑吟吟地说道：“小姑娘，慢走。咱们交个朋友，你叫什么名字？”

龙灵珠道："我不认识你，我要回家。"

穆欣欣衣袖一拂，试用三分内力，阻一阻她。

若论本身功力，穆欣欣只是精于使毒和暗器功夫，功力却是比不上龙灵珠的。但龙灵珠怎敢在他们面前显露武功。

袖风一拂，龙灵珠踉踉跄跄地倒退几步，碰着摆卖食物的木板，糌粑、麦饼跌了满地。

穆欣欣仍然笑吟吟地道："我好像在哪里见过你似的，即使不相识吧，咱们也都是汉人……"

那老婆婆忍不住说道："这小姑娘不是汉人。"

穆欣欣厉声道："不要你管！"换过柔和声调，说道："小姑娘，识相一点。你不肯和我交朋友，那就是不给我面子。如今我再次问你：你叫什么名字？我的惯例是不会问人第三次的。"

龙灵珠装作无可奈何地坐了下来，说道："我叫玛莎。"玛莎是哈萨克姑娘常用的名字。

穆欣欣冷笑道："你真的叫做玛莎？你从什么地方来的？"

龙灵珠道："我、我、我……"

尔朱荣喝道："你没听见吗？快说，你是从什么地方来的？"要知他虽然不若穆欣欣之精于改容易貌之术，但从穆欣欣的口气之中，他亦已知道眼前这丑陋的"土女"乃是汉人乔装打扮的了。

那老婆婆心地慈和，见尔朱荣这样凶恶，虽然害怕，也忍不住又插口道："你别吓这个小姑娘，她都给你吓得说不出话了。我告诉你吧，她是从鲁特安旗来的！"

尔朱荣陡地一声冷笑，喝道："鲁特安旗正在打仗，你一个小姑娘居然能够从鲁特安旗跑到这里来！"口中说话，手上已是端起了一碗水，倏地向龙灵珠泼过去。接着就是一记劈空掌！

龙灵珠一个闪身，但仍是不能完全避开，脸上的化装给水泼着一点，虽然尚未露出本来面目，亦已脂凌粉乱，透露出原来的肤色了。

还有更糟糕的是，她的鼻子是用面粉加上特殊的凝固剂堆高的，被尔朱荣的掌风一削，"隆鼻"登时变成"塌鼻"，幸而肉体尚未受伤。

但这么一来，穆欣欣已是看得出来了。

穆欣欣哈哈笑道："我道是谁，原来是你这小妖女！嘿、嘿，这可真是踏破铁鞋无觅处，得来全不费工夫！"

龙灵珠哭着嚷道："谁说我是妖精，我是好人家的女儿，不是妖精。"

尔朱荣喝道："你以为装傻就可以骗过我们吗？"正要过去拿她，忽地听得有人走来，是两个人并肩同行。其中一个说道："真是倒霉，西宁的鹰爪头子，他的名字，三个字之中有两个字和我相同。不知道的人竟然以为我们是同宗的兄弟！"

这两个人说话的时候，距离帐篷还在百步开外的。他是用汉语交谈，声音也不大，却不料在这帐篷中有三个练过高深武功的人。穆欣欣听到了一半，尔朱荣听见的比她又多一些，龙灵珠则是全听见了。

尔朱荣心头一凛："这人的名字和丁大将军有两个字相同的？"把伸出去的手缩了回来。他倒不是害怕此人，但却不便在这个时候出手。

穆欣欣本来也想放迷香的，此时也不敢了。因为她不但知道此人是谁，而且是曾经吃过这个人的大亏的。

龙灵珠则是又惊又喜，心里想道："这可来了救星了，不过这个救星也是我的克星，他和这妖妇一样，都是要捉我的。怎么办呢？"

心念未已，那两个人已是走进帐篷。刚刚说话的那个人是丁兆鸣，跟在后面的是他的师弟甘武维。

清廷派在西宁镇守边关的"抚远大将军"名叫丁兆庸，丁兆庸和丁兆鸣一个原籍山东，一个原籍四川，天南地北，毫无关系。排起族谱，五百年前都不是一家。但只看名字，倒像是兄弟排行。丁兆鸣与师弟刚刚从天狼部回来，知道清兵正在攻打鲁特安旗之事，故此他和师弟有刚才那番说话。

穆欣欣迎上前去，娇声笑道："真是人生无处不相逢，丁大侠，又碰上你了。"

丁兆鸣却把眼睛向龙灵珠看去，虽然认不出她，也有似曾相识的感觉。心中一动，回过头来，漫声应道："唔，是巧，巧得很!"

尔朱荣道："哦，原来阁下就是名列天山四大弟子中的丁大侠吗？真是幸会，幸会，这位是……"他有心炫露，故意阴声细气说话，但却震得丁兆鸣的耳鼓嗡嗡作响。

丁兆鸣心里想道："这妖妇的身边人怎的又换了个新面孔了。不过这个人的武功似乎比宇文雷更高!"他不想失礼，淡淡说道："他是我的师弟甘武维，阁下是谁，恕我眼拙，好像未曾见过。"

尔朱荣哈哈一笑，说道："说起来咱们也算是自己人。"

丁兆鸣道："哦，此话怎说？"

尔朱荣道："我和贵派石长老的交情非比寻常，石长老名列天山四大弟子之首，是两位的师兄。如此说来，我和两位总也应该算得是朋友吧？"

丁兆鸣哼了一声道："阁下说了这许久，在下尚未知道你的高姓大名!"

尔朱荣道："令师兄见了在下自然知道，那时你再问令师兄也还不迟。"

丁兆鸣冷笑道："原来你的大名是见不得光的么？那我就无须去问石师兄了，石师兄可从来没有和我提过一位见不得光的朋友!"

甘武维接着说道："是呀，石师兄的朋友我们都知道，就不知道有你这号人物!"

尔朱荣倒不动怒，淡淡说道："两位若是不信，我有一个最简单的办法可以证明。"

丁兆鸣道："什么办法？"

尔朱荣道："实不相瞒，我正是想往天山找令师兄的。我没上过天山，正愁不知如何寻找，若得两位作伴，那就可以省却许多气力了。"

丁兆鸣思疑不定，暗自想道："莫非他是清廷鹰爪，意欲利用我们刺探本派虚实？但这样做，对他来说实是危险非常，石师兄一见他就会揭破他了。他又怎能如此大胆？"

尔朱荣也已猜到了他的心思，说道："你可以指定一个地方，我在那里等候令师兄。我见过令师兄就走，那你也就不用担心我是去刺探贵派虚实了。

“令师兄武功高强，我又是独自一个人在贵派的势力范围之内。莫说我不会暗算令师兄，即使我有这歹念，也是不能得逞，纵然得逞，我也难逃贵派的报复。”

他打的如意算盘是，只要他有和石天行单独谈话的机会，就不愁石天行不承认他是好朋友了！

丁兆鸣当然不会相信他，但一时之间却也猜不透他的用意。

龙灵珠见丁兆鸣意似踌躇，倒是不觉大为着急了，心里想道：“丁兆鸣虽然也要捉拿炎哥，但在天山四大弟子之中，他毕竟还是比较爱护炎哥的。”

形势危急，她突然走到丁兆鸣身旁，低声说道：“他是杨炎的大仇人，杨炎小时候就是给他捉去的。他名叫尔朱荣，正是清廷鹰爪！”

丁兆鸣吃了一惊，说道：“你是谁？”

龙灵珠抹去脸上化装，说道：“我就是你们要捉拿的那个小妖女！”

丁兆鸣道：“杨炎呢？”

龙灵珠道：“杨炎恐怕已经给他害了！”

尔朱荣忙道：“丁大侠，莫听这小妖女挑拨。先把她擒下，谁要她都行！”

丁兆鸣喝道：“她说的话是真是假？”

尔朱荣道：“不错，杨炎小时候我是曾经奉命擒他，因为他是叛逆之子。但杨炎不也是你们的叛徒吗？只要你们不是反对朝廷，杨炎我可以让给你。这小妖女我也可以让给你！”

龙灵珠道：“丁大侠，我愿意跟你走，但可不能跟他走！”

丁兆鸣道：“好，甘师弟，你和她先走。”

尔朱荣道：“我已经说了可以把她让给你，咱们一同将她押上天山吧。刚才说的话我还是算数的，我的确是你们石长老的好朋友！”

丁兆鸣喝道：“一派胡言，给我滚开！”

尔朱荣满面通红，说道：“你当真要庇护这小妖女么？”

丁兆鸣喝道："是又怎样？"

尔朱荣老羞成怒，喝道："我不过是看石天行的份上，想和你们合作，你以为我当真怕你不成！"

说话之际，龙灵珠已经跑出帐篷。尔朱荣一记劈空掌打去，喝道："哪里走！"

甘武维抵挡不了他的掌力，脚步一个踉跄。丁兆鸣喝道："清理门户是我们天山派的事，你欺负过杨炎，我就要和你算账！"反手一掌，迎上尔朱荣。

这次是结结实实的双掌相交，和劈空掌的交锋不同，不但强弱立判，而且有伤亡的危险！

双掌相交，声如郁雷。丁兆鸣倒退三步，把冒到口边的一口鲜血强咽下去。原来在天山四大弟子之中，他的剑法最精，但内功逊于石天行，与甘武维不相上下，尔朱荣已经练到第八重的龙象功，即使石天行也不是他的对手，何况丁兆鸣。

甘武维大惊之下，连忙回身反扑，尔朱荣双掌齐出，右掌打丁兆鸣，左掌打甘武维。

这次是丁兆鸣又退三步，甘武维则和尔朱荣一样，身形都是接连晃了几晃。这是由于尔朱荣和丁兆鸣都或多或少损耗了内力，而甘武维尚未受损，此消彼长之故。

丁兆鸣把一口鲜血硬咽下去，涩声说道："师弟，看住那妖妇！"这是他要和尔朱荣单打独斗之意，叫甘武维监视穆欣欣，好让他专心应付强敌。

穆欣欣娇笑道："我脸上又没绣花，有什么好看啊？"

陡然间只见冷电精芒耀眼生缬，丁兆鸣和甘武维都已拔剑出鞘。

师兄弟心意相通，用的都是追风剑式。不过甘武维所找的对手却违背了师兄意愿。

丁兆鸣那一剑当然是向尔朱荣刺过去的。

甘武维那一剑也是向尔朱荣刺去。

本来他的师兄是要他监视穆欣欣的，他即使出手，也只能是对付穆欣欣的。但如今他非但是和师兄找同一个对手，而且抢在师兄前头。

要知以他们的身份，在一般的情况之下，当然是不能二敌一的。但如今可是事出非常，尔朱荣也不是普通的敌人。

甘武维已经知道尔朱荣厉害，他不放心只是让师兄对付强敌。因此抢在师兄前头，一出手就是追风剑式中的“风驰电掣”，顾名思义，正是追风剑式中最快最狠的一招。

尔朱荣大笑道：“天山剑法原来也不过如此！”大笑声中，月牙弯刀亦已出鞘。

他和甘武维刚刚对了一掌，已经知道甘武维的功力远逊于他，他打定了以拙巧胜的主意，这一刀封闭谨严，算准了甘武维的快剑攻入他的防御圈中，他就可以一招破敌，叫甘武维等于是自投罗网。

不料他仍是笑得太早了！

丁兆鸣后发先至，尔朱荣笑声未已，他已是刷的一剑，从尔朱荣绝对意想不到的方位刺来。

尔朱荣拿捏时候，本以为在破了甘武维的招数之后，再对付他也还不迟的。丁兆鸣这一剑后发先至，登时杀了他一个措手不及。

嗤的一声，尔朱荣左肩中剑。他也委实了得，刀锋斜掠，仍然荡开了甘武维的长剑。

丁兆鸣暗暗叫了一声“可惜”，原来他这一剑本来可以刺穿对方的琵琶骨的，但已是力不从心了。

穆欣欣格格笑道：“好，敬酒你们不吃，我只好强逼你们吃罚酒了！”中指一弹，一缕轻烟，射入刀光剑影之中，这是用大麻制炼的迷香，丁甘二人可没解药。

丁兆鸣闭了呼吸，闪电般连出七招，尔朱荣顾忌他的剑法了得，闪过一边。丁兆鸣斜身掠出，叫道：“君子报仇，十年未晚，师弟咱们走吧！”甘武维吸进一口迷香，只觉飘飘欲仙，有如中酒，知道厉害，不敢恋战，只好跟着师兄逃跑。

尔朱荣哈哈笑道：“你们还想逃吗？任凭你逃跑，也跑不出我的掌心！”丁甘二人冲出帐篷，把眼一看，他们的坐骑已经不见一匹，剩下的那匹坐骑也正在口吐泡沫，奄奄待毙了。

甘武维正想去抢敌人坐骑，尔朱荣和穆欣欣已是追了出来，来不及了。甘武维暗暗叫了一声“苦也！”忽听得穆欣欣气急败坏地叫嚷：“真是八十岁老娘倒绷孩儿，没想到咱们也遭了这小妖女的暗算！”原来他们的坐骑被龙灵珠在后蹄插上两枚金针，表面看不出来，一骑上去便即仆地。

丁兆鸣心头略宽，吸了一口气，施展八步赶蝉轻功，眨眼间超前半里。甘武维紧紧跟在他的后面，穆欣欣见他在重伤之后，居然还是跑得如此飞快，不禁暗暗吃惊。尔朱荣哼了一声，冷冷说道：“好，咱们就比比轻功，今天追不上你，还有明天；明天追不上你，还有后天。谅你也跑不上天山！”

他这番话倒并非虚声恫吓。不错，只论轻功，丁兆鸣是要比尔朱荣高出许多，但尔朱荣受的只是皮肉之伤，对功力并无影响，丁兆鸣可是受了相当严重的内伤，时间一长，那是决计跑不过他的。三天之内，莫说跑不上天山，到了第三天，只怕连支持也支持不住。

丁兆鸣使出八步赶蝉轻功，不到半支香时刻，已是把敌人远远甩在后面，连影子也看不见了。丁兆鸣道：“师弟，咱们各走各的吧！”甘武维懂得师兄的意思是要他独自逃生，摇了摇头，斩钉截铁地说道：“同门手足，生死与共！”丁兆鸣苦笑道：“好，那咱们只好尽人事听天命了！”

跑了一程，忽见龙灵珠迎着他们走来，甘武维怒道：“都是你这小妖女害了我的师兄！”龙灵珠道：“你们先别发怒，请听……”刚要分辩，已是给丁兆鸣一把扣着脉门。

龙灵珠叫道：“我虽然偷了你的坐骑，但也帮了你们的忙，你怎能如此不讲道理！”丁兆鸣怒道：“好呀，你倒说说看，你怎样帮了我们的忙？”龙灵珠道：“尔朱荣和那妖妇的坐骑，就是给我弄成残废的！”

甘武维怒道：“你还有胆说是帮我们的忙，你偷了我们一匹坐骑，毒毙另一匹坐骑，分明是想我们与那两个妖人斗个两败俱伤。瞧你年纪轻轻，你的手段倒是毒辣得很！”

龙灵珠冷笑道：“瞧你一大把年纪，见事怎的如此不明？我若然存此心，为什么我不独自逃跑，却又回来找你们呢?”

甘武维怔了一怔，说道:“谁知道你是什么存心?”丁兆鸣哼了一声，说道:“那是因为你知道你自己逃跑不了!”

龙灵珠道:“不错，要是你们打不过那两个妖人，我是逃跑不了的。但你可知我为什么跑不了吗，你跟我来看看吧!”

丁兆鸣不放开她，但跟着她所指的方向走了一程，只见路旁一匹已经死了的马，可不正是原来自己的那匹坐骑。

龙灵珠道:“你们明白了吧，我和你们一样，都是着了那妖妇的暗算的。你们的坐骑是给她下了毒的，我偷了你们这匹坐骑，也不过只多跑了几里路，毒就发作了。不错，我承认我是想把你们撇下，但我把那两个妖人的坐骑弄成残废，也总算帮了你们一点小忙吧，是不是?嘿，看情形你们是已经给尔朱荣打败了，对吗?”

甘武维道:“谁说我们给他打败，我们只不过着了那妖妇的暗算。”

龙灵珠道:“那妖妇善于使用迷香，你们是吸进迷香了，对吗?”

甘武维点了点头。龙灵珠道:“不用担心，我有解药。”丁兆鸣怒道:“我不要!”龙灵珠道:“你这样执拗，难道想送死吗?”丁兆鸣怒道:“你的解药对我没用，你懂不懂?”龙灵珠道:“为什么没用?”丁兆鸣喝道:“少啰唆，我已经是把生死置之度外，但也不能放走你这小妖女。”

要知丁兆鸣是受了严重的内伤的，他唯一的生路是只盼能够在毒发之前逃回天山。这希望虽然极为渺茫，但走近天山一步总是好些。他是奉命擒拿“叛徒”杨炎的，龙灵珠是杨炎的“帮凶”，他恪遵本门戒律，自是不能放走龙灵珠。

不过他毕竟也明白了龙灵珠对他并无恶意了，因此他自己虽然不作解释，却道:“师弟，谅小妖女此刻也不敢毒害咱们，我不愿领她的情，但你倒不妨吃她一颗解药。”

龙灵珠不知解药对他没用，愠道:“不是看在炎哥份上，我才不理会你的死活呢。好，你要逞强，就任由你逞强吧!”丁兆鸣让他把一颗解药交给甘武维，随即又把她的脉门扣住。

这颗解药乃是神仙丸的解药，甘武维吸进的迷香则是穆欣欣用大麻制炼的，成分虽然不尽相同，却是大同小异。甘武维刚才又只是吸了一点迷香，受毒甚轻，服了这颗解药，登时神清气爽。

丁兆鸣发力跑了一程，又拖着一个龙灵珠，不觉已是气喘吁吁。甘武维道："师兄，请把这小妖女交给我，你先走一步。"

丁兆鸣尚未回答，忽听得风中飘来轻柔的乐声，音细而清，像是少女的叹息。

甘武维呆了一呆，说道："咦，是谁在吹芦笛，该不会是四弟吧？"

原来这种芦笛是天山上冰湖边特产的芦木制成的，音质清柔，比一般的"芦笛"传得较远。天山四大弟子中的白坚城是喜欢吹笛的，甘武维听出这人的内功造诣甚是不弱，以为是白坚城。

丁兆鸣道："不是四弟。四弟虽然喜欢吹笛，但不会吹这种调子。你听这笛声柔情似水，吹笛的似乎应该是个女子！"

那人吹的正是在草原上最流行的一支牧歌——旅人之歌：

你听那流水浮动轻轻地响——
像是姑娘的巧手弹起了东不拉。
她在问那流浪的旅人，
你还要攀过几座冰山？经历几许风砂？
……

甘武维竖起耳朵来听，说道："不错。但这是咱们天山才有的芦笛，吹笛的虽然不是白四弟，却一定是本门的女弟子。咦，本门的女弟子，有谁有如此功力呢？"

他还未想到是什么人，龙灵珠已经高叫起来了："冷姐姐，冷姐姐，你快来呀！"原来她是曾经听过冷冰儿吹这曲子的。

果然是冷冰儿。笛声甫歇，接着一声长啸，和冷冰儿一起来的还有一个缪长风。

冷冰儿吃了一惊，首先叫起来道："丁师叔，这位龙姑娘不是坏人，她虽然曾经帮过杨炎做了一些错事，责任却是不该由她负的。请你放了她吧！"

丁兆鸣哼了一声，仍然扣着龙灵珠的脉门，一句话都没有说，就从冷冰儿的面前过去了。

这一下登时把场面弄僵，令得冷冰儿尴尬之极。

要知冷冰儿一向人缘甚好，本门长辈，除了石天行因为儿子追求不遂的缘故，对她不满之外，其他的人对她都是爱护有加的，丁兆鸣更是把她当作侄女一般，从来没有对她疾言厉色。

这次丁兆鸣不允她的所请，要是认为她说得不对，按情理来说，也该回答她的。再不然开口责骂她也好一些，总胜于不理不睬，令她无地自容。

冷冰儿哪里知道，原来丁兆鸣此际已是只能够勉强支持，才能跑路的了。多说一句话就要多耗一分精神，他也是有苦说不出来的。

缪长风见他如此，不禁也是好生诧异："他不理冰儿也还罢了，怎的连对我也不打个招呼？"不过缪长风毕竟是和冷冰儿不同，有见识得多，心念一动，仔细一瞧，从丁兆鸣所施展的轻功步法之中，立即看出了他已是有点力不从心的迹象。他吃了一惊，连忙问道："甘兄，这是怎么回事？丁师兄是不是受了伤了？"

甘武维道："不错。有两个妖人正在追来，请你替我们挡一挡！"他不放心师兄，口中说话，脚步不停，追上丁兆鸣。

龙灵珠叫道："那两个妖人，男的叫尔朱荣，是曾经几次三番害过杨炎的。那个女的叫穆欣欣，是他的姘头，擅于用毒，缪大侠你可得留神一些。"

缪长风连忙问道："杨炎呢？"

龙灵珠道："不知道，说不定已经给他害了！"

冷冰儿本来正在踌躇，不知是赶上去照料师叔的好，还是留下来助缪长风一臂之力的好。听了龙灵珠的话，心里想道："甘师叔似乎没有受伤，有他照料丁师叔已经够了。"她急于知道杨炎的消息，终于决定留下来。

缪长风知道她的心思，说道："你不要着急，龙姑娘大概是想我除掉那两个妖人，他知道我是炎儿的义父，所以才夸大其辞的。炎儿武功不弱，人又聪明，我不相信他会那么容易被人所害。"

冷冰儿心头稍宽，说道："缪叔叔，待会儿请你好歹也留一个活口。”

缪长风笑道：“我知道怎样处置的了，耐心点等妖人来吧。嗯，他们来了！”

尔朱荣和穆欣欣跑来，陡地听得一声大喝：“给我站住！”

尔朱荣本来是向前疾跑的，听到这一声大喝，竟然如奉纶音，登时就停下脚步。

原来缪长风用的乃是佛门的狮子吼功，对方内功越深，反应越强。若然彼此功力悉敌，元气亦将受损。若然稍差一线，又要硬拼的话，那就势必非受重伤不可。较弱一方，只有抱元守一，镇摄心神，那才能够抵挡狮子吼功的雷霆震撼之威。

尔朱荣是天竺那烂陀寺高僧奢罗的弟子，狮子吼功虽然没有练成，却识得狮子吼的奥妙。他运用那烂陀寺的上乘心法，总算应付得宜，没有受伤。

缪长风见他居然能够稳住身形，也是不禁有点惊诧，心里想道：“怪不得丁兆鸣败在他的手下，这厮果然是有点门道。”

尔朱荣认识冷冰儿，却不认识缪长风，心里想道：“冷冰儿的武功还比不上杨炎，有穆欣欣助我，料想不至于败给他们。”说道：“阁下是谁，因何阻道？”

缪长风道：“你不必管我是谁，我只问你一件事情。”

尔朱荣道：“什么事情？”

缪长风道：“你是不是十一年前，曾经一度掳走杨炎的那个人？”

尔朱荣傲然说道：“是又怎样？”

缪长风道：“没怎么样，你把杨炎交出来，我便放你走！”

尔朱荣道：“笑话，我怎么知道杨炎现在哪里？他被我俘虏，那是十一年前的事情，这小子狡猾非常，早已背着我逃了。”

缪长风道：“真人面前不说假话，你正在追拿龙灵珠是不是？她告诉我，杨炎已是再次落在你的手中！”

穆欣欣哈哈笑道：“你怎么能够相信这小妖女的鬼话？”

缪长风哼了一声道：“凭你这位朋友曾经害过杨炎这一点，即使龙姑娘说的是假话，我也非得向你这位朋友追究不可！”

尔朱荣道："阁下似乎不是天山派的弟子，因何却要替天山派的弃徒出头？"

缪长风喝道："我就是要管这件事！非但要管这件事，而且不许你在天山脚下逞强，你怎么样？"

穆欣欣忽道："哦，我知道了，你是杨炎的义父缪长风！"

缪长风道："你知道就好，你如果不想被他连累，你就快快给我滚开！"

穆欣欣恃着是白驼山主的宠妾，受奉承惯了，几曾遭过如此轻视？明知对方武功高强，也不禁大为生气，冷笑说道："你知道我是什么人吗？不错，我的武功或许比不上你，但比你武功高强的人我也见过不少。我告诉你，那一些人，我们当家的还未曾把他们放在眼中呢！你敢动一动我，我们当家的不将你杀了才怪！"

缪长风哈哈笑道："谁是你的当家？你不是这家伙的姘头吗？原来还有一个丈夫活在人世的！"

穆欣欣涨红了脸，喝道："荣哥，还不出手，有我助你，你怕什么？"

尔朱荣忽道："不用这样着急，咱们先礼后兵。嗯，缪长风，你真的要知道杨炎的消息吗？"

缪长风冷笑道："你肯说了么？"

尔朱荣道："真人面前不说假话，老实告诉你吧，你的义子杨炎已经给大内总管乌苏台杀了！"

冷冰儿这一惊非同小可，这刹那间身子摇摇欲坠。缪长风虽然并不相信他的说话，但突然听到"噩耗"，也是不禁为之一呆。

尔朱荣抓着这千载一时的机会，立即发掌向缪长风猛击！原来他捏造这个谎言，正是要趁着缪长风心神混乱之际，好趁机偷袭的。

缪长风使股巧劲，左掌推开冷冰儿，右掌平推出去。只听得"波"的一声，狂飙怒卷，原来是两股掌力相遇，激起烈风。冷冰儿已经给他推出十步，仍是不禁摇摇晃晃。

她刚才心神大乱，无法运功抵御，倘若不是给缪长风推开必定要受重伤无疑。

尔朱荣使出了第八重的龙象功，缪长风单掌和他相抗，都退了一步。穆欣欣冷笑道："原来名满天下的缪大侠，本领也不过如此！"

话犹未了，缪长风已是陡地转过身来，双掌齐发！

尔朱荣胸口如给铁锤一击，一个筋斗倒翻出去。缪长风道："往哪里跑！"如影随形，跟踪追击。尔朱荣身法怪异之极，突然头下脚上，倒竖起来，而且手臂也好像突然长了几寸，抓向缪长风意想不到的方位。原来他精练瑜伽功夫，肌肉可以随意屈伸，头下脚上的这个怪招则正是修练瑜伽的基本功夫之一。

但缪长风见怪不怪，依然轻描淡写地把尔朱荣这一怪招化解了。缪长风的沾衣十八跌功夫早已练到炉火纯青之境，尔朱荣指爪刚一沾衣就给震开。

尔朱荣倒翻转来，缪长风第三招又到。不过缪长风所发的掌力却给他稍稍拨开，这一掌仍然未能制他死命。

缪长风喝道："好，我倒要看看天竺武学中的大挪移心法，你学到了几成?"

天竺武学中的大挪移心法和中土武学中借力打力的功夫类似，若然练到炉火纯青，当真有"四两拨千斤"的妙用。但尔朱荣只练到三成，借力不成，只能稍稍拨开对方的劲力而已。

缪长风的太清气功早已练成，当下轻飘飘三掌拍出，若不经意，却似暗流汹涌，内中藏着极大的威力。尔朱荣的第八重龙象功抵挡不住，用大挪移心法也"挪移"不开。

不过片刻，尔朱荣已是浑身大汗，气喘如牛，不住后退。

穆欣欣察觉不妙，立即出手。一挥袖中射出两股浓烟。这是用药力特强的神仙丸化成的浓烟，即使是有杨炎所得的那种解药，也不能解的。但尔朱荣则早已得到她的独门解药含在口中了。

两股浓烟，分别向缪长风和冷冰儿射去。

她知道缪长风内功深湛，这股浓烟未必便能制他死命，但料想最少也可令得缪长风的功力大打折扣。

至于冷冰儿则更是她根本没有放在眼内的，她知冷冰儿的功力还比不上杨炎，因此她是满肚密圈，只道毒烟一喷出去，冷冰儿非立即昏迷不可。

哪知结果却是刚好与她所料的相反。倒是冷冰儿一举手就把她的毒烟消灭了。

并不是因为冷冰儿的内功有什么独到之处，而是她有一件刚好可以克制毒烟的“法宝”。

这“法宝”就是冰魄神弹。

冰魄神弹是冰川天女当年用冰窟中亘古不化的玄冰之精炼成的，冰弹裂开，登时一片寒光冷气，把毒烟裹住，哪里还能侵袭得到冷冰儿？

这颗冰魄神弹也间接帮助了缪长风。

缪长风功力虽然极其深湛，闻到毒烟，也不禁有点头晕目眩，果然不出穆欣欣所料，功力是打了几分折扣。

但这不过是片刻间事。冰魄神弹的奇寒之气一散开来，缪长风立即神清气爽。

主客易势，如此一来，倒是尔朱荣受了影响了。本来他已经练成了第八重的龙象功，是可以抵御冰魄神弹的。但既要运功抵御这股奇寒之气，他用来对付缪长风的功力就不能不打折扣了！

只听得“蓬”的一声，尔朱荣着了一掌，连忙转身逃跑。奇怪的是，穆欣欣并不跟他逃跑。

尔朱荣大为着急，一面跑一面叫：“欣欣，快走，快走呀！”

穆欣欣好像着了定身法似的，仍然动也不动。尔朱荣逃命要紧，只好不管她了。

原来穆欣欣功力不济，受到冰魄神弹那股奇寒之气侵袭，已是冻僵了。

冷冰儿抓住了她，喝道：“快说话，杨炎究竟如何？”

缪长风道：“你要她回答，恐怕还得一个时辰！”

冷冰儿瞿然一省，说道：“她口气那么大，我只道她最不济也还可以开口说话的，哪知她已经冻僵了。缪叔叔，请你用太清气功给她解冻吧。”

缪长风道：“我可不愿沾这妖妇，让她多吃一个时辰苦头也不打紧。”

冷冰儿道：“她吃苦不打紧，不过，我，我是想……”

缪长风道：“你想早点知道杨炎消息?”冷冰儿点了点头。

缪长风笑道：“我可不相信那妖人的话，炎儿的武功我是知道的。你们天山派的四大弟子只怕还不如他呢。凭他的武功，哪能这样容易就给乌苏台打死，不过，你既然这样着急，我也只好勉为其难吧。”

哪知他尚未来得及施太清气功，眼前已是又有一件意想不到的事情发生了。

尔朱荣拼命逃跑，此时已经跑出约莫一里多路，但在辽阔的草原上还是可以看得见他的。

忽然有个白衣人拦住尔朱荣去路，尔朱荣看见这个白衣人比起刚才碰上缪长风还更吃惊。

白衣人冷笑道：“尔朱荣，你做的好事!”

尔朱荣颤声说道：“宇、宇文山主，请、请别误会，我不过是和令宠偶然碰上的，令宠她，她正在有难，你，你来得正好，快，快去……”

原来这个白衣人正是白驼山主宇文博。

宇文博已经看见穆欣欣被冷冰儿所擒，冷冰儿求缪长风用太清气功为穆欣欣解冻的说话他亦已听见了。他知道冷冰儿要留活口，当然一点也不心急。

不待尔朱荣把话说完，宇文博便即冷笑道：“你以为我是双耳聋了，双眼也瞎了么?你以为你们做的事情会瞒得过我?不错，我是来得正好!”说到“正好”二字，一掌向尔朱荣劈下。尔朱荣也早已蓄劲待发，立即双掌迎上。

只听得一声惨呼，尔朱荣天灵盖给他劈开，登时倒毙!

虽说尔朱荣刚刚经过一场恶斗，功力不无损耗，但最少也还有原来的六七成，谁也料想不到宇文博只是轻轻一掌，就将他击毙。缪长风看见他的死状之惨，亦是不禁为之骇然。

说时迟，那时快，宇文博展开“明驼千里”的轻功身法，一转眼间，就到了冷冰儿的身前。

冷冰儿早有提防，三颗冰魄神弹立即出手。

缪长风一声大喝，狮子吼功与大金刚手亦在同时施展。

宇文博挥袖一拂，冷笑说道："米粒之珠，也放光华！"冰魄神弹刚刚裂开，寒光冷雾未曾播散就给他收入袖中，冷冰儿只觉微风飒然，本来是给她牢牢抓住的穆欣欣已经是给白驼山主劈手夺去。这还是宇文博自恃身份，不屑与小辈为难，否则冷冰儿非受重伤不可。

袖风未衰，和缪长风的大金刚手碰上。宇文博身形一晃，喝一声："好！"立即袖中出掌，与缪长风对应一招。

这次是缪长风退了一步，宇文博则晃了两晃。不过宇文博只是单掌应敌，左掌仍然按在穆欣欣的背心。

只听得穆欣欣"嘤"的一声，有如从梦中醒来，刚一醒来，又给吓得魂飞天外。

原来宇文博正在以上乘内功为爱妾通关解穴，舒筋活络。但冰魄神弹的奇寒之气已是侵入穆欣欣脏腑，宇文博纵然强运玄功，把他练成的真气输入穆欣欣体内，急切之间，也是不能尽驱冰魄神弹的寒气。

以缪长风的性格，本来是不肯"乘人之危"的，但一来对方是邪派中最厉害的高手，二来穆欣欣亦非善类，三来缪长风的处境其实是比宇文博更为危险，倘若缪长风顾忌误伤穆欣欣的话，宇文博帮助爱妾复原之后，便可以全力施为，那时缪长风纵然能够逃开，冷冰儿只怕是绝难逃出他的魔掌。

缪长风一咬牙根，把太清气功的威力尽数发挥，一口气连攻十七八招。白驼山主左手揽着穆欣欣，掌心仍然贴在她的背心，他接连退出六七步，可是缪长风也还未能攻入他的防御圈内。不但他没受伤，在他庇护之下的穆欣欣也没受伤。

忽地穆欣欣突然狂笑起来，三声大笑之后又大哭三声。原来她虽然没有受伤，但由于宇文博分神应敌，输入她体内的真气也就不能恰到好处。真气输入忽疾忽徐、忽强忽弱，穆欣欣本身的功力已经消失，心神大受影响！

宇文博暗暗吃惊，心里想道："时间一长，欣欣非心智失常不可。纵然能够保全性命，只怕也会变成白痴。"

他可不愿爱妾变成白痴，突然把穆欣欣抛出，腾出左手，双掌齐发。

四掌相交，缪长风登时显出不支现象，面色通红，身形摇晃。宇文博的左掌好像烧红了的烙铁，右掌却像一块寒冰，虽然不及冰魄神弹的奇寒，但这是经过白驼山主的玄功运用所发出的寒气，而且是直接加之缪长风身上的，可以循穴道侵入，却比冰魄神弹厉害了。

原来这是白驼山主宇文博费了三十年工夫练成的两门邪派奇功，左手是火焰刀，右手是寒冰掌，寒热交侵，对方除非已练成金刚不坏之身，否则绝难抵御。

缪长风也抵御不住。不过他练有太清气功，虽然抵敌不住，最少却还可以支持一支香时刻。

宇文博全力施为，只道可以一举将缪长风击毙，也想不到他居然可以支持。

缪长风一下子就露出败象，可把旁观的冷冰儿吓慌了。她大惊之下，明知自己的武功和敌人差得太远，此时亦已无暇考虑本身的利害，她连忙把唐夫人所赐的冰魄寒光剑拔了出来。

冰魄寒光剑是万年寒玉炼成的，比冰魄神弹更加厉害。她冲上前去，刚一舞动，宇文博已是感到寒意侵肤，不由得机伶伶打了个冷战。

本来以他的功力，冰魄寒光剑近身袭来的寒气，他也足可抵御，不至于打冷战的。这是由于他同时施展两种截然相反的邪派奇功，最耗真气，这就不能不感到吃力了。

宇文博暗自思量："我纵然能够击败他们，只怕也得耗半个时辰，欣欣性命可难保了。过后我恐怕也非大病一场不可。"

迅击无功，心念电转，宇文博不待冷冰儿来到跟前，一个鹞子翻身，便即倒跃出去。他的身法也委实是快到了极点，他追上了穆欣欣，穆欣欣身形刚着地。他抱起穆欣欣，飞也似的跑了。

冷冰儿惊魂稍定，说道："缪叔叔，你怎么啦？"

缪长风运气三转，气息业已调匀，说道："无妨，不过也幸亏这老贼对你的冰魄寒光剑有所顾忌，否则时间一长，只怕我是难免受伤了。"他想了一想，又笑道："其实你刚才要是不来帮我，先跑去擒那妖妇，这就更妙。"

冷冰儿道："尔朱荣已死，这妖妇就让她走吧。我倒是挂虑龙姑娘呢！"

缪长风道："好，我知你急于知道杨炎有关的事情，龙姑娘刚才说的也未必是实话，咱们还是回去再仔细问她吧。"

冷冰儿道："龙姑娘虽然行事古怪，但我知道她的心地善良的。这次她为了杨炎遭受无妄之灾，待会儿还得叔叔替她说情才好。"

缪长风道："我知道了，你别担心，依我看丁兆鸣也不过一时气愤，不会将她难为的。"

冷冰儿一心挂念杨炎的安危，却不知道杨炎正在她的后面。

杨炎听见她吹的芦笛声，匆匆赶来。他没有见着冷冰儿，却碰上了白驼山主。

宇文博挟着爱妾，他急于回山，跑得飞快。不过他的一只手掌仍是贴着穆欣欣的后心，助她驱除寒气，舒筋活血。

杨炎突然见他挟着穆欣欣迎面而来，不禁又惊又喜。

他不识白驼山主，只道穆欣欣是被他所擒。心里想道："此人不怕得罪白驼山的妖人，又能够活捉这个妖妇，想必是侠义道中前辈。嗯，说不定他或许还是本门哪一位师长的好友呢？"

"请前辈暂歇一歇，我是天山派前掌门人唐经天的弟子，缪大侠长风是晚辈的义父。"杨炎叫道。

宇文博哼了一声，说道："你就是杨炎么？"

杨炎喜道："不错，弟子正是杨炎。"

宇文博道："你知道我是谁？"

杨炎说道："请恕晚辈不知，正想请问前辈高姓大名。不过这个妖妇我是知道的。"

宇文博道："你知道她一些什么？"

杨炎说道："我知道她是白驼山那个老怪物的宠妾，实不相瞒，我正要找她。"

宇文博歪着眼睛瞧他，哼了一声道："你找她做什么？"

杨炎道："我想起要她身上的一样东西！"他本来想说明是石清泉的一份"认罪书"的，但石清泉是天山长老石天行的儿子，他以为宇文博是侠义道，只怕解释起来话就长了，故此只能含糊其辞。

宇文博勃然大怒，喝道：“好大胆的小子，你的义父都打不过我，你竟敢将我消遣。我非要你的命不可!”声出招发，一掌就向杨炎当头劈下。

白驼山主是用右掌使出“火焰刀”，不但掌力刚劲锋利，触体如割，而且热风呼呼，还没打到杨炎身上，已是令得杨炎呼吸为之不舒。

杨炎大吃一惊，这才知道自己是把大魔头错当作了好人，幸而他的武功亦已练到收发随心的境界，骤遇强敌，虽惊不乱，霍地一个盘龙绕步，凤点头，斜展翅，立即也以大须弥掌还击。

宇文博催动掌力，只道可以把杨炎的一条臂膊硬生生地削下来，哪知杨炎趁势一带，左拳疾发如风，冲打宇文博的太阳穴。宇文博喝道：“你这小子自己找死，可怪不得我!”腾出左掌，寒冰掌与火焰刀同时并发。

杨炎大叫一声，身形好像断线风筝似的飞了起来，落到数丈开外。

穆欣欣也是一声尖叫，身躯摇摇欲坠。

原来这一招杨炎也是同时使出两门功夫，右掌是大须弥掌的“芥子须弥”掌式，这一掌功能以弱击强，化解对方的内家劲力；左掌则是用龙则灵传授给他的“擒龙抓”，凌虚取势，穆欣欣虽然在宇文博保护之下，也给他这凌空一抓，抓破了一幅衣裳。

杨炎落下地来，只觉胸中气血翻涌，半边身子好像投入了洪炉，半边身子好像坠入冰窖，寒热交侵，几乎令他透不过气来，不由得心头大骇。

哪知宇文博见他居然没有跌倒，爱妾还给他抓破衣裳，更是心头大骇。

原来若然只凭本身功力，杨炎是决计抵不了白驼山主这两门奇功的一击的。但因白驼山主刚刚经过与缪长风的一场恶斗，又以本身真气输入爱妾体中，为她驱除所受的冰魄神弹寒气，功力已是不及原来的一半了。

杨炎不欲示弱，迅速调匀气息，便即拔出剑来，作出准备继续应战的姿态。

也幸而他没有示弱，倒是吓得白驼山主不敢进击了。

要知白驼山主与他交手之时，功力已是不及原来一半，交手过后，剩下的更是不到三成。他自是不敢再耗损功力了。

“好小子，今日暂且饶你小命，有胆的到白驼山找我！”宇文博交代了两句“场面话”，抱起穆欣欣，转眼间已是去得远了。

杨炎暗暗叫了一声“侥幸”，心里想道：“这老魔说我的义父被他所伤，不知是真是假。我还是赶快去找义父吧。”正是：

独上天山寻义父，心伤往事忏情痴。

欲知后事如何？请听下回分解。

第九回　浪子还家情怅惘
掌门断案费思量

巧计易容施骗术

宇文博抱着穆欣欣跑了一会，从掌心的感觉知道她的气息已经调匀，这才把她放了下来。

穆欣欣在他瞪视之下，眼睛一红，泪珠儿在眼眶里打转。

宇文博哼了一声，说道："你干的好事，把我的脸都丢光了。你还假惺惺哭什么，好受委屈吗？"

穆欣欣哽咽道："其实我和尔朱荣并没什么，错只错在我不知要避嫌疑，但他发现了那小妖女的行踪，那小妖女已经落在天山派的手中，他要我和他联手去把那小妖女抢回来。"

宇文博道："为什么我刚才见着缪长风，又不见那小妖女。"

穆欣欣道："那小妖女已经给丁兆鸣挟持走了。你要是不相信，大可不必理会我，自己去追，说不定还可以追得上他们。"

宇文博冷笑道："你想我走开，你又可以勾搭另外的汉子了！"

穆欣欣哭起来道："老爷子，我是你将我从青楼里赎出来的，我的性命也是你救的。我怎能背叛你？你不相信我的话，你亲手杀了我吧！"

宇文博给她的眼泪软化，说道："好啦，好啦，反正尔朱荣已经给我打死，你说的纵使是假话，我也不追究啦。快抹干眼泪，不许哭！"

穆欣欣果然立即收了眼泪，说道："多谢老爷恩典，我为奴为婢也要报答老爷大恩，绝不敢对老爷有半点异心。”

宇文博道：“别用甜言蜜语哄我欢喜，我还有事要问你呢！”穆欣欣道：“老爷，你要知道什么？”宇文博道：“尔朱荣已死，你和他有什么对不住我的事我都可以一笔勾销，但不过……”

穆欣欣道：“不过什么？”

宇文博冷冷瞅着她道：“你和杨炎有什么关系？”

穆欣欣“哟”的一声喊起来道：“老爷子，你这是怎么啦，疑心太重了吧？杨炎有多大年纪，我做得他的妈妈呢！”

宇文博却是面挟寒霜，说道：“你以为我不知道你一向喜欢勾搭年轻的小伙子？”

穆欣欣抹泪佯嗔：“老爷子，你疑心也得有个根据！”

宇文博冷冷说道：“你倘若和他毫无瓜葛，为何他要追你？他问你要的东西又是什么？”

穆欣欣心头一动，暗自思量：“这老不死识破我与尔朱荣的奸情，目前虽然舍不得杀我，对我的宠爱，只怕是无论如何也不能恢复如初了。回山之后，即使他不对我加以刑罚，但我失掉原来的地位，在大娘二娘面前，甚至在所有的人面前，我都抬不起头了。”接着再想：“尔朱荣已死，我一个人也办不了那桩事情，不如做个顺水人情，将这份认罪书送了给他。我为他立了大功，我所犯的过错也就算不了什么了。”

主意打定，穆欣欣抬起头来，噗嗤一笑，说道：“我以为你拿着什么把柄，原来你是为了这件事情误会，哈哈，真是可笑、可笑！”

宇文博板着脸孔道：“有什么可笑？”

穆欣欣道：“不错，我身上是有一样东西，是杨炎非常想要得到的。不但杨炎想要，也是尔朱荣和天山派的人都想要的。我不给尔朱荣，也不怕担当风险，冒着给天山派的人追杀的危险，保藏那样东西。为的什么，为的就是要拿回山去，献给我至亲至爱的人呀！你不体谅我的苦心，居然还怪责我，呀，真是令我又好笑，又伤心！”

宇文博猜疑不定，说道：“你说了这一大堆话，那到底是什么东西?”

穆欣欣道:“是一份认罪书。”

宇文博怔了一怔问道:“认罪书?谁的认罪书?认的什么罪?”

穆欣欣道:“石清泉的认罪书。”宇文博道:“石清泉是什么人?”穆欣欣道:“石清泉你不知道,石天行你想必知道吧?”宇文博道:“你说的可是天山派新近升任长老的石天行?”穆欣欣道:“不错,这个石天行也就是本来名列天山派四大弟子之首的石天行,他在天山派中的地位仅次于新掌门人唐嘉源。石清泉就是他的儿子。石清泉认的什么罪,你自己看这份认罪书吧。”

宇文博接过这份认罪书,仔细看了一遍,不禁又惊又喜,笑道:“妙、妙,这可真是妙极了!想不到身为天山派长老的石天行,竟会养出这么一个败坏天山派门规的儿子。他意图逼奸的恰恰又是那个小妖女。”

穆欣欣道:“你有了这份认罪书,还怕石天行不听你的话么?那时你不但可以叫他把小妖女双手奉上,天山派也可以在你掌握之中。”

宇文博笑道:“石天行还未是掌门呢,掌握天山派恐怕做不到的。不过,破坏天山派和朝廷作对的计划倒是大有可能!”

穆欣欣道:“老爷,你要是能够帮上朝廷这个忙,功劳也就不小了!”

宇文博笑道:“我倒不是贪朝廷的赏赐,也无心富贵功名。不过,我若是把这份礼物送给乌总管,他自必也要报答咱们的。”他还未说完,穆欣欣已是接下去说道:“是呀,若有乌总管的大力扶持,咱们白驼山一派最不济也可以在武林中独树一帜,进而可以与少林、武当争雄了!”

宇文博哈哈大笑,故意问道:“不过你刚才说是,要把这份礼物献给你一个至亲至爱的人的,这个人是谁,你还没有告诉我呢。”

穆欣欣趁势撒娇,一把揪着他的长须,说道:“你是气我呢还是恼我呢,明知故问,这个人除了你还能是谁。”

宇文博推开她的手笑道:“别闹了,我和你说着玩的。嘿、嘿,你不但是我的心肝儿、宝贝儿,还是我的贤内助!”

穆欣欣撅着嘴道："我可没有这么大的福分，上面还有大娘二娘呢。"

宇文博笑道："我把大娘休了，立你做正室就是。咱们赶快回山吧，你走得动了吧？"

穆欣欣笑道："你累了吗，我倒是还想你抱着我走路呢！"

宇文博一皱眉头，说道："走上官道，恐怕就会碰见行人了。"其实他恶斗两场，确实是有如穆欣欣所说，有点累了。

穆欣欣适可而止，说道："你怕不好意思，那我只好勉为其难，走走看了。"

两人走了一程，忽见一骑马迎着他们跑来，骑在马上的是个军官。

那个军官"啊呀"一声跳下马来，叫道："宇文山主，什么风把你吹到这里来？穆三娘，我正要找你呢，怎的……"说到这里，似乎是发觉需要有所避忌，舌头打个卷，含含糊糊地就拖过去，"怎的"什么，没了下文，却道："想不到就在这里碰上你们，这可真是巧极了！"

宇文博认得这个军官乃是带兵攻打回部的主帅丁显武的副手武毅。武毅的师父是在四十年前叛离丐帮的仲毋庸，和宇文博颇有交情，算起辈分，还是宇文博的前辈的。

宇文博听他这么一说，不觉又起疑心，说道："武大人，听说你们正在准备进攻鲁特安旗，怎的你却独自跑来，到这里来找欣欣？有什么紧要的事情非找她不可？"

武毅说道："我奉了主帅之命，想向三娘讨取一样东西。"

宇文博道："什么东西？"

武毅向穆欣欣望了一眼，似乎有所顾忌，宇文博沉声说道："我与欣欣份属夫妻，如同一体，你不用我避开吧？"

武毅打了个哈哈，说道："山主言重了，你是三娘的当家人，本来就应该得到你的同意的，你在这里正是最好不过。"

武毅道："是石天行儿子石清泉的一份认罪书，不知令宠对你说过没有？"

宇文博道："说过了。但你们怎么知道她有这份认罪书？还有，既然早就知道，为何迟到如今才来追讨？”

武毅迟疑片刻，说道：“山主，你怀疑我是假传将令么？”

宇文博道：“我不是怀疑你，但我一定要知道事情始末，才能作出主张。”

武毅讷讷说道：“这个……不过……”

宇文博亢声道：“你有什么不方便说的吗？”

武毅道：“没有，没有。不过此事说来话长！”

宇文博道：“反正我们也没别的事情，你但说无妨。我只要知道事情真相，你也无须避忌。”

武毅道：“好，那我就详细告诉你吧。”

在他说话的时候，穆欣欣的心里固然像是有着十五个吊桶，七上八落，生怕他说出自己与尔朱荣的私情；宇文博也在忐忑不安，暗自思忖：“家丑不可外扬，要是武毅所言，涉及这个贱人所做的丑事，我的面子往哪里放？”不觉动了杀机：“为了维持面子，我只有两条路可走了。要嘛就是杀了武毅灭口，要嘛就是杀了这个贱人才能保得我的尊严。但我现在的功力剩下不到三成，却不知是否能够杀得了武毅？杀这个贱人倒不费事，不过却也未免有点可惜！”

武毅简单地说了“前因”之后，说道：“那天尔朱荣对段剑青已经讲明了他的计划，由于他无暇回到大营向主帅禀报，是以只能请段剑青代为陈述，请主帅许他便宜行事……”

宇文博道：“且慢，他托段剑青禀报的是什么？”

武毅说道：“当时那小妖女龙灵珠刚刚逃跑未久，这小妖女我们也知道她是山主的仇人的。”

宇文博道：“不错，你们的消息很灵通。那么尔朱荣作何打算，你说下去。”

武毅继续说道：“尔朱荣请主帅准许他和尊夫人联手，追捕那小妖女。”

穆欣欣听到这里放下了一半心，想道：“难得他说的与我对这老头儿说的相符。嗯，看来他也没有胆子敢于揭破我的私情。”

武毅顿了一顿，像是想起一事，说道：“对啦，尔朱荣哪里去了，怎的不见他？”

宇文博冷冷说道："他已经给天山派的人杀了！"他捏造这个谎言，自是为了不愿家丑外扬。穆欣欣听了，更加放心。

武毅说道："呀，果然不出大帅所料！"接着说道："尊夫人得到这份认罪书一事，尔朱荣亦已托段剑青禀报了主帅。主帅一听，就说这份认罪书对我们的用处很大，不但有助于我们这次对回部的讨伐；将来我们回师扫荡柴达木的叛逆，这份认罪书在我们手里，也可以阻止天山派帮助逆军。嗯，此事有关军事秘密，所以主帅说必须慎重从事，以保万全。"

宇文博哈哈笑道："原来你刚才吞吞吐吐，敢情就是怕我泄漏了你们的军事秘密？"他自以为猜得不错，顾虑也消除一半了。

武毅说道："主帅虽然知道尔朱荣是想利用这份认罪书要挟石天行，但却认为他这样做未免太过鲁莽。是以叫我追他回来，同时请尊夫人把这份认罪书给我带回去。当然，山主和尊夫人的功劳，我们的主帅也是不敢吞没的。山主想要得到什么好处，我们的主帅定必代为奏明皇上。"

宇文博皮笑肉不笑地打了个哈哈，说道："哦，原来你们是想捡这个现成便宜！"

武毅说道："我知道山主与乌总管交情极厚，山主当然也可以把这份认罪书带到京师，献给乌总管，但乌总管始终还是要把这份认罪书交给我们的主帅处理的。不如山主就让我带回去，一来可以免掉山主跋涉之劳，二来也可以做个顺水人情。反正送给乌总管和送给我们的主帅都是一样。"

宇文博笑道："还有第三点你未说呢，你替主帅完成使命，功劳也就有你的一份了！"

武毅哈哈笑道："真人面前不说假话，小弟确是想要沾光。请山主念在与家师过去的交情，也送给我一个顺水人情吧！"

宇文博给他的笑声震得耳鼓嗡嗡作响，不觉心头微凛："原来他已练成了上乘内功，怪不得敢在我的面前炫耀。"他在受创之余，疑心也就越重，又再想道："莫非他已看出我的元气大伤，不仅是对我炫耀，根本就是对我示威。要是软讨不成，他就要来硬的！这份认罪书他是志在必得，我给不给他呢？"

宇文博和武毅已经有七八年没有见过面，武毅的笑声引起他的注意的只是限于内功的造诣方面，穆欣欣是最近才见过武毅的，她不懂得从笑声判断对方的内功造诣，引起她的注意的是武毅这个古怪的笑声，令她隐隐感觉到有什么“不对”。

“武毅的笑声本来好像如同金属交击，铿铿锵锵，甚为刺耳的。怎的现在却变得如同丝竹之声了？虽然令人心旌摇动，胆怯耳鸣，但却并不难听。”不过武毅就站在她的面前，她看来看去，也看不出什么破绽。是以她虽然有点疑心，却也不敢断定武毅乃是假的。她有痛脚捏在武毅手里，自是不敢多事，劝阻宇文博别把认罪书交给他了。

宇文博患得患失，但在经过一番考虑之后，终于还是把石清泉那份认罪书拿了出来。

“我把认罪书献给乌总管，虽然好处更大，但却要结怨于丁兆庸、丁显武父子，所得未必能偿所失。而且目前我也未必能够打得赢武毅。他既然给了我面子，不如我就做个顺水人情吧。”他想。

主意打定，宇文博即将认罪书双手奉上，哈哈笑道：“你老弟来向我要，即使没有你们丁大帅的命令，这份人情我也是非给你不可的。”

武毅接过认罪书，说道：“我赶着回去复命，待事情了结之后，我们再到白驼山向你道谢，请恕少陪了。”他说完就走，转眼不见踪迹。

宇文博不禁又吃一惊，说道：“武毅不知曾得到什么奇遇，他的轻功本来是不大行的，如今竟然练成了踏雪无痕的最上乘轻功了。”

穆欣欣更是诧异不已，她与武毅别来不到一个月，武毅的轻功造诣如何，她比宇文博明了得多。武毅绝不可能在一个月之内，练成踏雪无痕的上乘武功。但此际，她只求宇文博不追究她的过错于愿已足，何况她也必须回山疗养，要是说出自己的怀疑，那时宇文博跑去追赶武毅，将她抛下不理，岂不糟糕？她权衡利害，自是不敢多言。

武毅跑到远处，这才纵声大笑。

笑声未已，忽见有条人影，一股风似的朝着他跑来，武毅吃了一惊，只道是白驼山主发觉受骗又再追来。定睛一瞧，才知不是。

杨炎与白驼山主对了一掌，白驼山主和那两门邪派奇功确是非同小可，杨炎只觉半边身子好像投入了洪炉，另外半边身子却又好像坠入了冰窟。饶是他身具两派的上乘内功，运用了大周天吐纳法，也过了差不多半个时辰，方始调匀气息，恢复如初。

他正在心乱如麻，惘惘前行之际，忽地听到了武毅的笑声。

笑声“似曾相识”，杨炎吃了一惊，心里想道：“这人练的是正宗内功，功力甚高，笑声也好像熟人，莫非是我的义父？不过，义父已经练成了太清气功，功力应该更高才对。”他思疑不定，又再想道：“对了，那个老魔头说义父曾被他所伤，受伤未必，但功力受了影响，却是大有可能。我且跑去看看。”

他循声觅迹，终于发现了还在纵声大笑的武毅。

杨炎不久之前，曾经在鲁特安旗和武毅交过手，一见他，不禁又是失望，又是吃惊。

“这厮的武功非同小可，我的功力刚刚恢复，运用只怕还未能够自如，硬拼恐怕是拼不过他了。”杨炎心想。上一次他与武毅交手，虽然略占上风，但也未曾分出胜负的。

不过杨炎的脾气从来不甘示弱，心想：“打不过也要打。”双掌一错，跑上前去，便即喝道：“你想不到碰上我吧，今日不是你死，便是我亡！”

武毅一飘一闪，杨炎的连环三掌全落了空。

杨炎正在奇怪武毅的轻功怎的突然好得如此出奇，“武毅”已在哈哈笑道：“一点不错，我真是想不到会在这里碰上你。不过，我是知道你是要独上天山的，我正在找你呢！”

杨炎又惊又喜，失声叫道：“你，原来你是张……”

“武毅”笑道：“不错，我是你的张叔叔！”手掌在脸上一抹，恢复了本来面目。

原来这个“武毅”乃是快活张假扮的。

快活张看了杨炎一眼，说道：“你好像刚刚和人打过一架，是吗？你的轻功本来可以跑得更快的，那人想必是个扎手的强敌？”

杨炎苦笑道："是我有生以来从未碰过的强敌，我几乎伤在他的掌下！"

快活张吃了一惊，说道："那人是谁？"

杨炎说道："是一个不知来历的老头——"

快活张瞿然一省，笑道："这个老头是和白驼山的妖妇穆欣欣在一起的，对吗？"

杨炎道："你怎么知道？哦，敢情你也碰见过他们了？"

快活张笑道："我刚刚碰上他们，占了他们一点小小的便宜。"

杨炎无暇问他占的是什么便宜，他急于知道义父和冷冰儿的消息，问道："这个老魔头不知是什么人，但他说义父曾受他所伤，不知是真是假？张叔叔，你见着了我的义父和冷姐姐没有？"

快活张道："这个老魔头就是白驼山主宇文博！"

杨炎"啊呀"一声，说道："我早该想到是他了，他曾经叫我到白驼山找他，原来他就是白驼山主！"

快活张道："你不必着慌，你的义父纵然胜不了白驼山主，但也未必吃亏。"

杨炎道："你怎么知道？"

快活张道："白驼山主要是业已打伤了你的义父，他就用不着急急忙忙要逃回山了。依我看，他的元气似乎受损不小，多半还是他吃的亏较大。"

杨炎稍微宽心，说道："冷姐姐是和义父一道的，却不知她又如何？"

快活张道："我没有见着他们，但我知道冷姑娘一定没事，反而是那妖妇吃了她的亏。"

杨炎问道："何所见而云然？"

快活张道："我碰见白驼山主和那妖妇的时候，那妖妇形容憔悴，精神萎靡之极，我一看就知她是受了冰魄神弹的寒气侵袭。"接着笑道："也幸亏白驼山主受到那妖妇所累，要为她又耗不少真气。你也间接帮了我的忙。否则我刚才可真不敢行那着险棋。"

杨炎笑道："改容易貌，是你的看家本领，你扮武毅骗过他们，也不算怎么行险侥幸。"

快活张道："你不知道，我几乎给那妖女识破呢，她也是这方面的行家，要不是初时她的神智尚未十分清醒，只怕我一出现，就要给她找到破绽了。再者，若不是我看出那老魔头元气受损，我也不敢用软硬兼施的办法，去骗他的东西。"

杨炎心头一跳，连忙问道："你骗了他的什么东西？"

快活张笑道："这东西恐怕正是你想要的。"

杨炎道："哦，你知道我想要什么？"

快活张道："你是不是来找寻龙姑娘的？"

杨炎道："是呀！你知道她的消息吗？"

快活张没有回答这个问题，却问杨炎："你为什么要找寻她？"

杨炎道："我知道她是为了我的缘故，要上天山为我分辩。"

快活张道："因此你担心龙姑娘反而遭你连累。"

杨炎急道："张叔叔，要是你知道她的消息，请你赶快告诉我吧。我的确为她担心！"

快活张道："我没碰见她，不过从白驼山主和那妖妇的说话之中，倒是透露了一点消息，好像龙姑娘已经给天山派的人捉去了！"

杨炎这一惊非同小可，失声叫道："她果然出了事了，这怎么好？"

快活张道："天山派的人，依你猜想是哪一个和她最过不去，亦即是说，非和她为难不可！"

杨炎道："那还用说，当然是石天行了。我割了他儿子的舌头，他恨我如同刺骨。在他的心目中，龙姑娘是和我同谋的，最少也是帮凶。他一定不肯放过龙姑娘的！"

快活张笑道："好，那么这件东西就正是对你大有用处的了。"说罢，便即把石清泉那份认罪书拿了出来，交给杨炎。

杨炎虽然知道有这份认罪书，但还未知道内容，看过之后又惊又喜，说道："想不到石清泉的行为竟是如此不端，好，我拿这份认罪书给掌门看去，看他们父子还有什么颜面反而诬蔑我犯了戒律清规？"说至此处，方始想起要问快活张："对啦，张叔叔，你又怎么知道要给我偷这件东西？你又是因何来到这里的？"

快活张笑道："就是为了你的缘故呀。龙姑娘与你的姑姑早已化敌为友一事，你是早已知道的了？那日你在京城不辞而行，你的姑姑就知道你是去追赶龙姑娘的。她放心不下，和我说起，我知道她的意思，我就说，好，我跑得快，且待我这个小偷偷上天山，看看有什么可以帮他们的忙吧。想不到未到天山，我就碰上白驼山主和那妖妇，那妖妇正在向丈夫献‘宝’，我就假扮武毅，把这件‘宝贝’骗来了。”

杨炎喜道：“那么事不宜迟，咱们就赶快上天山吧！”

快活张笑道：“现在已经用不着我陪你上天山了。你知道我不过是个小偷，素来不喜欢高攀名门正派的。”

杨炎说道：“张叔叔，尽管你自称‘小偷’，在许多人的心目中，你才是一位不折不扣的大侠。”

快活张笑道：“你给我脸上贴金不打紧，这话你若是在天山上当众说出来，担保会有人笑甩了大牙。”

杨炎道：“谁会笑甩大牙？”

快活张道：“最少石天行就会笑甩大牙。”

杨炎哼了一声道：“像石天行这样的假道学，何必去理会他。他不笑你，我也想打甩他的大牙呢。我的义父和丁师叔甘师叔他们对你可都是引为同道的。”

快活张正容说道：“你知道我的脾气，我是散漫惯了，只喜欢和气味相投的人往来的。不错，天山派的人十之八九都是正人君子，是真正的正人君子，不是像石天行那样的伪君子，但我就害怕和他们应酬。如今你有了这份认罪书，已经是无需我的帮忙了，我又何必到天山去自讨没趣？说正经的，你的姑姑为了你的事情恐怕寝食难安，不如我趁早回去，把好消息带给她，也省得她挂心。”

杨炎听得他这么说，也就不勉强他了。当下立即兼程赶路，奔向天山。

白驼山主也在兼程赶路，准备在回到白驼山之后，再大举兴师，与天山派一决雌雄。

要知他的为人本来就很自负，自从练成了寒冰掌与火焰刀这两门邪派奇功，更以为自己已是天下无人能敌。哪知这次下山，却几乎赔了夫人又折兵。虽然他与缪长风、杨炎先后交手，并没吃亏，但也没占到便宜，而爱妾穆欣欣则是在他保护之下，也吃了大亏的。爱妾吃了大亏，也就等于剥了他的脸皮了。更何况杨炎还是小辈，而龙灵珠他也未能讨回。他深感颜面无光，自是更加气愤难消了。

缪长风与天山派渊源甚深；杨炎纵然是天山派的“叛徒”，与天山派也还未曾断绝关系；龙灵珠则更是在天山派的手里。他要找缪、杨二人算账，要把龙灵珠夺回来，都是不可避免地要和天山派发生冲突。他一路走一路盘算，如何纠集更多的邪派中人，以遂压倒天山派的目的。

另外一个人，虽然严格来说，不是“敌人”，但一想起了这个人，他也是恨得牙痒痒的，甚至对这个人的愤恨还在对缪长风与杨炎之上。

这个被他恨透了的“自己人”，不用说就是武毅了。

他恨武毅不该乘他之危，强索了那份认罪书，禁不住向穆欣欣发话。

“我栽在天山派的手中也还罢了，武毅这小子居然也敢欺负到我的头上，更是可恼！”宇文博道。

穆欣欣道：“我也舍不得到了口的馒头给他抢去，不过虽然给他抢去，也总有一点好处要给回咱们的。老爷，你就当作是送给丁兆庸父子的人情吧，莫生气了。”

宇文博可仍是气鼓鼓地说道：“我倒不是计较能够得到多少好处，而是气不过这小子竟敢对我那般无礼。”

穆欣欣劝道：“面子上过得去也就算了，他刚才的说话还是相当客气的。”

宇文博怒道：“什么客气？表面客气，骨子里却是软硬兼施，逼我就范。哼，要不是我的功力未曾恢复，我岂能容忍他趁火打劫？即使要做人情，我不会亲自送给丁兆庸父子吗，又何须把人情卖给他！哼！这笔账我会记下来的，慢慢叫这小子知道我的厉害！”

穆欣欣想起武毅的那些疑点，想说又不敢说。宇文博察觉她的面色有异，问道：“你怎么啦？”

就在此时，忽见有两个人骑着马跑来，不约而同地“咦”了一声，叫道:“是宇文山主吗?哈，这可真是巧遇了!”

这两个人一个是段剑青，另一个不是别人，正是武毅。段剑青和白驼山主也是早就相识的。

宇文博怒从心起，喝道:“武毅，你不赶快回去领功，又来作甚?”

武毅摸不着头脑，但宇文博脸上的怒容却是显而易见的，武毅不禁吃了一惊，连忙下马，以晚辈之礼躬腰说道:“我是从丁大帅的大营来的，差事还没办妥，哪有什么功劳可领。”

宇文博冷笑道:“哦，你又有什么差事?”

接连两个“又”字，令得武毅更是莫名其妙，只好据实回答:“实不相瞒，这个差事正是要请山主和三娘帮忙。石清泉那份认罪书可否……”

“可否”二字尚未说出，宇文博已是大怒喝道:“认罪书已经给了你了，难道你疑心是假的不成?”

武毅大惊道:“山主，你不是说笑吧?那份认罪书我见都未曾见过，你几时给了我?”

宇文博怔了一怔，说道:“刚才来的不是你吗?”

武毅叫屈道:“我一路马不停蹄，刚刚来到这里，我也想不到会在这里碰上你的。不信，你可以问段兄。”

段剑青说道:“宇文山主，我的确是和他一起从鲁特安旗来，他也的确一直未曾离开过我。”

宇文博忽地哼了一声，冷冷说道:“我就是不信!”声出招发，闪电似的一掌就向武毅的天灵盖直劈下来。

武毅这一惊固然是非同小可，段剑青也吓得呆了。他刚刚才替武毅作证，想不到宇文博不等他把话说完，立即就要取武毅性命。“你就是不相信武毅，也该给我几分面子呀。”段剑青心想。不过，一来由于宇文博出招太快，二来段剑青也不敢冒着被宇文博误伤的危险去救武毅，只好呆若木鸡似的站在一旁。

武毅毕竟是一流高手，虽然在大惊之下，还未至于慌得手足无措。宇文博既然是要取他性命，他无暇思索，立即也就施展了本门绝学抵挡。他双掌齐出，划成一道圆弧，正是丐帮伏魔掌法中威力最大的一招“雷电交轰”。

宇文博在经过和缪长风与杨炎这两场拼斗之后，本来只剩下三分功力，但此际经过了几个时辰的行功调息，他的功力已经恢复到原来的一半了。正因为他自忖已有把握对付武毅，这才敢出手试他的。

丐帮的伏魔掌法本来是足以和少林派的大力金刚手并驾齐驱的，虽然使出了伏魔掌法威力最大的那招“雷电交轰”，仍是不能和宇文博相抗。这刹那间，武毅只觉对方的掌力像一座山似的压下来，压得他透不过气，不禁心头一凉：“我死得也未免太冤枉了。”

但这也不过是刹那间事，他刚自心头一凉，只道性命难保，突然胸口的重压便即消失，宇文博已是把掌力收回。

武毅失了重心，站立不稳，身子向前倒下。宇文博伸手将他扶稳，哈哈笑道：“武兄，请莫见怪，我若不是这么一试，怎试得出你的真假？”

段剑青放下心上一块石头，问道：“宇文山主，你和那个人交过手？”

宇文博道：“没有。不过，我见过他的轻功，他的轻功之妙，远非我所能及。他也曾在我的面前炫露过一手内功，论内功造诣，他不及我，但练的却是以王道为主的内功，和武兄的以霸道为主的内功截然相反。”

他这么一说，段剑青和武毅当然也就明白他何以立知真假了。要知在性命难保之际，任何人自必都是使出看家本领，打得过就打，打不过就跑的。武毅连闪避也避不开，当然不会是那个轻功超卓之极的冒牌武毅了。

武毅喘息稍定，气呼呼地道：“假冒我的那个骗子不知是谁？”

宇文博道：“段兄，你曾在天山多年，与所谓名门正派中的人物相识不少，请你给我参详参详。”

段剑青道：“听山主所说的情形，那人一定是快活张无疑。”

宇文博道：“你说的可是天下第一神偷张逍遥？他的名字我倒是听说过的，却不知他还是一位武学高手。”

段剑青道：“不错，就正是他。他的轻功天下第一，改容易貌的本领天下第二。听说他曾偷过许多武功秘笈，在阅读完毕之后，又悄悄还给人家。他的内功，可能就是博采各家之长，无师自通，练成功的。”

宇文博道：“他骗了这份认罪书，一定是上天山去交给天山派的掌门人唐嘉源了。此处已是天山脚下，你们骑马再走两天就可以开始登山的，他的轻功不逊奔马，你们恐怕是追不上他了。”宇文博是据理推测，却不知快活张早已把那份认罪书给了杨炎。

武毅说道：“他冒充我不打紧，但山主被他所骗，传出去却是有损威名。跑得了和尚跑不了庙，只不知山主是否要报这一箭之仇？”

宇文博一听就明白他的意思，心里想道：“敢情他是想怂恿我上天山问唐嘉源要人，此事可是不能鲁莽从事的。”于是装作不懂他的意思，说道：“这个偷儿我当然是不能放过他的，但君子报仇，十年未晚，目前我急与欣欣回白驼山去，只能留待将来再找他算账了。”

段剑青忽道：“快活张虽然可恶，但割鸡焉用牛刀，以他的身份还是不值得山主亲自出手的。以山主的身份，要做就应做一件震动天下的大事，此事或许要冒一点风险，但我敢担保，纵不成功，也不会损及白驼山的。”

他摸准了白驼山主患得患失而又好大喜功的心理，把这番话说了出来，果然令得白驼山主怦然心动，禁不住问道：“你想干的是什么大事？”

段剑青以退为进，说道：“此事说来话长，可惜山主又急于与令宠回山，说出来也没有用处。”

宇文博道：“好，请你们稍待片刻，欣欣，你随我来。”把穆欣欣拉过一边，走到百步开外，沉声问道：“你早已知道那个武毅是假冒的了，为什么不和我说？”

穆欣欣知道已经骗不过他，只好据实说道：“我是曾起过疑心，不过当时来不及说，刚才我正想对你说，真的武毅就来了。”

宇文博哼了一声，说道：“你还想用花言巧语蒙骗我么？”

穆欣欣道：“老爷，我说的都是真话！”

宇文博冷笑道："真话？我问你，你刚才在不久之前才见过武毅，即使一时之间难分真假，难道他的武功深浅你都看不出来？尤其像快活张那种上乘轻功，绝非在朝夕之间可能练成，我与他多年没有见面，不敢武断犹有可说；你与他分手不到一个月，怎能不知道他目前的轻功造诣如何？"

穆欣欣道："我不是说过了吗，我是起了一点疑心的，不过来不及……"

宇文博"哼"了一声，打断她的话道："一有疑心，就该马上告诉我，哪有来不及之理，我看不是来不及，而是你的心里有点什么顾忌吧？"

穆欣欣给他说中心病，又羞又急，哭起来道："老爷，我对你忠心耿耿，你若还信不过我，你就打死我吧。我顾忌什么，你别冤枉我！"

宇文博冷冷说道："你顾忌什么，你自己明白。你不怕难听，我可怕说出去丢我的脸面。有外人在此，哭哭啼啼像什么样子！起来，抹干眼泪，等候我的吩咐！"

穆欣欣省起他最要面子，有外人在场料想他不敢处死自己，于是装作受尽委屈的模样，以袖拭泪，低声说道："好吧，你过去和段公子说话，我双眼红肿，不想给外人看见，在这里等候你便是。"

宇文博走回去说道："我与小妾已经商量好了，她可以单独回山。你们要干什么事可以告诉我了吧？"

段剑青道："不是我不能告诉你，但有一点是要先说明白的。"

宇文博道："好，那你赶快说吧。"

段剑青道："实不相瞒，这件事情是乌总管策划的。他曾有吩咐，必须是参与此事的人，才能知道这个计划。"

宇文博道："我和乌总管是怎样的交情，大概你总会知道吧？"

段剑青道："山主是乌总管最好的朋友，我岂能不知。我的话还未说完呢。"说至此处，顿了一顿，接着笑道："乌总管最看重的人也就是宇文山主，他说他本来要请你主持那桩大事的，不过白驼山远在藏边，来回少说也得几个月的时间，恐怕延误，这才作罢。但我们临行之时，他也曾吩咐，要是万一有机会碰上你的话，那就还是要请你主持。如果你肯答应，你就是我们的首领了，秘密自然不能瞒你。”

宇文博戴上这顶高帽，面上生光，笑道：“乌总管的事情就是我的事情，你说吧！”

段剑青道：“既然山主答应，那咱们就在路上说吧。此事说来话长，免得耽误行程。”

宇文博道：“好！”随即回过头来，高声说道：“欣欣，我有事情和段公子、武大人去一个地方。你体内的寒气已经祛除干净了，功力很快就可以恢复如初的，你不必担忧，自己回白驼山去吧。”

段剑青道：“三娘，我这匹坐骑可以给你。”

武毅一想，接着说道：“对，如今已经到了天山脚下，这匹马我也用不着了。三娘，你多一匹坐骑替换更好，都拿去吧。”

此时穆欣欣倒是巴不得越快离开宇文博越好了，那两匹坐骑乃是青海进贡的名种良马驹，从御厩中拨出来给御林军的高级军官使用的，穆欣欣骑着一匹，牵着一匹，立即绝尘而去。当然，她已是打定了算盘，不会再回白驼山了。

杨炎也在赶路

天山绵延千里，一望无尽的重重叠叠的山峦，都是白雪皑皑犹如琉璃世界。杨炎第二天开始登山，又再走了三天，天山派聚居的南高峰方始在望。

山中气候愈高愈冷，呼吸也比平地困难。倘若武功平庸之士，莫说难以攀登，到了高处，不冷死也会窒息而死。好在杨炎自幼住在天山，内功又早已练到一流境界，此次登山，比起第一次由缪长风抱他上天山走得还快。

这时他登山的脚步虽然轻快，心头却是沉重如压铅块。

他担心龙灵珠已经落在石天行的手中，纵然没有性命之忧，只怕也要吃尽苦头。能够赶得上令龙灵珠避过一场灾难吗？

还有他的冷姐姐，“冷姐姐如今想必已经回到了南高峰，见过了掌门人了。她是一定要替我分辩的，掌门人会相信她吗？石天行若是乘机进谗，会不会反而连累她呢？”

他担忧的不仅是自己的事情，甚至也不仅限于担忧龙灵珠的安危与冷冰儿的清白。他的心里还有一个解不开的死结！

罗曼娜那句话好像又在他的耳边响起：“你究竟爱的是谁？”

他与冷冰儿曾订下七年之约，七年之内，不许相见。偶然碰上，虽然不算违禁，但也不许涉及男女之情，只能保持姐弟关系。另外，他必须先去找寻龙灵珠，若然找不着龙灵珠，纵然满了七年，她也不会答应嫁给他的。

冷冰儿的用心，杨炎当然是明白的。一方面是为了摆脱他的纠缠，一方面是为了想要撮合他与龙灵珠的婚事。

如今已经过了一年，经过了这天翻地覆的一年，杨炎亦已从稚气未消的“大孩子”渐渐“长成”了。

他比起以前成熟许多，因此也就有了更深一层的想法。

“冷姐姐为什么要摆脱我的纠缠，那是因为她害怕世俗的非议。她并不是不爱我，而是不敢爱我！

“她以为我是孩子气的激情，她给我定下七年的期限，无非是想让时间来冲淡我的激情。但从另一方面看，这不正是她给我的一个考验，考验我是否真正的情比金坚吗？”

他绝不怀疑冷冰儿想要撮合他与龙灵珠的诚意，但他也懂得了冷冰儿矛盾的心情了。和龙灵珠结合是否更加幸福那是另一回事，但他可不愿把幸福建筑在他敬爱的冷姐姐身上。

不过他也答应了和龙灵珠回去陪伴她的爷爷的。龙灵珠的爷爷不但对他有救命之恩，而且也有着一份祖孙的感情的。龙灵珠从没有和她的爷爷见过面，比较起来，他更像是他的亲人。

他欠这个老人的恩情太多，他也懂得他要找寻外孙女的用意。

他答应和龙灵珠回去陪伴爷爷，仅仅只是为了可怜这个对自己有过太多恩情的老人，可怜他晚年的孤苦无依么？

冷冰儿和龙灵珠都是愿意为他牺牲一切的，他分不出谁爱他更多。

同样，尽管他已经立下誓愿，愿意把自己的一生献给他敬爱的冷姐姐，爱她，保护她，但他也曾为龙灵珠对他的真爱感动过，他对她的感情，是否也有一点爱的成分，他自己也答不出来。

在这一年当中，他其实已经见过冷冰儿一次。不，严格说来，不是他“见过”冷冰儿，而是冷冰儿见过他。那次是在柴达木的一座山，他受了伤，尚在昏迷之中的。这件事是后来龙灵珠告诉他的，龙灵珠告诉他这次事情，毫不隐瞒她自己对他的爱意，同时也毫不隐瞒她觉察到的冷冰儿对他的爱意。

杨炎心如乱麻，想道:“我是绝不能对冷姐姐负心的，但对珠妹的诺言，我也是无论如何要遵守的。只能盼望她们都能够谅解我了。

“如今已经过了一年，还有六年。我与灵珠陪她爷爷六年，勉强也可算得报答他们祖孙的恩情了。

“唉，其实我想这么多干吗，这次回到天山，掌门人是否相信我的话还是未可知之数；能否斗得过石天行也还是未可知之数。说不定或许我命丧天山也未可知。但无论如何，我不能让她们受我连累。一切都等待见了她们再说吧。”

他解不开心中的死结，唯有暂且不去理它，一切听其自然。如此一想，心情倒是舒展许多。他加快脚步，向南高峰走去。

越上越高，南高峰已然在望了。

高山上的冰川是罕见的奇景，山沟里亘古不化的层冰铺成“河床”，上面覆盖着厚厚的积雪。除了夏天之外，冰川是不会流动的。即使是夏天，也只有上层的积雪溶化。不过纵然并不流动，冰川从山上斜挂下来也有奔腾流动之势。

时序正是夏秋之交，许多冰川还在缓缓地流动。杨炎驰目骋怀，但见纵横交错的冰川遍布在雪白的山坡上，蔚蓝得像翡翠一般。

忽地眼睛一亮，那是两条冰川汇聚之处，平地上好似突然涌起许多宝塔，这是像蔚蓝冰晶的“冰塔群”，成群结队地连成一大片，在阳光下闪着寒光。

杨炎知道过了这一大片冰塔群就是天山派的聚居之处了。在冰塔群围绕之中是一片大草坪。

尽管已经在望，距离还是相当远的。但杨炎此际的心情，已是像“近乡情更怯”的游子了。

冰川映日，杨炎突然感觉眼睛一花，他揉揉眼睛，再仔细瞧，没错，在那片大草坪上是有人影绰绰。

“敢情是昔日的同门在草坪上练武吧？却不知有没有冷姐姐在内？”杨炎心想。

心念未已，忽听得钟声当当。天山派的住处不比佛门寺院，寺院传出钟声不足为奇，天山高处传出钟声可就有点出奇了。杨炎听得冷冰儿说过，山上唯一大钟是必须有大事发生，需要召集一众同门之时方始敲的。杨炎在天山十一年，从未听过钟声。

“奇怪，有什么大事发生呢？难道是为了擒获石天行这些人心目中的小妖女而敲吗？不错，珠妹是曾为我的缘故得罪天山派，但以她的分量可还够不上要本门鸣钟聚众啊！”

百思不得其解，杨炎只好硬着头皮，向前走去。他本来是打算先见过义父，陪他去拜见新掌门申辩的，想不到一回来就碰上这样的大场面，把他的计划完全打乱了。

天山派大会

原来天山派的大会乃是为了唐嘉源补行就任掌门人的仪式的。

要知前任掌门人唐经天乃是唐嘉源的父亲，在儿子为父亲服孝的期间当然不能举行庆典。遵照礼制，甚至在名义上也未能是正式的掌门人，天山派发给各大门派的通知，只能说是由唐嘉源“暂摄掌门”之位。

儒家的礼法，父亲死了，儿子要守三年，守孝期间，不能担任公职。武林人士无须这样严格，照一般的规矩，只是守孝一年。守孝期中亦可处理“俗务”。

如今一年之期已满，故此天山派按照规矩，给唐嘉源确定名分，补行庆典。

天山僻处边陲，中原的武林同道来的不多。另一个原因，则是因为大家都已经知道唐嘉源之作为天山派新任掌门，是早已成为事实的了。倘非和天山派的交情特别深厚，也就用不着这样热心来参加实际上等于是“追认”的仪式了。

不过还有几位鼎鼎大名的武林人物前来参加庆典，他们都是和天山派有着特殊的交情的。

一位是崆峒派的掌门丹丘生，他是天山派记名弟子孟华的师父。

一位是武当派的掌门人雷震子，他和天山派的已故掌门人唐经天乃是至交。

一位是青城派的长老萧青峰，他也是唐经天生前的好友，并且是柴达木义军首领之一的萧志远的叔父。

少林派也派了一位达摩院的长老前来，这位长老法号无碍，数十年精研佛学，在武林中的名气却并不大，远远不及上述三人。

另外一位知名“外宾”则是杨炎的义父缪长风，不过他在天山住了将近二十年，也差不多等于是自己人了。

不过杨炎的猜测也可说得是中了一半，天山派的大会虽然是补祝掌门人就任，但附带要处理的一件事情，也正就是要“审问”龙灵珠了。

龙灵珠曾经伤过天山派的弟子，但这刻之所以要审问她，却是由于把她当作杨炎的从犯来审问。

唐嘉源是新任的掌门人，石天行则是新任的执法长老。

本来按照石天行的意思，清理门户一事是应该和掌门就任一事同时举行的。

要知杨炎被“逐出门墙”一案，虽然早就经由石天行提出，得到唐嘉源的同意。但这也只是首脑人物的“内部裁决”，尚未正式宣布的。

石天行的理由是：天山派从来没有出过叛徒，而杨炎所犯的“欺师灭祖”大罪，情况尤其严重，是以理当由新任的掌门人趁着这个大会向武林同道宣布，才能保持天山派的盛名清誉，洗脱门户之羞。

按照武林规矩，清理门户的事情，虽然是由掌门人裁决并交执法长老去执行，但也不能只由掌门人说了就算数的，清洗叛徒，非同小可，必须罪证确凿，方能令众人心服。杨炎不是普通弟子，他是前任掌门人唐经天的关门弟子，像他这样地位的弟子，倘若按照常规办事，必须经由同门公决，才能逐出门墙。

唐嘉源对这个关门师弟其实是尚有疼惜之心，但为势所迫（石天行是他的师伯钟展的大弟子，若然按照排行，本应该由石天行继任掌门的。但石天行不及他之受同门拥戴，而且他是前任掌门的儿子，按照不成文的习惯，由他继任也就更加顺理成章，石天行体察形势，情知自己当不上掌门，也就乐得在口头上拥护他了。但也正是由他故作谦让所造成的情势，也就逼使唐嘉源在一定的程度上非得尊重他的意见不行），却是不能不“秉公办理”，而且杨炎打伤本门尊长石天行和甘武维等人，割掉石清泉的舌头等等事情，的确也是事实。

唐嘉源本来准备听从石天行的意见，在正式就任掌门职位之后，就当众宣布把杨炎逐出门墙的。若然这么一来，那就成了“定案”了。但临时发生一件事情，令他改变了主意——缪长风和冷冰儿刚好在他就任的前夕回到山上。

缪冷二人为杨炎求情，唐嘉源初时碍于本派的门规，还是不肯让步的（更重要的内里原因则是为了石天行的作梗，他自己觉得在道理上讲不过石天行）。后来冷冰儿被逼说出内里尚有隐情，但要待杨炎回来之后，请唐嘉源秘密接见他们才能说出来。缪长风也给了保证，保证杨炎必然回来，若不回来，就着落在他的身上把杨炎捉回来。他说，即使按照武林规矩，也该听取当事人的分辩，何不等待杨炎回来，若然杨炎无辞可辩，那时才“清理门户”也还不迟，何须急于定罪？

唐嘉源一听有理，这才改变了主意。但也并非完全摒弃石天行拟定的方案，只是折中办理。

根据石天行的投诉，龙灵珠乃是杨炎的帮凶。杨炎的背叛师门，在他认为，甚至有更大的阴谋存在。龙灵珠既然是杨炎的帮凶，那就必然也是杨炎的同谋。

因此唐嘉源修改了原定的计划，先不给杨炎“定案”，却把对龙灵珠的“审讯”提前。他对缪长风说，他不是不相信缪长风的保证，但要是能够从龙灵珠的口中问出杨炎的下落，岂不省事得多？龙灵珠确实帮过杨炎伤害天山派的人，天山派要对她加以审讯，缪长风无法阻拦。

龙灵珠道:“石长老口口声声骂我是妖女,但不知他可知道他儿子的邪恶?”

当然，缪长风也不知道，杨炎此时已是正在急急赶回天山。

此时掌门人就任的仪式已经完毕，审讯刚刚开始。

“小妖女，你知罪么?”石天行以执法长老的身份，一开口就大声叱喝，给龙灵珠以下马威。

龙灵珠冷笑道：“石长老，你替天山派执行门规，是否大公无私?”

石天行怒道：“我当然大公无私，这何须说!”

龙灵珠道：“好，你既然自称大公无私，那就该先审讯你那宝贝儿子!”

石天行并不知儿子对龙灵珠逼奸不遂之事，但儿子的“德行”他是心中有数的，听得龙灵珠这么说心内暗暗吃惊，喝道：“你这小妖女胡说什么，亏你还敢提我的儿子！他被杨炎这小畜生下辣手割了舌头，你也有罪!”

冷冰儿在旁边小声说道：“这件事情发生的时候，龙姑娘当时是并不在场的。”

石天行瞪了冷冰儿一眼，喝道：“纵然这小妖女当时并不在场，她一直是杨炎的帮凶，这件事她也难辞罪责。”

龙灵珠道：“你别节外生枝，现在不是审问杨炎，是我要你先审问你的儿子!”

石天行气得面色涨红，喝道：“小妖女，你是存心侮辱我们父子吗？小儿给你们害得变了哑巴……”

龙灵珠冷笑说道：“他变了哑巴，我可没有变哑巴。他口里说不出话，写字、画押还是可以的。”

唐嘉源听出话里有因，怔了一怔，问道：“龙姑娘，你这话是什么意思?”

龙灵珠道：“石长老口口声声骂我是小妖女，但不知他可知道他的儿子的邪恶，那才是天理难容！他犯的罪比杨炎犯的重得多!”

唐嘉源道：“哦，你知道他犯了什么罪?”

龙灵珠道：“我当然知道，我就是受害的人!”

唐嘉源正想问：“你怎样遭他所害?”只听得石天行已在冷冷说道：“现在到底是审这小妖女还是要审小儿？若是要审小儿，一来小儿无法与她对质，二来我也必须避嫌，请掌门师弟另选贤能执行审讯吧。”

话中有话，唐嘉源并非不通世故的人，如何听不出来，石天行已是嫌他多嘴了。

唐嘉源心中不悦，只好说道：“石师兄素来为人公正，本门上下都是知道的。石师兄认为应该怎样审讯就怎样审讯，不必避嫌！”

石天行面色这才好转，说道：“这小妖女的话如何可以相信，不过若是不让她说，只怕也会有人以为我是恃势压她，甚至误会我是徇私偏袒小儿……”

他话犹未了，早已有他的门下弟子先意承旨，大声说道：“师父说得不错，这小妖女的话如何可以相信。我看她是存心诬蔑清泉师兄，欺清泉师兄无法与她对证，她就可以任意败坏咱们天山派的声誉！”此人说话倒是十分厉害，轻轻一转，就把矛头从石清泉的身上转到整个天山派来。天山派不少弟子听他这么一说，不禁都是想道：“此言有理，若是任凭这小妖女胡说八道，岂不损了本派名声？”于是就有人吆喝：“今天只是审问这小妖女，不许她节外生枝。”“这小妖女分明是欺负石师兄无法与她分辩，才特地要诬告石师兄的，太可恶了！”但也有人说道：“真金不怕火，让她说也无妨。但咱们可以把话说在前头，要是她的控诉查无实据，请执法长老割掉她的舌头！”此言一出，立即又有别人反对。其实这一派的主张仍是帮石清泉的，不过他们主张应该准许被告反控，比较公道一些罢了。

石天行待嘈嘈杂杂的声音稍微静止之后，双手一按，说道：“大家都说得有理，让她胡说八道固然不妥，但不让她说，只怕也有朋友认为咱们太过专横。不如这样吧，她说小儿行事邪恶，她曾身受其害。请她先说可有人证物证？要是提得出人证物证，那时再说受害的事实。这样，总可算得是公平审讯了吧？”

他提出这个办法，本门弟子当然没有异议。受邀请来观礼的客人也觉得这不过是程序问题，而且也不便多管闲事，大家都点头说好。

龙灵珠道：“你要什么人证物证？”

石天行道："你身上可有伤痕？若有伤痕，看得出是天山派手法所伤，也可以算得是物证。"

龙灵珠冷笑："用邪恶卑鄙的手段害人，岂只是伤害别人身体那样简单！"

石天行哼了一声说道："如此说来，你是没有物证了。人证呢？"

龙灵珠被押出场的时候，早已看清楚了天山派请来的客人中并无江上云在内。

那日江上云是和她一同突围的，江上云为她阻挡追兵，让她先逃。她虽然没有看见江上云中箭，但在鲁特安旗等不见江上云来到，料想也料想得到，他是受了伤了。

她还不敢从最坏处着想，但亦不敢作最好的打算了。江上云纵然只是受伤，并非死掉，也不知何日才能来到天山。

江上云倘若不能亲自前来，替她作证，她说出的话也是没人相信的。何况她虽然在旁人眼中是"小妖女"，是"野丫头"，她的性格也的确是有点放任不羁，但她毕竟也还是个黄花少女，给人逼奸不遂的这种丑事，她是没有胆量当众说出来的。

她只能不说话。

石天行喝道："人证也没有吗？"

龙灵珠想了一想，转过头来，面对着唐嘉源，说道："唐掌门，我求你一件事。但不是向你求饶。"

唐嘉源道："你求我何事？"虽然他对石天行有所顾忌，但侠义心肠总还有的。他看龙灵珠的模样不像是故意说假话以求开脱的人，纵然不敢断定石天行的儿子真有害过她之事，却也不禁怀疑内里恐怕另有蹊跷了。是以不再顾虑石天行对他不满，让龙灵珠说话。

龙灵珠道："我只求你给我一个期限，等一个人来到。"

唐嘉源道："等什么人？"

龙灵珠道："请原谅我不能告诉你。"江家和天山派渊源极深，江上云也曾和她说过，这件事情他只能单独向天山派的新任掌门人揭发的。她若是说出江上云的名字，莫说没有人会相信江上云是她的朋友，甚至可能给唐嘉源误会她是想要挑拨天山派与江家作对。

唐嘉源眉头一皱，问道："是杨炎吗？"龙灵珠道："不是。"唐嘉源再问："你要多少期限？"龙灵珠道："我不知道。我和那个人在路上碰上清兵，他受了伤。但我相信只要他活着的话，他一定会上天山见你的。"

石天行冷冷笑道："一派胡言。哼，你捏造的这个谎话即使我们姑且相信你，但没有期限，那不也等于是废话吗！"他这么一发话，唐嘉源也不便答允龙灵珠的请求了。

唐嘉源皱眉说道："人证物证俱无，龙姑娘，你这反控，恐怕是恕难受理了。"

石天行装模作样，沉吟片刻，继续说道："为了查个明白，掌门师弟，你倒不妨问一问她，她自称被害的是发生在何时何地？"

唐嘉源懂得他的意思是恐怕外人议论他的审讯不够公平，故此要从时间和地点方面而来追查线索，以进一步地证实龙灵珠的反控是谎言。唐嘉源最初对龙灵珠的话还是有点半信半疑的，此时不禁只是有一两分相信，八九分怀疑了。心里想道："石师兄敢于这样提问，莫非他业已知道，他的儿子清白无辜。"他身为天山派的掌门，当然也希望门下弟子无瑕疵可议，于是说道："龙姑娘，你说出何地何时，大概无须有什么顾忌吧，你愿意告诉吗？"言下之意，显然是对她刚才不肯说出证人的名字而发。

龙灵珠也是满肚子气，不过这次是唐嘉源亲口问她，她只能回答。

"那天是八月十六日，地点是在榆林。"

八月十六和榆林连起来，唐嘉源登时想起来了，说道："八月十六日不是榆林大侠归元的六十寿辰吗？石师兄，你们那天经过榆林，可有到火云庄给归大侠拜寿？"

龙灵珠冷笑道："他倒是去了，他那宝贝儿子可没有去。"

石天行缓缓说道："不错，我是和兆鸣师弟一起去火云庄拜寿的。我叫陆敢当和小儿押解这个妖女。这妖女大概认为我那天不在场，她就可以信口雌黄，诬蔑小儿，殊不知这正是她胡说的破绽。师弟，你是明理的人，想想就明白了。"

唐嘉源道："不错，归大侠做大寿，那天榆林道上，必定是人来人往，热闹非常。"弦外之音，石清泉即使要做坏事，也不会在那一天，那一个地方。

龙灵珠的脾气本来就不大好，初时她还有点尊敬唐嘉源的，此时听唐嘉源这样说法，对唐嘉源的信心亦已动摇。心里想道："即使我厚着脸皮，说出石清泉那件丑事，唐嘉源也不会相信我的，我又何必向他投诉？"气往上冲，便即问道："你们的戏做完没有？要杀要剐，随你们的便，你们大可不必伪装公正了。"

唐嘉源面色一沉，说道："陆敢当，你过来。你老实告诉我，那天你是不是始终和石清泉在一起，没离开过？"

陆敢当对师父最为忠心，当下作出一副气愤的神情说道："那天我和石师弟寸步也没分开，不过这妖女也说得不错，那天的确是有一件意外的事情发生。不过不是石师弟害她，而是她几乎害死了石师弟！"

唐嘉源道："哦，那是怎么回事？"

陆敢当道："师父命令我们押解她，我们见她是女流之辈，不加捆缚，还让她骑马随行。哪知她趁石师弟不加防备，突然刺了石师弟一剑，这一剑几乎在石师弟的身上搠了个透明的窟窿，我忙着救石师弟，她就乘机逃走了。幸亏天网恢恢，疏而不漏，她终于还是给本门的长辈擒来。"

石天行父子是三天前回到天山的，石清泉的创伤尚未痊愈，唐嘉源也曾见到他的伤疤。只因当时事情太忙，没有详加询问而已。

唐嘉源不由得又多几分相信，对石天行道："原来清泉贤侄是这样受伤的，石师兄，你为何不早告诉我？"

石天行心花怒放，貌作恭谨地答道："一来是不想为这样的小事令掌门操心；二来反正今天就要审问这小妖女，不如留到今天再说。"

陆敢当和石天行说话的时候，龙灵珠在一旁只是冷笑。

唐嘉源面色端地一沉，说道："龙姑娘，我不想说你是捏造谎言，但据现在所知的事实，我实在无法相信你的说话。你反控石清泉一案，我只能宣判无效了。你若不服，可以提出新的证据！"

龙灵珠仍然只是冷笑。

天山派四大弟子中的白坚城性烈如火，喝道："小妖女，你冷笑什么？你身为罪犯，岂可对掌门人如此无礼！"

龙灵珠冷笑说道："他是你们的掌门人，又不是我的掌门人，我笑我的，关你何事？不错，我是罪犯，但也只是你们这班自命侠义道眼中的罪犯！"

白坚城大怒喝道："你说什么，在你的眼中，我们是假侠义道吗？"

唐嘉源劝阻白坚城道："白师弟，不要和她一般见识！"回过头来，对石天行道："石师兄，龙姑娘反控令郎一案，我替你作主，宣判无效，你也可以不必避嫌了。请继续进行审讯吧。"

石天行打了个"大胜仗"，故作公正，说道："这妖女伤害小儿一事，一来小儿侥幸没死，二来和这小妖女所犯的其他罪行相比，也尚属小事，我不想再加追究了。但她截劫本门叛徒，伤了丁兆鸣师弟一案，则是非加严惩不可！"

龙灵珠傲然说道："要杀要剐，随你的便！"

石天行怒道："这小妖女如此嘴硬，人来，先把她拉下去……"

冷冰儿见势不妙，不敢等待他说出刑罚，慌忙越众而出，替龙灵珠求情。

"石师叔，请你暂且息怒。这位龙姑娘虽有过错，但据我所知，她最近也曾帮过哈萨克族的总格老抵御清兵。可否将功抵罪，放宽对她的刑罚。"

石天行"哼"了一声，说道："这两件事情不能混为一谈。现在是我审问与本派作对的敌人，我理该执行本门的刑罚！她助罗海抗清有功，柴达木的义军首领可以让她将功抵罪，那是另一回事！你懂不懂？"

缪长风道："我是外人，本来不该插嘴的，但论起这一件事，龙姑娘做的却是符合侠义道的宗旨的。天山派纵然不能将她引为同道，似乎也该稍减严刑。"

缪长风是和天山派已故掌门人唐经天平辈论交的，在武林中的地位亦远非石天行可比。以他与天山派的渊源之深，石天行虽然极不满意他的“多管闲事”，却也不能像对待冷冰儿那样的驳斥他，不由得大为尴尬。

唐嘉源只能替他转圜，说道：“姑念这位龙姑娘乃是从犯，又有缪大侠为她求情。石师兄你就暂且记下刑罚，待审讯有了结果，那时再定是否执行，似乎也未为迟。”

石天行趁势自找台阶，说道：“掌门说得不错，主犯乃是杨炎，只要她从实招供，我对从犯是可以法外施仁。”

说至此处，提高声音对龙灵珠道：“现在有两条路任你选择，第一条，你供出杨炎的阴谋，我就免你的罪！倘若你执迷不悟，那就是你要走第二条路，甘愿为杨炎牺牲了。嘿，嘿，你一定要走这条路，我也可以成全你的心愿，从此废掉你的武功！”

冷冰儿忍不住道：“石师叔，杨炎是我看着他长大的，你若说他性情乖僻、胡作非为，我都不敢替他申辩，但若说到‘阴谋’二字，他还是个不通世故的大孩子呢，是否……”

石天行冷笑道：“说重他了？是吗？哼，你也曾受他所害，还要为他辩护！”

冷冰儿满腔委屈，眼泪不禁流出来了。

石天行视若无睹继续说道：“你说他不通世故，我说你才是太过糊涂！”

石天行端起执法长老的身份训斥本门弟子，缪长风自是不便插嘴，冷冰儿也只好忍受委屈，蕴泪说道：“请师叔指点。”

石天行冷冷说道：“杨炎的父亲是谁，别人不知道，难道你也不知？”

杨炎的身世，即使是天山派中，知道的就不过是高层人物，总共不到十个人。外来的宾客知道的就更加少了。石天行此言一出，有些人好奇心起，不禁互相询问。

石天行大声说道：“杨炎或者如你所说是个不通世故的浑小子，但他的生身之父却是阴狠毒辣的清廷鹰犬，官职是大内卫士的杨牧！”

秘密揭露，许多人都“啊呀”一声叫了出来，随即议论纷纷。

缪长风极为不满，要知杨炎的身世之谜，当他携杨炎上天山之时，本来就已经和已故的掌门人唐经天说好不让外人知道的。并且说好了要等杨炎满了十八岁的时候，才由缪长风单独告诉他的。如今石天行当众揭露，实属违约。缪长风为了顾全大局，不便与石天行当众冲突，但已是忍不住说道："龙生九种，各各不同！有其父未必定有其子！"

石天行面不改容，淡淡说道："但愿如你所言，但依我看来，只怕未必如此。我身为天山派的执法长者，此事关系本门极大，我不能不从严追究。"

他顿了一顿，见缪长风并没有打岔，继续说道："杨炎残害同门，侮辱尊长，诸多恶行，罪不容诛。但他一个人只怕也未有这样大胆，依我看他胆敢欺师灭祖，背后十九有人支撑。这个人当然是他的生身之父无疑！亦即是说，他们父子已经相认，他是受了他父亲的利用，和本门作对的。他父亲不露面，指使他出来，谁敢说背后不是藏着一个大阴谋！"

的确没有人敢说。缪长风明知杨炎和父亲不是一路，但杨炎也曾有过奉父亲之命行刺孟元超的事情，这件事情，而且石天行也是知道的。他若为杨炎辩护，石天行抖出这件事情，恐怕更加弄巧成拙。

石天行看见全场震骇，鸦雀无声，得意洋洋地说下去道："因此现在不是查究杨炎一个人的事情，必须查明他与他身为大内卫士的父亲有何勾结，布置什么阴谋！龙灵珠，你是杨炎的帮凶，我想你是应该知道的吧？"

龙灵珠一直是嘴角挂着冷笑，依然没有说话。

石天行喝道："我再说一遍，你供出杨炎的阴谋，我就放你，否则可休怪我不客气了！"

龙灵珠本来是眼角也不瞧一瞧他的，此时才转过头来，冷冷地盯着他。

石天行以为她回心转意，喝道："你说不说，我可没工夫等待你了。我数到三字，你不说，我就要执行刑罚，废掉你的武功！一、二……"

龙灵珠道："好，你一定要我说，我只能说八个字！"

石天行怔了一怔，道："只有八个字么？"

龙灵行道："只有八个字，要不要听随便你。"

石天珠道："好，你说吧。哪八个字？"

龙灵珠道："你听着，我说你是：含血喷人，自污其嘴！"

石天行气得面色通红，举起右掌，作势就要朝她顶门拍落。

冷冰儿忽地叫道："且慢，我替她说！"

石天行想不到她有此一举，愣了一愣，收回手掌，悄声问道："你替她说什么？"

冷冰儿道："师叔不是要问杨炎和他的生身之父有什么关联么？我知道。"

石天行思疑不定，说道："好，你知道你就快说！"

冷冰儿道："不错，杨炎是已经知道他的生身之谜，和他的生身之父也已经见过面了。但据我所知，他和杨牧并非一路！"

石天行冷笑道："是杨炎这样对你说的么？"

冷冰儿道："不是。"

石天行道："那你怎么知道他们父子不是一路？"

冷冰儿道："杨炎曾经救过义军的头目解洪，解洪是奉命到北京替义军备办药材的，在保定被捕下狱。大内总管派杨牧到保定办这件案，但就在他抵达保定那天晚上，尚未来得及提讯解洪，杨炎已经将解洪劫出了保定府的大牢了。杨牧前来办案一事，杨炎亦是知道的。但他还是这样做了，可见他们父子并非一路！"

石天行道："这件事情，你又是怎么知道的？"

冷冰儿道："是齐世杰告诉我的。"

石天行冷冷问道："齐世杰又是什么人？"

冷冰儿道："他是辣手观音杨大姑的儿子。"

石天行道："辣手观音不正是杨牧的姐姐么？"

冷冰儿道："不错！"

石天行冷笑道："看呀，原来他们都是一家人，这就怪不得了！"弦外之音，齐世杰帮忙杨炎说的好话，自是不能轻信。

冷冰儿道："禀师叔，齐世杰和杨牧虽是甥舅之亲，但他却是因为受了杨牧的迫害，在京师站不住脚，逃到柴达木义军那儿的。

三个月前我在柴达木曾经碰见他，有关杨炎义助解洪之事，就是他告诉我的叔叔的，当时我正在家叔身旁。”冷冰儿的叔父冷铁樵乃是柴达木义军的最高首领。

石天行淡淡说道：“我在榆林大侠归元的寿筵上也曾听到一个有关齐世杰的消息，有人曾经在震远镖局前总镖头韩威武举行闭门封刀的典礼上见过他，那不过是一个月前的事情。冷冰儿，你那个消息早已过时，我这个消息才是最新的消息！”

陆敢当故意问道：“震远镖局是不是京师最大的那间镖局？”石天行道：“一点不错。亦即是说齐世杰从柴达木又早已回到京师了。”

丁兆鸣道：“师兄，我有一个更新的消息。”

石天行怔了一怔，问道：“什么更新的消息？”

丁兆鸣道：“我是上个月廿七离开柴达木的，今天是初八，亦即是说不过是十三天之前的事情。就在我离开柴达木那天，快活张和齐世杰、解洪、方亮等人一起回来，他们是为义军押运药材回来的。”

丁兆鸣曾被龙灵珠从他手中劫走杨炎，那次虽没受伤，也总是吃了杨龙二人的亏。大家知道他是不会偏袒杨炎的。他说话当然比冷冰儿更有力量。

石天行甚是尴尬，半晌说道：“就算齐世杰和杨牧不是一路，也不能证明杨炎和他父亲不是一路。杨牧老奸巨猾，焉知这不正是他的诡计？他授意儿子劫狱救出解洪，那是为了布置更大的阴谋！”

这种猜度之辞，丁兆鸣就不便和师兄辩驳了。

唐嘉源为了缓和气氛，以掌门人的身份说道：“杨炎是否受他父亲利用，另有阴谋，目前尚无实据，似乎可以暂且搁置不论。但他残害同门，侮辱尊长等等恶行，则是证据确凿的。这位龙姑娘助他行凶，分属从犯。依我之见，还是请执法师兄从这方面审问她吧！”

石天行并不继续执行审讯，却先说道：“掌门师弟，你大概还未知道小妖女的来历吧？”

唐嘉源道：“哦，她是什么来历？”

石天行道：“她是跟母亲姓的，她的父亲其实姓展，说起来可真大大有名。”

唐嘉源道："哦，她的父亲是什么人？"

石天行道："她的父亲是三十年前外号'玉龙太子'的大魔头展灵鲲，展灵鲲的父亲外号'玉面龙王'，生前是个无恶不作的大海盗，在南海占岛为王，名叫展南冥。老一辈的人，大概还会有人知道他的！"

玉龙太子展灵鲲武功极高，不过由于他二十多岁的时候，便给岳父打成残废，稳居山村，知道他的人倒并不多。但一提起玉面龙王展南冥，知道的人可就多了。不但老一辈的人知道，年轻一辈也有许多人听过他的故事。当然这些故事大半属于传说，传说中他是介乎正邪之间的人物。有些人觉得"无恶不作"这四个字的评语未免过苛，但他是上两代的人物，谁也不敢说知道他的生平，因此也无人给他翻案。

石天行在议论纷纷中继续说道："杨炎是否和他的父亲同流合污，我遵掌门之谕，姑且不论。但他和这小妖女勾结一起，则是事实。小妖女是大盗世家，祖父、父亲的旧部如今还有不少。杨炎与她勾结，是否有更大的对本派的不利图谋，那是必须严加查究，绝不可等闲视之的！"

说至此处，这才转过头来，喝道："小妖女，你若想我从宽发落，快快从实招来。你们尚有哪些党羽，杨炎目前在何处活动，还有，他做了些什么坏事，你要把你所知道的都说出来！"

龙灵珠冷笑道："你说了一大堆话，我只能给你七个字评语，这七个字是：狗嘴里不长象牙！"

石天行气得面色焦黄，吹须喝道："小妖女，你、你敢……"

龙灵珠冷笑道："你敢骂我祖宗，我就敢骂你！"

石天行喝道："你不认罪还要无理取闹，我只好执行刑罚了！"声出掌发，眼看就要把龙灵珠的琵琶骨打碎。由于她是辱骂天山派的执法长老，这次冷冰儿也不敢救她了。

就在这千钧一发之际，忽听得有人喝道："住手！她是从犯，我才是主犯。要审问就审问我！"

声音并不很大，但却震得石天行的耳鼓嗡嗡作响。杨炎用的是新近练成的天遁传音。

石天行心头一震，不知不觉停下手来。

主犯出现

说时迟，那时快，杨炎已经出现在他的面前。

石天行毕竟是内功深厚，虽然陡然一震，迅即就恢复平静，喝道:“给我拿下叛徒!”

一声令下，三条人影已是同时向杨炎扑去。

这三个人是白英奇、霍英扬和韩英华。他们是目前天山派第三代弟子中武功最强的三个弟子，由于名字都有一个“英”字，故此又被称为“天山三英”。

三个人中又以白英奇的剑法最狠最快，他是白坚城的侄儿，剑法也是跟叔叔学的。白坚城是天山派第二代的“四大弟子”之一，剑法之精，仅在丁兆鸣之下。但他调教出来的侄儿，剑法之精却是不但胜过丁兆鸣的门下，而且在同一辈的师兄弟中，没一个人能比得上他。

三个人同时出手，白英奇的剑来得最快。杨炎叫道:“白师兄，请容……”白英奇的剑快，说话也快，早已喝道:“我只知奉执法长老之命，绝不容情!”不待杨炎把话说完，三尺青锋，迅如电掣，剑锋斜削，划到了杨炎的脉门。

冷冰儿的一颗心吓得几乎从口腔里跳下来，只盼白英奇是用刺穴剑法，否则这一剑削下，杨炎的手腕非给斩断不可。就在这电光石火之间，只听得“铮”的一声，火花飞溅，两柄长剑同时飞起!

原来韩英华也是使剑的，他用的是追风剑招，比白英奇不过稍稍慢了半分。

白英奇那一剑划杨炎的脉门，他那一剑则是指向杨炎背心的“章门穴”，章门穴是任督二脉交会之点的麻穴，杨炎背腹受敌，而且双手空空，并无兵器招架，在这种情形之下，可说是危险已极。

哪知杨炎比他们还快，他中食二指一弹，首先弹着了白英奇的剑脊。白英奇剑法虽高，却是禁受不起杨炎这一“弹指神通”的功夫。

杨炎伸指一弹，迅即抽身。白英奇的长剑给他弹开，刚好碰上了韩英华从背后刺来的这一剑。

两人剑法虽有高下，功力却是恰好半斤八两，双剑相交，在火花飞溅之中同时脱手。

场中宾客不乏剑术名家，不觉都是看得呆了。天山派一众弟子的吃惊，更不在话下。

哪知惊魂未定，“好戏”又来。这次不是剑飞而是人倒！

霍英扬在“天山三英”之中是练掌的，内力也是以他最强。三个人中他来得最后，但他那一掌却是打着了杨炎。

不过倒下去的却不是杨炎。只听得“蓬”的一声，霍英扬那矮胖的身躯飞了起来。

石天行大惊之下，连忙抢上去接他。哪知霍英扬所受的反震之力极为强劲，反而给他撞得虎口发麻，只听得“咕咚”一声，霍英扬还是跌倒地上。

原来杨炎有心一显颜色，他早已料到石天行会来抢救的，是以在使出“沾衣十八跌”的上乘内功之时，同时运用了隔物传功的本领。隔物传功可以借第三者的身体打击对方，对身受者倒是没有妨害的。

本来以石天行的功力，也是可以勉强接得下的。但一来他根本就不知道杨炎已经练成隔物传功的本领，也没想到要在事先防备；二来他骤吃一惊之下，本身的功力已是打了折扣，这才着了杨炎的道儿。

他身为天山派第二代的四大弟子之首，又兼执法长老，这一“失手”，自是大感颜面无光。

他又惊又怒，双掌高举，就待击出。杨炎喝道：“你说我是叛徒，这只是你的说法，尚未经同门公决，为何不许我说话！”

杨炎先声夺人，石天行暴怒已过，稍稍冷静下来，心里一想，自己身为长辈，要是制服不了杨炎甚至反而给他打伤，那时自己还有什么面目做执法长老？“好汉不吃眼前亏”，只好放下手来，说道：“你欺师灭祖，铁证如山，还有什么话说？”

杨炎冷笑道：“你的指控待会儿我再分辩。我先问你，我的事与龙姑娘何关？你因何要欺负她？以大欺小，好不要脸！”

石天行怒道：“她是你的帮凶，我是审问她，她不肯招供，我自当执行刑罚！”

杨炎冷笑道：“哦，你配审问她吗？不如先审问你的儿子吧！”

石天行喝道：“你、你……”又惊又怒，话不成声！

杨炎道：“我怎么样，我当然有凭有证，才这样说的。”

说罢转过头来，对唐嘉源行了参拜之礼，说道：“请掌门人主持公道！”

唐嘉源见他说的话与龙灵珠刚才说的话相同，心里起疑，说道：“有何凭证，给我看看！”

杨炎把那份认罪书递过去，说道：“莫说龙姑娘不是什么帮凶，就算是吧，废她武功也是太过霸道。掌门人你看了这份认罪书，就知道真正的受害者是谁了！”

唐嘉源看一看那份血写的认罪书，面色登时沉暗，不发一言。

众弟子见他如此神色，不禁都是窃窃私议：“认罪书？谁的认罪书？”

石天行怒道：“你这小畜牲捏造我的什么罪证？”

杨炎冷笑道：“我看在你是本门长老的份上，姑且尊重你几分，你若胡骂，可休怪我……”

唐嘉源连忙止住他道：“杨炎，不可无礼。石师兄，他尚未定罪，你也暂且把他当作本门弟子吧。”弦外之音，当然也是认为他骂得太重了。

杨炎仍然是嘴角挂着冷笑，说道：“掌门有命，我暂且对你客气几分。不过，你这话可就不对了。第一，你怎么知道我是捏造？第二，你又怎知道是你的罪证？你真的犯了什么罪吗，我可还没知道呢。你用不着作贼心虚！”

石天行原意是说杨炎捏造他儿子的罪证的，下意识里他是把儿子和自己作为一体的。故此不知不觉说错了话。给杨炎拿住话柄，不由得脸上一阵青一阵红，想要发作，又不知该当如何发作。

唐嘉源喝道：“杨炎，有话好好地说，不许无礼！我是第二次告诫你了，再犯绝不轻饶！”说罢，把那份认罪书递给石天行，道：“石师兄，你自己看吧！”

石天行已经料到几分，但一看之下，仍是不禁直打哆嗦，面如死灰。他双手颤抖，似乎恨不得把这份“认罪书”撕成粉碎，却又不敢。

认罪书上写的是：“天山派弟子石清泉不合妄起淫心，逼奸龙灵珠。逼奸不成，反被龙灵珠所伤。自知罪有应得，特此发誓，今后绝不敢再与龙灵珠为难。发誓人：石清泉。监誓人：江上云。见证人：陆敢当。”江、陆二人都签上自己的名字，石清泉名下则只是画了个押——一个歪歪斜斜的“十”字。

石天行是尚未知道这件事情的。不过，虽然尚未知道，却也猜得到了。

他想起那天的事情，在他发现龙灵珠逃跑、儿子受伤之后，他的大弟子陆敢当对他说，是江上云助龙灵珠逃走并打伤他的儿子的。他把这件事情扯到江上云与孟华的“宿怨”上。石天行当时已经觉得似乎不太合理，但他不愿深究下去，只好接受对儿子有利的这个“解释”。涉及江上云的事情，回山之后，他也未敢禀报掌门。

此时他看了这份认罪书，方始明白真相，心里也不能不相信认罪书上写的都是事实了。

大爆丑闻

不过他心里虽然明白这是事实，口中却不能不硬着头皮帮儿子抵赖。

“掌门明鉴，逆徒杨炎自知罪在不赦，他残害同门，这份什么所谓认罪书，焉知不是他捏造出这种事情。”

龙灵珠冷笑道：“石长老，你不是口口声声要什么人证物证的么？如今我的物证已由杨炎拿来，人证亦已有了。你说杨炎捏造，又有什么证据？只凭‘相信’二字，可是说服不了别人的啊！假如你要我说的话，我也可以说，我相信你是披着侠义道外衣的伪君子，是纵子行凶的老混蛋，你服不服？”

石天行气得打抖，喝道：“小妖女，你、你敢信口雌黄，乱骂老夫？”

龙灵珠噗嗤一笑，说道：“我不过打个比方而已。你若不是老混蛋，又何必生气？嘿，嘿，如今你也知道只凭‘相信’二字是说不通的了吧？”

石天行好不容易才想到了一个“理由”，就像溺水的人抓着一根稻草似的，抓住“人证”二字，说道：“杨炎并不在场，即使根据这份什么所谓认罪书，最重要的人证，也应该是江上云才对。”

龙灵珠道：“你那宝贝儿子不是已经在认罪书上签了供吗？你的儿子就是人证！”

这份认罪书是从杨炎手中交给唐嘉源，再由唐嘉源交给石天行过目的。这其间并未经过龙灵珠之手。唐嘉源见她说得出认罪书上有石清泉画押签供之事，显然她已知道这份认罪书的内容。依理推测，这份认罪书自是石清泉当着她的面签供的了。对杨龙二人的说话，不禁亦已是开始相信了。当下他从石天行手中索回那份认罪书，又再仔细多看两遍。

这份认罪书是并未当众宣读的，众宾客与天山派的门下弟子不禁都是议论纷纷，想要知道石清泉究竟犯的是什么罪。

唐嘉源摆一摆手，止住众人喧哗，说道：“此事真相未明，杨炎交出的这份反控石清泉的罪状，众弟子暂时无须知道。”掌门令出如山，门下弟子自是只能依从，众宾客也不便多加议论了。但他们虽然不说话，心里则是猜疑更甚。十九亦都猜想得到，这定是一件不堪闻问的丑闻。

不过龙灵珠的反驳却又给石天行抓着一个借口。

石天行冷笑道：“掌门明鉴，小儿给杨炎割去舌头，他自己是不能分辩的。这份所谓什么认罪书，可并没有他的签名。划一个‘十’字押，那是谁都可以替他划的！要证明这份认罪书是真的，那只有请江上云来作证明！”

杨炎说道：“江上云与清兵作战受伤，如今尚在罗海的家乡养病。不过多则一月，少则十天，他一定会来到此处。”

石天行道：“那就等待他来到之后再断此案吧。如今还是审杨炎一案要紧。”他无计可施，只好施行缓兵之计。

杨炎可不容他用缓兵之计。立即说道：“禀掌门，我的案件是和石清泉此案相关的，我请求先断此案，我才如实作供。”

唐嘉源道："但江上云不能亲来作证，此案又从何断起？"口气对杨炎已是缓和许多，而且不知不觉之间，他已是代替石天行审讯职务了。

杨炎说道："江上云虽然不能亲自前来，但认罪书上他是作为'认罪人'石清泉的'监誓人'亲笔签了名的！"

石天行冷笑道："谁知道这签名是真是假？"

冷冰儿忽地说道："要分别真假不难。江上云的父亲江海天大侠和老掌门是至交，常有书信往还。江大侠晚年的书信是由江上云代笔的，这些书信，掌门人想必还有保留吧！"

石天行道："你怎么知道是他代笔？"

唐嘉源微笑道："冷冰儿的话倒是不假。因为江大侠近几年写给我爹的书信，的确是写明了由他二公子代书的。还有江上云上次在天山作客的时候，也曾写过一副对联送给我，字迹与江大侠晚年写给家父的那些信的字迹相同。"

冷冰儿道："那么请掌门人一对笔迹，不就是可以明白了吗？"

石天行道："江大侠是名人，江上云在武林中的名气也不小。名人的笔迹通常都是比较容易假冒的。尤其如你所说，江大侠晚年的书信既是由江上云代笔，那么见过他笔迹的人就更多了！"他这样说法，稍微有点头脑的人都知道他是强辩。但却也不能不承认他虽然"强辞"，亦能"夺理"！

杨炎冷冷说道："好，你说名人笔迹假冒，那就找一个不是名人的笔迹来对证吧！"

石天行面色苍白，强自镇定，喝道："是谁？"

杨炎朗声说道："远在天边，近在眼前，这个人就是你的大弟子陆敢当！亦即是认罪书上的见证人陆敢当！"

在天山派的第三代弟子中，白英奇排名第一。陆敢当排名第九。第三代弟子有三十多人，他的地位介乎中上之间；但在江湖上只能算是无名小卒。他读书不多，平时除了写写家书之外，很少习字。因此也没有哪个同门特别留意他的书法。但也正因为此，杨炎不可能冒充他的笔迹。（杨炎是十一岁离开天山的，在天山的时候，教他读书认字的有三个人，一是他的义父缪长风，二是冷冰儿，三是段剑青。陆敢当根本就没有机会和他接近。杨炎即使见过他的字，当时也只是一个幼童，不可能存心模仿他的笔迹。)

唐嘉源本来早已想到要找陆敢当来对笔迹的，只因他是石天行的大弟子，唐嘉源不便先提出来。此时杨炎已经说了，唐嘉源便道："陆敢当刚才的供词，和这份认罪书写的大不相同，真相究竟如何，是该找他问问。认罪书上也有他的签名，一对便知真假!"一声令下："传陆敢当!"

哪知刚才还是"近在目前"的陆敢当，此时却忽然不见了。

原来陆敢当当杨炎拿出认罪书的时候，早已料到杨炎有此一着。他知道真相始终是会揭破的，唯有趁着纷乱之际，偷偷逃走。

会场乱了半支香时刻，去找寻陆敢当的弟子都是单身回来。

唐嘉源怒道："陆敢当并无任务分派，因何不在会场!"他虽然不说陆敢当畏罪潜逃，却已显然含有此意。

石天行面色铁青，说道："他是我的弟子，这件事情我一定秉公查究。但我想他不会是私逃下山，他昨日练功过度，或许是偶感不适，回去休息也说不定。他不知走的是哪条小路，一时找不到他不足为奇。"

唐嘉源明知他是缓兵之计，但由于他是师兄，只好给他几分面子，说道："好，那么依师兄之见，此案应该如何审讯，是否要等陆敢当找到方再进行。"

石天行为了转移视线，说道："依我之见，这位龙姑娘可以暂时释放。但此案本来是以杨炎为主，主犯既然投案，似乎应该先审杨炎!"

石天行身为执法长老，按照武林规矩，有关本门弟子的重大案件，是由执法长老主审的。审判得出结果之后，掌门人有权就他们所定的刑罚酌予增减，但在审判的过程中，即以掌门人之尊，也只能是作为陪审身份，不过，目前的情况却有点特殊，石天行由于儿子被控的一案尚悬而未决，不免有点胆怯情虚，对唐嘉源说话的口气，倒好像唐嘉源是主审了。是否应该先审讯杨炎，这是属于程序的问题，像这样的枝节问题，他本来是无须征求掌门的人同意的。

唐嘉源亦已知道他是存心庇护自己的儿子，执法实非至公，但为了顾全他的面子，只好说道："应该如何审讯，师兄作主便是。"

石天行一声咳嗽，掩饰窘态，清一清喉咙之后，说道："现在由我兼任主控，先宣布杨炎所犯的罪名……"

他话犹未了，杨炎已是冷笑起来，说道："用不着你费力气说了，你要加给我的罪名，我早已知道，不外是什么欺师灭祖，残害同门而已。"

石天行怒道："你知道就好，这还不够么？"

杨炎不理睬他，继续说道："我的师父早已死了，我对师父的尊敬，在他的生前死后都是一样。欺师灭祖这四个字谈不上的。"

唐嘉源道："欺师灭祖不是这样解释的，违背祖师所定的戒律，不敬本门长辈，都是犯了这一条罪。"

杨炎说道："我知道。我打伤石天行，石天行好歹也是本门长辈，这条罪名他是可以控告我的，但我也有权给自己辩护。"

唐嘉源道："不错，现在尚未定案，你是有权辩护。但必须有充分的理由。"

杨炎说道："这是涉及执法长老的，理由是否充分，由谁决定？"

唐嘉源道："你无须顾虑，像清理门户这样的重大案件，你的理由是否充分，可由同门公决！"

石天行心里极为不满，但唐嘉源是依照"法理"说的，他只能冷笑说道："好，你就说吧，我倒要听听你有什么理由？"

杨炎说道："我就按照你所定的这两条罪名说吧，不过次序要改变一下。欺师灭祖是在残害同门之后，亦即是说，我打伤你是因我残害你那宝贝儿子的身体而引起的，对吧？所以，我必须先说我是为了什么才和你的儿子打架的！"

石天行哼了一声，说道："打架？说得这样轻松！你把清泉打得重伤，在他重伤之后还割了他的舌头！同门打架，是应该用这种残忍的手段吗？我倒要问你，清泉和你有什么深仇大恨？"

杨炎冷笑道："你一个人哗哩哗啦，我还未向掌门陈述，你就'断案'了！这是公平审讯吗？你到底让不让我说？"

唐嘉源眉头一皱，喝道："杨炎，你现在是被告身份，不许你和执法长老争吵。好，你说吧，你为什么打伤石清泉?”这几句话，表面看来，虽然是斥责杨炎，其实已是对石天行亦有“微词”了。他用的是“争吵”二字，岂非把争吵双方一视同仁?

石天行又气又恨，心里想道:“掌门本来应该是由我做的，我让给你，你竟然还不知道要感激我，如此令我难堪。总有一天，我要令你从掌门的宝座上摔下来。”

他在一旁生气，杨炎已是面对掌门朗声说道:“石长老有一句话倒是说得不错，的确不是普通打架那样轻松。启禀掌门，当时我若不打伤石清泉，石清泉就要杀我!”

唐嘉源道:“石清泉为什么要杀你?”

杨炎说道:“他，他见我和冷姐姐在一起，他，他跑来侮辱冷姐姐，我不许他口出污言，他就要杀我!”杨炎不愿意说出当日的详情，但这几句话并非捏造。

但听在天山派一众弟子的耳中，这“侮辱”二字却是令得他们想入非非，加重了心里的猜疑，有许多人甚至作出恍然大悟的神气了。

要知石清泉对冷冰儿求婚不遂之事，一众同门都是知道的。石清泉逼奸龙灵珠的那份认罪书，唐嘉源虽然没有读出来，但人听了对答的过程，对认罪书的内容多少也已猜到几分。最少大家都已相信，“行为不端”这四个字是可以加在石清泉身上的了。因此许多人就难免有这样想法:石清泉对冷冰儿的“侮辱”，此事恐怕是和他对龙灵珠做出的那件事情相类似了。

唐嘉源也有这一怀疑，不想细问详情，只问冷冰儿道:“杨炎说的可是实情?”

冷冰儿道:“石师哥当时的确是要拔剑杀杨炎!他也的确是说了许多难听的话，我不想复述。”此时众人已在窃窃私议，冷冰儿面上一红，说道:“请各位不必胡猜，石师兄对我并没什么，他只是要我跟他回山。”

冷冰儿对石清泉的控诉，口气虽然没有杨炎那么严重，但一众同门听她说出了石清泉要杀杨炎，又要逼她回山的事实，心中不免俱是想道:“石清泉当时或许是没有玷辱她，但心存不轨那是显而易见的了。想必是冷冰儿看出他的企图，拒绝跟他回山。杨炎当然是帮冷冰儿的，因此他就要杀杨炎了。”

当然石清泉不是君子，天山派一众弟子的这个想法不能说是“以小人之心度君子之腹”，但这个猜想却并不完全符合事实，也是把石清泉的罪名加重了的。

唐嘉源碍着有宾客在场，心里想道：“这件案若再审下去，恐怕就难免家丑外扬了。但怎样收科呢？”

“无论如何，你总不该割掉石清泉的舌头呀！”唐嘉源在未能想到较好的“收科”办法之前，只好假意斥责杨炎，给石天行一点面子。

但在石天行听来，却是极不好受。这几句话的“弦外之音”好像是在说，杨炎所犯的罪仅只是出手不知轻重而已。石清泉犯了淫行，还是应该受惩罚的。

石天行面上一阵青一阵红，最后双眼瞪着冷冰儿说道：“禀掌门，冷冰儿与杨炎自幼同在一起，亲如姐弟，他们二人，彼此互相回护，恐怕也是有的。我以为他们的证供不足为凭。小儿的说法，和他们的说法就并不一样！”

杨炎冷笑道：“哦，他是怎样对你说的？”

石天行怒道：“不错，他是给你割了舌头，不能说话。但可惜你没有将他的手指削断，他还能够以指代舌。掌门师弟，这件丑事我不愿意当众说出来，但我可以叫小儿写给你看。”石清泉由于还在养伤的缘故，因此并未参加这次的同门大会。

杨炎怒道：“我不怕你说出来，但却不容你们父子造谣诬蔑。”

唐嘉源也以为石天行是老羞成怒，意图“反咬”，说道：“请令郎来作笔供，本来也无不可。不过，最好除了令郎本人之外，仍有人证物证。”坚持要有人证物证，这是石天行一开始以执法长老的身份进行审讯时就这样主张的，如今却给唐嘉源抓着了借口，等于是“作法自毙”了。

在唐嘉源的意思是不愿多生枝节，若任由石清泉来作笔供，虽然不必读出来，审讯还是要继续进行的，那还怎能保得住家丑不向外扬？

可是石天行的想法却就不一样了！

石天行工于心计，城府甚深，他听唐嘉源的口气，已是越来越对自己不利，不免想到唐嘉源是要趁这机会来打击他。“掌门之位本来是应该属于我的，他僭位掌门，只有将我排挤掉，他才能专权。这件案子，若然给杨炎反控成功，却叫我如何来定儿子的罪，我又有何面目再做执法长老？唉，这真是弄巧反拙了！”殊不知唐嘉源虽然对他不满，但也只是想要早早结束此案，以免家丑外扬，并非如他所想那样是在权位之争。

正如俗语说的疑心生暗鬼，石天行有了顾忌，只好自己转圜，说道：“掌门明鉴，人证物证，不是仓猝之间可以找得到的。杨炎这方的主要证人江上云，也不知什么时候才能来呢。目前我尚未知道小儿有何人证，待我仔细问他再作定夺如何？”他再次使用缓兵之计，心中则在盘算更为歹毒的做法，盘算如何才能不着痕迹地谋害唐嘉源，必要之时甚至不惜引进“外援”。

唐嘉源则是巴不得早点结束此案，听他这么一说，正是和自己的心意相同，便即说道：“不错，由于这案中有案，案情复杂，若要查个水落石出，是还得做多一点准备工夫。不如这样吧，杨炎暂时收押，候期再审，你看如何？”

石天行心里是一千个愿意，但他身为执法长老，又想摆点架子，于是佯作考虑，暂且沉吟不语。哪知正当他抬起头来，想要答应的时候，忽听得有人朗声说道：“禀掌门，江大侠来到！”

唐嘉源又喜又惊，说道：“哪一位江大侠？”

前来禀报的是担任“知客”任务的一个弟子，说道：“是江二公子！他已经来到了迎客亭！”

武林中人都知道江二公子即是江海天的次子江上云。江家与天山派渊源极深，不过江上云仍然依照礼节，在迎客亭暂且驻足，依礼请“知客”代为通名求见。

唐嘉源喜出望外，连忙说道：“甘师弟，请你代表我赶快去接江大侠上山。”甘武维在第二代的四大弟子之中排行第二，除了第一代硕果仅存的长老钟展和现任掌门唐嘉源与石天行之外，数下来就是他了。

唐嘉源随即转过头来，说道：“江大侠来了，那份认罪书的真假立即可以明白。我本来想暂且搁置此案的，但现在情形有变，师兄，你的意思怎样？”

石天行无可奈何，只好说道：“江大侠既然来了，有关龙姑娘那件案子自是可以继续审讯。不过，今日的同门大会，本来是要审杨炎欺师灭祖一案的，案有主次，主案的人证未齐，不如仍依原议，待双方的人证物证都齐备了，两案再同时审讯如何？”

天山派的第四代大弟子白坚城最为刚直，听了石天行这样说法，他也觉得石天行实是有意徇私，忍不住便道：“不错，案中有案，两件案子虽有主次之分，但主案人证未齐，先审次要的一案，似乎也未尝不可。”

唐嘉源不作声，石天行作贼心虚，也不敢反对。但他未想到如何回答，江上云已经在甘武维的陪同下来到会场。

唐嘉源连忙上前迎接：“江二公子，什么风把你吹来的，你可来得正好！”

江上云不认识杨炎，但龙灵珠可是曾经与他同过患难的，他一眼看见龙灵珠，顾不得与唐嘉源说应酬的客套话，匆匆还礼，便即面对龙灵珠打个招呼，说道：“龙姑娘，你也来到天山了。那天给清兵冲散之后，我找得你好苦，你没事吧？”

龙灵珠道：“没事。你来得真巧，我正是在盼你呢！”

江上云已经料到几分，故意问道：“哦，唐掌门说我来得正好，你也说我来得真巧，究竟是怎么回事？”

龙灵珠道：“我要等待你来给我做证人呀！”

江上云道：“做什么证人？”

龙灵珠淡淡说道：“我现在正是以待罪之身，受天山派执法长老的审问。怎么回事，我看还是请这位执法长老告诉你好些。否则执法长老又要说我不懂规矩了。”

江上云道：“哪位是执法长老？”

石天行满面通红，唐嘉源道：“是石师兄。这件事情是这样的……”

他正要说出来，忽听得有人叫道：“请掌门稍等，我来替石清泉作证!”这个人也不知从哪里钻出来的，来得快到极点。

天山派众弟子还未看得清楚是谁，冷冰儿已经听出是谁的声音。这刹那间，她气得发抖。

杨炎喝道:“段剑青，你还有脸重回天山!”立即就是反手一抓!

段剑青以第八重的龙象功化解他的龙爪手，喝道:“你们来得我为什么来不得?”杨炎出手极快，喝道:“我要你的命!”口里说了五个字，双掌连环进击，已是出了七招。

这连环七招是他得自萧逸客传授的扫叶掌法，段剑青从未见过，虽然勉强可以抵挡，也给他攻得手忙脚乱。段剑青冷笑说道:“杨炎，你想杀人灭口么?”

石天行喝道:“杨炎，国有国法，家有家规，你胆敢在会场上行凶，目中还有掌门人存在吗?”

唐嘉源眉头一皱，说道:“杨炎，住手再说!”

杨炎不能不听掌门命令，只好罢手，却对石天行冷笑说道:“执法长老，你执的法好公正啊!”

石天行怒道:“我秉公执法，有何值得你这小子非议之处?”

杨炎朗声说道:“你不分皂白，就判我欺师灭祖；段剑青才是真正的欺师灭祖，你为何不管?”

段剑青道:“我怎样欺师灭祖?”

杨炎冷笑道:“你目前正在为清廷的攻打鲁特安旗效力，是清军主帅丁兆庸帐下的红人，你敢否认吗?”

段剑青道:“请问执法长老，本门戒律有哪一条是不准做官的吗?我家屡代在大理为王，直至本朝，方始撤锁封号。我是官宦世家，投入本门之时，一众师长也都是知道的!”

原来天山派虽然是反清的，但在创派之时，为了避招朝廷之忌，只是历代相传，在口头上告诫弟子不可忘了民族大义，但并未列入明文。当年他投入天山门下，做了钟展的关门弟子，是由他的叔父段仇世保荐的。段仇世则早已放弃继承“王爷”的称号，是反清义军的同路人了。

段剑青离开天山派之后，天山派的首脑人物并非不知是他暗中帮助清廷，也曾计划将他拿回天山问罪。但段仇世因段家只有他这一枝根苗，苦苦向钟展求情，要求钟展准他去劝段剑青悔过自新，他乐意亲自把侄儿押回天山让钟展处分。钟展是个老好人，允予所请。但段剑青极力避免和叔父见面，钟展近年又因年老不再理事，这件事情就一直拖下来了。这其间段剑青曾写过一封信给前任掌门唐经天，说道自知难为本派所容，是以改投别派，请掌门原谅准他踏出门墙。武林本来没有这个规矩，唐经天当时也很生气，但为了师兄钟展与段剑青的叔父有约在先，这封信暂时没有公开。

石天行明知段剑青早已被一众同门认为是叛徒的了，但为了儿子，只能像溺水的人抓着一根稻草一样，抓住段剑青，挖空心思，帮他说话。

石天行想了一想，说道："本门习俗相传，鄙视利禄。是从来没有哪个弟子出任朝廷官职的。不过本门所定的戒律，则并没有这条禁例，列入明文。"

杨炎气往上冲，说道："他几次三番谋杀冷冰儿，这是不是残害同门？你指控我的罪状之中可是有这一条的！难道戒律也是因人而施么？"

段剑青装出一副极为难过的表情说道："我和冷冰儿的事情实是不足为外人道的！唉，我与她曾有白头之约，我又怎忍谋害她？"

冷冰儿气得发抖，喝道："你，你把我推落冰湖，这件事你也竟敢抵赖？"

段剑青道："究竟是我负心，还是你负心，你自己应该明白，爱之欲其生，恶之欲其死。你现在另有新欢，把我置之死地，我也怪不得你！"他不分辩究竟有无谋杀情事，却装作对冷冰儿余情未了，博取众人同情。

冷冰儿气得几乎晕了过去，唐夫人握着她的手在她耳边说道："冰儿别气坏身子。你的冤屈我们会替你主持公道。不过，目前尚未到时候。"

耳语虽轻，石天行已听见了，立即说道："俗语说清官难断家务事，男女私事，若然各执一词，亦属一例。段剑青下山之后的行为或有可议之处，但如今他是来作证人，今日主要是审杨炎一案，不宜横生枝节。待审完此案，那时再请段剑青的业师，本门长老钟师伯来断定段剑青是否有罪，也还不迟！”

唐嘉源凛然说道：“段剑青曾有私函与前任掌门，要求准他自立门户，不再列名天山派门下。按照规矩，要求脱离本派的弟子，必须由掌门人考核他的功过，有功者可以立即准许并以礼相送；但若然犯了过错，则必须领受刑罚之后方许他步出门墙！现在我以掌门人的身份接受他的请求，但因目前无暇考核他的功过，对他如何处置一事暂且推后。目前他只能以证人身份作供，不许自称本门弟子！”唐嘉源做事没有他的父亲那样精明刚毅，但在大节却不含糊。他不愿在一众宾客之前还承认段剑青是天山派的弟子，故此必须先正“名分”。

但对段剑青来说，“名分”之争对他已是毫不重要，心里想道：“我本来就不愿做天山派的弟子，你要推后来处分我，我也不怕。”原来他早就有了准备而来的。

石天行伪装公正，对江上云施了一礼，说道：“今日主要是审杨炎欺师灭祖，残害同门一案，因此案而涉及的附属案件，只能暂且推后。如今主案的证人已经来了，请江大侠稍待如何。”

江上云淡淡说道：“杨炎是贵派弟子，如何进行审讯，这是贵派的事情，我不便过问。我此来不过是为了替龙姑娘讨个公道而已，既然你认为龙姑娘的案子没这么重要，那你喜欢什么时候要我作证，我就什么时候作证好了。”他未曾作证，但口气之中则已透露出龙灵珠是受委屈的了。“讨个公道”四字出自他的口中，不啻是一记耳光打在石天行的面上。

石天行面上热辣辣的，只好先顾目前，把希望都寄托在段剑青的身上。

段剑青开始作证，说道：“杨炎这件案子发生的时候，我在现场。所以我知道得最清楚。”

唐嘉源道：“且慢，我先问你，因何你会在场？杨炎刚才的供词可没提到你在场一事。”

段剑青道：“杨炎没看见我，不过事后他也应该知道我在场的。因为冷冰儿不会不告诉他。唐掌门，倘若你怀疑我说假话，你可以问问冷冰儿那一天她在碰见石清泉之前，是否先和我见了面。”

冷冰儿气得颤声骂道："不错，那天我是被你跟踪，你，你这禽兽不如的东西……"

石天行喝道："冷冰儿，你承认他那天在场，他就有了做证人的资格。你若是要控诉他，应该等待他作证完毕才能提出！"

唐夫人揽着她轻轻说道："冰儿，我知道你受委屈，你忍耐点吧。石长老说的话也是对的，审讯应该按部就班。"

段剑青得意洋洋，继续说道："冰儿，我知道你早已不喜欢我了，但你也未免骂得有点过分……"

唐嘉源喝道："与案情无关的闲话不必多说！"

段剑青先应了一个"是"，但却说道："禀掌门，因为掌门刚才问我，因何会在现场，我回答这个问题，不能不稍微涉及我与冷冰儿的私情。"

唐嘉源哼了一声道："好，你说下去！"

段剑青道："那天我碰上她，我求她与我和好如初。她不答应，用冰魄神弹赶我走。我得不到她的欢心，我也自知不能勉强，我就走开。但我心有不甘，虽然走开，却在她看不见我的地方埋伏。"

唐嘉源道："你在附近埋伏，是何居心？"

段剑青道："因为我刚走开，杨炎就来到了。我看他鬼鬼祟祟的样子，似乎是在做见不得人的事。他对冷冰儿的态度，似乎也不像姐弟的模样。他大概一心放在冷冰儿身上，没发现我。因此，我就躲起来，想要偷听他们在说什么。我自知这样做也是不够光明正大的，但当时妒火中烧，实在约束不了自己。掌门若加罪责，我甘受无辞。"

这次唐嘉源尚未开口，石天行就先说了："你的行为是对是错，待此案结束之后，我与掌门自会再加议处。闲话不必多讲。快说，你躲在暗处，听见他们在说什么，看见他们在做什么？"

段剑青道："我、我说不出口！"

石天行喝道："为什么说不出口？"

段剑青装模作样，故意说道："石长老，你不必逼我，我正在想，应该怎样告诉你才好。这样吧，让我将令郎碰见他们的事情挪前来说，这你就会明白他们在做什么了。"

石天行道："也好。总之不许你有一字隐瞒，次序先后，倒没问题。"

段剑青应了一个"是"字，继续说道："他们躲进乱草丛中不久，令郎就来了。我、我看见……"

石天行忐忑不安，急忙问道："你看见什么？"

段剑青道："我看见的是……令郎的确是拔剑要杀杨炎！"

石天行面色铁青，他以为段剑青的证供一定对他有利的，哪知……

哪知正当他大失所望之际，段剑青的话锋已是突然一转，说道："为了不至令石清泉含冤莫辩，我的舌头尚在，必须替石清泉说出真相。"他作出慷慨激昂的模样，面对着唐嘉源继续说道："不错，石清泉当时是拔剑要杀杨炎，但他为什么要杀杨炎呢？杨炎刚才说是他侮辱冷冰儿，这话错了。真正的事实是……"

石天行喘着气问道："是什么？"

段剑青缓缓说道："倘若一定要用侮辱两个字，侮辱冷冰儿的是杨炎！"

杨炎大怒喝道："你放屁！"石天行喝道："不许骂人！"杨炎喝道："我有权和他对质，冰儿姐姐就在这里，你问她是谁侮辱她？"

冷冰儿已经气得说不出话，唐嘉源道："冷冰儿刚才已经说过，杨炎当时是为了保护她才和石清泉打起来的。不过她也说石清泉对她的态度虽然不好，也还没有什么侮辱她的举动。冰儿，你若不想改变口供，就点一点头。"

冷冰儿点了点头。

唐嘉源面挟寒霜，说道："杨炎并无逾矩之行，已经由冷冰儿替他证实了。段剑青，你还有何话说？"

石天行忙道："冷冰儿与杨炎情如姐弟，我不敢说她的证供一定偏袒杨炎，但我们也只能把她的证供当作一面之词。"

唐嘉源冷冷道："不错。成语有云：兼听则聪，偏听则蔽。不论是谁，单方面的证供，总是不能成立的。石师兄，你是执法长老，我不便越俎代庖，你若认为应该兼听，那你就让段剑青和他们对质吧！"他的说话，已是对石天行越来越不客气了。虽然表面听来还是同意石天行的意见，实际已是在说他只是想听段剑青的“一面之词”的。

石天行老着脸皮说道：“多谢掌门指教，审讯继续进行。冷冰儿没改变原来口供，段剑青你还有何话说，无须顾忌，尽管说出来！”

段剑青说道：“我承认我刚才是说错了话！”

石天行吃了一惊，重复问道：“你承认错了？”

段剑青道：“是。我刚才说的‘杨炎侮辱冷冰儿’这句话应该收回！”

此言一出，不但石天行吃惊，杨炎也大为奇怪，心道：“难道是段剑青良心发现，觉得自己实在是对不住冷姐姐么？”

石天行板起脸孔道：“段剑青，你的证供反反复复，是存心来开玩笑的吗？”

段剑青道：“请执法长老原谅，我本来希望我的话没说错的，但现在才知道真是错了。我的希望，只是幻想。”

石天行听出一点苗头，喝道：“你言辞闪烁，什么叫做希望没说错话，我可听不懂你的意思，你给我明白解释！”

段剑青叹了一口气，说道：“我是错在对冷冰儿尚有一点痴情，不管怎样，她总是曾经与我有过山盟海誓的人，她纵然背誓寒盟，我也还希望她能洁身自好的。所以我只能希望我所见到的丑事，只是杨炎强加于她，是对她的侮辱。唉，但她既然否认杨炎是侮辱，那我还有什么话说？”

石天行道：“你的意思是指他们两人……”

杨炎大怒喝道：“你们放屁！”这一喝把石天行已到口边的“通奸”二字喝断了！

石天行面红耳热，大怒喝道：“杨炎，你反了！”正是：

大爆丑闻难入耳，能言鹏鸪毒于蛇。

欲知后事如何？请听下回分解。

第十回　盟心忍令沾泥絮
情劫应嗟逐彩云

惊世骇俗

段剑青就在他们闹得不可开交之际，猛地提高声音说道："不错，正是因为石清泉撞破他们的奸情，杨炎才要割了石清泉的舌头，而石清泉在被割舌头之前，逼于无奈，也是非要杀杨炎不可的！"

杨炎刷地拔出剑来，与此同时，甘武维、白坚城、丁兆鸣等人也都纷纷拔出剑来，拦在杨炎与石天行间。丁兆鸣喝道："杨炎，你若有理，不怕分辩。你先动武，就是你的不对！"杨炎气得几乎爆炸，强忍心头怒火，收剑入鞘。

段剑青得意之极，说道："杨炎，你想灭口，今天无论如何是办不到的了。我劝你还是认罪了吧！"

杨炎喝道："我没有罪，有罪的是你！"

段剑青冷笑道："好，你说你没有罪，那么就是我说假话了。欲知我说的是真是假，那并不难，掌门夫人是冷冰儿的师傅，师徒无须避忌，请掌门夫人把冷冰儿带回私室，用守宫砂一验就知！"

冷冰儿心道："我可不能给他气死，不能给他气死！"用这个念头支持自己，这才有说话的气力："石，石长老，我，我可以说，说话了么？我，我要控诉段剑青用，用最卑鄙的手段害、害我……"她强力支持，但声音仍是细如蚊叫，断断续续，话不成声。

石天行故意说道："冷冰儿，你说什么，我听不见。大声一点！"

试想在这样的情形底下，冷冰儿尚未至于精神崩溃，已经算得是有勇气的了，如何还能大声说话。

唐夫人怒道："石师兄，你不见她气得几乎晕死过去吗，你还何忍逼她？"

石天行冷笑道："我也知道这种丑事难于开口，但案情重大，我若不审个清楚，又如何向同门交待。"

杨炎陡地喝道："我替冷姐姐说。这是我们两个人的事，我也有权代表她说！"

石天行仍然执着不放，问道："冷冰儿，你同不同意由杨炎一人来说？"

冷冰儿忍着眼泪，看了杨炎一眼，正好杨炎也在向她望去。她见杨炎的目光充满柔情，似乎是在说："你不要怕，天塌下来，我也要保护你。"冷冰儿本来害怕杨炎的性格太过容易冲动，不知他会说出什么话的。此际在他的目光抚慰与鼓励之下，不知不觉受了他的感染，终于点了点头。

石天行道："好，冷冰儿同意了。你说吧！"

杨炎狠狠地盯着段剑青，眼睛好像要喷出火来，斥道："段剑青，你，你这衣冠禽兽……"

石天行喝道："不许骂人！"

杨炎怒道："许只许他口出污言，不许我骂他么？"声音比他更大，震得他的耳鼓嗡嗡作响，胸口也好似给人打了一拳似的，虽然可以支持，已是甚不好受。原来杨炎已经用上了义父传授的佛门狮子吼功，特地用来镇压他的气焰的。这一暗中较量，别人不知，石天行则是自己明白，杨炎的内功早就胜过他了。

唐嘉源轻声说道："杨炎态度不对，是小事。重要的是明了事实真相，让他说下去吧。"声音柔和，但石、杨二人的怒喝声音都掩盖不了。说也奇妙，他这柔和的声音对杨炎的狮子吼功好像有消解作用，听在石天行的耳朵里，有说不出的舒服。他给狮子吼功刺激起的心头烦躁之感，立即大大减轻了。

杨炎恢复平常的语调，不再理会石天行，一口气地径说下去：“段剑青，你这衣冠禽兽，过去你几次三番谋害冷姐姐，我都不说它了。我只告诉大家，这次你用的是什么手段？你，你用的是最卑鄙、最邪恶的手段！你，你是用药来迷奸冷姐姐，我和冷姐姐都是受你所害的人！亏你还有脸诬蔑我们！”

段剑青冷笑道：“我说你才是诬蔑我，我用药迷奸有何证据？你敢不敢据实回答，是我和冷冰儿有奸情还是你和冷冰儿有奸情？”

冷冰儿气得晕过去了。

唐夫人怒道：“此事有关本门一个女弟子的清白，我不能容忍我的徒儿在大庭广众之中受辱！事涉隐私，各执一词，也不是在大庭广众之中问得清楚的！”

石天行冷冷说道：“师嫂，那么依你之见，审讯就该中止么？”

唐夫人怒道：“你是执法长老，你喜欢怎样办就怎样办，但我可不能容忍我这无辜受害的徒儿反而要给你当作犯人来审。恕我和冷冰儿可要失陪了。”

石天行道：“师嫂言重了，但审讯尚未结束，你这‘无辜受害’的结论恐怕下得太早吧？”

在唐夫人按摩之下，冷冰儿已经苏醒过来。唐夫人道：“冰儿，咱们走！”

杨炎忽地叫道：“冷姐姐，别走！让我和他们说个清楚！理亏的可并不是咱们！”

冷冰儿停下脚步，涩声说道：“好，反正我已经给他毁了，此仇不报，我死不甘休！”

缪长风也走过来扶着冷冰儿道：“冰儿，别这样说。你并没有毁灭，须知蜀犬吠日，无损明月之明。你的名声，不是别人的言语所能毁坏的！”

唐夫人瞿然一省，压下心头怒火，想道：“不错，我若与冰儿一走了事，反而显得是我们理亏了。”

石天行当作没有听见他们的说话，板着脸孔道：“审讯继续！”

段剑青冷冷说道：“好，杨炎，你愿意说个清楚，那是最好不过。冷冰儿是掌门夫人心爱的徒儿，看在天山派掌门夫人的份上，我给你们几分面子，不再用‘奸情’这种难听的字眼。我只问你，我亲耳听见你要求和冷冰儿结为夫妻，你是说决意娶她为妻的。这些话你说过没有?”

杨炎大声说道:“一点不错，我是决意娶冷冰儿为妻!”

此言一出，段剑青自是洋洋得意，但天山派一众弟子，包括掌门人唐嘉源夫妇在内，可都大吃一惊了!

唐嘉源夫妇从双方对骂之中，对事情的经过已经略知梗概，他们亦已猜想得到，杨炎冷冰儿可能已经有了不寻常的关系，但他们是受了段剑青的药力所迷，迷失了理性的，纵然做了“错事”，过错也不在他们身上。

正因为他们压根儿就没有想过杨炎是可以名正言顺地和冷冰儿结合的，听到杨炎决意要娶冷冰儿的话，自是不免有石破天惊之感了。

段剑青得意之极，哈哈一笑，说道:“你既然承认，那我就不必再说下去!”

杨炎昂然说道:“我承认了什么?我与冷冰儿同意结为夫妇是一回事，你用迷药害我们又是另一回事!”

石天行喝声道:“住口，亏你还好意思把丑事说下去!”

杨炎亢声道:“我们没做丑事，做出丑事的是段剑青，还有你那宝贝的儿子!”

石天行喝道:“现在是审问你，另外的人做了什么错事，以后我自会秉公审讯，用不着你现在就扯在一起。我问你，纵然我相信你的话，你是给迷药迷失本性，但你既已早就有了娶冷冰儿为妻之心，亦即是说，罪恶的念头你是早就有了，你还能把过错都推到别人身上?”

杨炎怒道:“我说你才是缠夹不清，我要娶冷冰儿为妻，怎能说是罪恶的念头?”

石天行挥袖说道:“你既已招认，那就不必多说了。反正是非自有公论，你做的事是否罪恶，待会儿我自会秉公判断，用不着你现在就哓哓置辩。”

他端起执法长老的架子，喝令杨炎站过一边，回过头来，便即向冷冰儿问道："冰儿，据杨炎招供，他曾亲口向你求婚，此事是真是假？"

冷冰儿低声说道："是真的！"

石天行森然问道："你答应了没有？"

冷冰儿道："我，我还没有答应……"

杨炎叫道："冷姐姐，你不是这样说的。虽然你最初没有答应，但后来你……"

话犹未了，石天行已是斥责他道："杨炎，不许你打扰冷冰儿作供！你再捣乱，我只有依法制裁你了！"冷冰儿也道："炎弟，你让我先说。"

杨炎不怕石天行的"依法制裁"，但他不能不听冷冰儿说话，他充满气恼的眼神望着冷冰儿，慢慢地退过一边。

石天行继续问道："如此说来，他是强逼你的，是吗？哼，我早已知道，这件事情自始自终，只是杨炎的错！你是知书识礼的人，怎肯答应做他的妻子？"用意十分明显，是要诱导冷冰儿把过错都推在杨炎一个人头上。

冷冰儿本来是低着头说话的，此时忽然抬起头来，神色端庄，毅然说道："他没有强逼我，自始至终，他对我也没有错。他是光明正大向我求婚的！"

石天行道："你不是说没答应他吗？"

冷冰儿道："我答不答应那是另一回事，但我不认为他向我求婚是错！"

杨炎欢然说道："对呀！我当然有权向你求婚！你答应也好，不答应也好，都是我们两人之间的事情，旁人无权议论！"

石天行怒道："掌门，若不制裁杨炎，这件案我无法审下去了！"

杨炎立即说道："禀掌门，我并没有打断冷姐姐作供呀，你听见的，我是等她说完一段话才插口的。"

唐嘉源又好气又好笑，说道："杨炎，你是应该遵守执法长老所定的规矩的。审问案件，第一步是要弄清楚事实，你有什么道理要说，应该留待执法长老听完各方面的证供才说。"他虽然斥责了杨炎，但他也是用道理来说服杨炎的，并不同意对杨炎立即“制裁”。

杨炎说道：“好，好，不看僧面看佛面。掌门，你说得有理，我听你的。”再次退过一边。

石天行面色十分难看，说道：“冷冰儿，你说清楚，杨炎向你求婚，你究竟答应了没有？”须知冷冰儿第三次的供词是说“还没有答应的”，多了一个“还”字，那就表示还有“下文”。石天行刚才是想断章取义，把“过错”都推给杨炎。哪知冷冰儿却不“领情”，他只好“秉公”再行审问了。

冷冰儿道：“我没有答应，也没有不答应。”

石天行冷冷说道：“这是怎么讲？”

冷冰儿道：“我要他在七年之内，不许见我。求婚之事，七年之后再说。”

杨炎忍耐不住，说道：“掌门，我现在不是要讲道理，只是要补充一点事实，行不行？”

唐嘉源道：“你问执法长老！”

根据一般的审案规矩，正反两方面的口供，都是容许当事人对证的。石天行只得说道：“好，你说吧。但只许你用事实来对口供。”

杨炎说道：“冷姐姐，我记得你是这样说的，七年之后，倘若我还是决意娶你为妻，你就答应嫁给我！”

冷冰儿粉脸泛红说道：“那与七年之后再说，不是一样吗？”

杨炎说道：“不，不一样！前一种说法是模棱两可，后一种说法则是你必须答应做我的妻子的，怎能一样？冷姐姐，我还要和你讲清楚，这次我是为了替自己申辩，也是为了不想连累你，才跑回天山自行‘投案’的，今日我与你见了面，可不能算是我犯禁！”

石天行喝道：“对证口供这一部分，你早已说完了。我不想听你这种无耻的说话，住口！等我判案！”

杨炎大声道：“掌门刚才说过的，听取证供完毕，我有权讲出我的道理。你既已宣布听完了口供，为什么不让我说话？”

石天行道：“你怎知我一定断你有罪，待我断了，你再分辩不迟。”

杨炎怔了一怔，说道：“我不相信你会不给我加上罪名。”

石天行冷笑道：“算你有自知之明，或者更正确地说，你是自知理亏。不错，我是要判你有罪的。先说第一部分，你和冷冰儿不顾廉耻，私订婚约，你和冷冰儿都有罪！”

杨炎大怒道：“你这是什么道理？”

石天行道：“第一、你们二人无媒苟合，犯了淫戒！”

杨炎气往上冲，喝道：“胡说八道，这是段剑青污蔑我们的说话，你为什么只相信他的说话，不相信我们的证供！”

石天行面色一阵青一阵红，喝道：“你对执法长老如此无礼，就该问罪！”

杨炎喝道：“你断案不公，焉能责我无礼！”

唐夫人亦已忍耐不住，站出来道：“杨炎无礼，是应该受罚的。但如何处罚，似乎应该等待本案审结之后，作为附加罪状，再行议处。如今先论本案，不是我维护自己的徒弟，你给她定下的‘无媒苟合’罪名，似乎是有点过分了。是否有苟合之事，先且不说，段剑青用迷药意图将她迷奸在先，你因何不加追究？”

石天行强辩道：“师嫂明鉴，这种事情，双方各执一词，是很难追究明白的。你刚才也听见的，段剑青并不承认他用迷药呀！”

唐夫人冷笑道：“他这样说，你就相信了么？就事论事，我们是宁愿相信杨炎与冷冰儿的话，他们在被药力迷糊了神智的情形底下，纵然做了错事，过错也不在他们身上。他们只是受害的人！”

石天行仍然坚持他的意见，重复说道：“我并不完全相信段剑青的说话，但也不能只是听信杨炎的一面之词！”

唐夫人厉声道：“既然你不能判断真假，就不该轻下结论！”

石天行被她质问得无法再辩，满面通红，说道：“好，那我就把‘无媒苟合’这一条罪名暂且放回，但其实这条罪名并不是最紧要的，紧要的是他们心中有没犯戒！杨炎和冰儿都已招认，他们曾有谈婚论嫁，就凭他们已经承认的事实，我就可以给定下一条‘不顾廉耻、私订婚约’的罪名！”

杨炎道：“咦，这倒奇了，男婚女嫁，人之大伦，我们私订终身，又与你何干？”

石天行继续说道：“大家都知道，冷冰儿和杨炎情如姐弟，事实上他们也是姐弟一般的。杨炎自幼上山，从三岁开始，到十一岁他离山失踪那年止，头尾八年，一直是冷冰儿照料他的起居饮食，非但姐弟相称，而且姐兼母职。试问姐弟又怎可以成婚？”

杨炎大声道：“为什么不能？我和她又不是真的姐弟！不错，我自幼得她照料，我是一直把她当作大姐姐看待的，但毕竟不是一母所生的同胞姐弟呀！我想不通为什么我们要结为夫妻就是不顾廉耻？我和冷姐姐只是同门关系，本门戒律似乎也没有禁止同门之间私订终身这一条吧。”

武林中人对儒家讲究的那套“礼法”是不大注重的，天山派亦是如此。虽然习惯上婚嫁大事是要禀明父母或者师长，但确实没有禁止“私订终身”这一条。

石天行冷笑道：“你今年几岁？冷冰儿今年几岁？何况你还是娃娃的时候，她就照料过你穿衣吃饭。虽非姐弟，实如姐弟！你问问大家，像这样的姐弟成婚应不应该？”

天山派一众弟子虽然觉得杨炎讲的未尝没有道理，但他们是从来没想过杨炎可以与冷冰儿成婚的，他们习惯了男女要门当户对，年貌相当那一套，总是隐隐觉得他们这一对未免有点“荒谬”。石天行这么一问，但闻场中窃窃私议，却没有一个人明确地回答是应该或不应该。

唐夫人柔声说道：“杨炎，你年纪还小，婚姻大事应该从长考虑。你的性情比较冲动，我知道你同情你冷姐姐的遭遇，也感激她一向对你爱护的好处。但说到婚姻嘛，这个，这个……”

这几句话其实是说中杨炎的“毛病”的，但此际杨炎满腔激情，哪里还能冷静下来，仔细想想，自己的“动机”是否当真如她所说那样？他不假思索，立即打断唐夫人的话，说道：“我是决不能容许任何人对冷姐姐侮辱，我是决意要保护她。但我决不是为了感激她或者可怜她才向她求婚的。她是我见过的最好的女子，我敬她，爱她，我不怕当着你们这许多人说，我是真心诚意愿意娶冷姐姐为妻的。”

他在说到冷冰儿是他所见过的"最好的女子"之时，心里突然想起龙灵珠来，不觉向她刚才所站的地方望去，但却没见着她。

他在激情冲动之下，一口气把话说完，方始想道："灵珠该不会怪我这样说吧？珠妹不是不好，但和冷姐的'好'又不一样，唉，我想她是应该明白我的意思的。"

他想了一想，又再说道："我已有十八岁年纪，也不能算是小了。我无父无母，本门师父又已去世，婚姻大事，你叫我问谁？不过，我是有一位义父的，此事，我亦已禀告过义父了！"

石天行冷冷说道："缪大侠，杨炎说他曾经禀告过你，你是他的义父，请问你对他欲与冷冰儿成亲一事是否认可？"

缪长风本来是个脱略形骸、蔑视习俗的人，不过他对杨冷二人的婚事，也并不是一开始就完全赞同的。在他最初听见杨炎要娶冷冰儿为妻之时，也曾受过震动。只是他想到杨炎娶冷冰儿做妻子总好过娶龙灵珠为妻子，他才抱着"由得他们去吧"的态度。

但此际，当他听到了杨炎的"慷慨陈词"，又受到石天行咄咄逼人的质问，他可憋着一肚皮气，改变了原来并不完全赞同的态度，急图一吐为快，决意反击石天行了。

他先不回答，微笑问道："石长老，你的夫人好吗？"

石天行怔了一怔，说道："内子在家中照料小儿，故此没有参加同门大会。多谢缪大侠关心。"

缪长风道："我记得你们夫妻也是同一个师父的，在同门中，尊夫人好像是年纪最幼的小师妹？"

石天行道："不错。但缪大侠，如今是处理你义子的事情紧要，这些闲话，慢慢再说不迟。"

缪长风道："不，我并不是来和你瞎扯的，这不是闲话，请你回答我，你长尊夫人几岁？"

石天行怒道："我长她十一岁，怎么样？"

缪长风道："听说你是十三岁那年拜师的，那么当时尊夫人只有两岁，大概你也曾照料过她穿衣吃饭吧？"

石天行气得双眼翻白，哼了一声，说道："我记不清了，是又怎样？"

缪长风淡淡说道："没怎么样。我只不过想告诉你，杨炎今年十八岁，冷冰儿今廿七岁。她比杨炎年长九岁，似乎还没有你们夫妻的年纪相差之大！"

石天行大声道："这怎么能够相提并论？"

缪长风比他更大声，用狮子吼功喝道："为什么不能相提并论？"石天行心头大震，连忙运功抵御，如此一来，倒好像是被缪长风的气势所慑，不敢和他辩驳了。

缪长风哈哈一笑，继续说道："我知道你想说什么，你所谓的不能相提并论。不过是你们夫妻的年纪是男的比女的大，杨炎和冷冰儿，则是女的比男的年纪大而已。男人是人，女人也是人，只要他们自愿结为夫妻，又为什么不能相提并论？

"你问我是否赞同他们婚事，我早已赞同了。不过那次我只是对他说的，现在我可以当众再说一遍，我赞同！"

杨炎跳起来道："义父，你说得真好！比我说的好得多了！"

缪长风说罢，虽然还是有的人同意他的论点，但不管同意也好，不同意也好，有一样相同的是，大家都认为杨冷二人"私订婚约"一事，是不能当作他们的罪名了。这种意见从众人的谈论声中，已是明显地表示出来。

缪长风继续说道："至于说到杨炎年纪太轻，恐他思虑未周这点，好在冷冰儿已给他定下七年期限，七年之后，杨炎倘若此心不变，咱们又何必阻挠他的婚事？"

至此，唐夫人也不能不放弃成见了，点了点头，说道："缪大侠，你的高论真是令我大开茅塞，如此说来，七年的期限也未尝不可缩短。"她一同意，倒是有点担心七年太长，误了冷冰儿的青春了。

石天行虽然是执法长老，也不能违背公议，他见同情杨炎的越来越多，不禁大起恐慌，心里想道："要是不能给杨炎定罪，我的泉儿就反而有罪了。"

他趁着杨炎在雀跃欢呼，赞义父说得真好的时候，忽地冷笑说道："可惜缪大侠只是你的义父！"

这一句话突如其来，登时吸引了众人的注意。

杨炎怒道:“你这是什么意思，我义父说的话不能算数么?”

石天行冷冷说道:“不，不，你义父的高论足以震世骇俗，我纵然不敢苟同，也不能不赞他是说得很好。更可惜你有一句话却说错了!”

杨炎道:“我说错了哪句?”

石天行道:“你说你自幼父母双亡，不错，你的母亲云紫萝是早已死了，但你的生身之父杨牧可还活在人间。更可惜的是，你的生父杨牧并不像你的义父那样，可以当得起大侠的称号!”

用意极其明显，他是要把问题的焦点转移到杨炎与父亲的关系上面。

杨炎怒道:“他是他，我是我，冷姐姐早已替我证明了我与他是各人走各人的路!”说罢，不觉叹了口气，黯然续道:“不错，杨、杨牧他、是还活在人间，但在我的心目中他早已死了!”

石天行冷冷笑道:“可是事实他并没有死。冷冰儿愿意嫁给你做妻子，当然她要为你作证。但谁又能相信你不是受了生父的指使才背叛师门?”

他本来以为拉上杨牧的关系就没人敢出头帮杨炎说话的，哪知话犹未了，已是有人挺身而出，朗声说道:“我相信!”

这个人是江上云。

江上云朗声说道:“我是刚从鲁特安旗来，我知道的一些事情，似乎可以解答石长老的疑问。不知石长老许不许我说话?”

石天行明知不妙，但江上云是为“主案”作证，而且明言是为了解答他的“疑问”的，于理他绝不能拒绝，只好硬着头皮说道:“请说。”

江上云道:“我在鲁特安旗碰上从柴达木来的快活张和齐世杰，他们说到了杨炎在保定和在北京所做的一些事情。”

当下他将杨炎怎样义助解洪、方亮，不惜与父亲作对，救出他们的事情说了。又将杨炎在京师怎样和丐帮合力，为义军抢运了一批药材的事情说了。这些事情，有一部分是龙灵珠已经说过的，但由他再加证实，效果当然大大不同。而且由于两人所说相符，更加证明了所说属实。唐嘉源以掌门人的身份，首先点了点头，说道:

“如此说来，杨炎与他的生身之父的确不是走同一条路的了。”

江上云道：“齐世杰和快活张把药材押运到柴达木之后，立即赶来鲁特安旗，打听杨炎下落。如今齐世杰是留在鲁特安旗帮罗海抵御清兵，快活张则是和我同日动身，要赶来天山为杨炎作证的。他跑得比我快，如今既然不见他在此地，想必他是在途中已经与杨炎相遇了。是么?”他这么一问，不着痕迹地就把话题转移到“认罪书”去。

杨炎说道：“不错，那份认罪书就是快活张施展他的妙手空空本领偷了来交给我的。这份认罪书本来是落在段剑青那伙人手上的。”

段剑青道：“我根本就不知有什么认罪书，更不知道它曾落在何人手上。”

唐嘉源道：“认罪书的事与段剑青无关。但只要这份认罪书不假，暂时也就用不着追究它是怎样失而复得的了。石师兄，倘若没有别的证供，依我看似乎可以先断杨炎是否欺师灭祖一案了。”

他这话的意思十分明显，若然承认江上云的证供是实，那么杨炎只有“残害同门”一罪，其他什么指责杨炎父子勾结、甚至有甚“阴谋”等等罪名都不成立。而“残害同门”也只是因石清泉对冷冰儿心怀不轨，而且是因为石清泉要先杀杨炎而起。这条罪名最多只能说是杨炎做得“过分”，并非“不当”了。

石天行面色铁青，一时之间，竟然说不出话。

唐嘉源道：“对啦，江兄，那份认罪书写明你是监誓人，究竟怎么回事，我还没有问你呢。”

江上云道：“今年八月十六日那天，在榆林的一座山上，贵派弟子石清泉对龙灵珠姑娘横施强暴，我恰好路过，碰上此事，是我制止他的兽行，并助龙姑娘将他打伤的。当时龙姑娘本来要杀他雪恨，我念在与贵派多年的交情，替他说情，得到龙姑娘同意，准许他悔过自新，由我来作监誓人，这份认罪书也是我起草的。我擅作主张，处分贵派弟子，请唐掌门和石长老恕我僭越之罪。”

石天行面如死灰，呆若木鸡，哪里还能说得出话。

唐嘉源道：“江大侠替我处分不肖之徒，我感激都来不及呢。”

对江上云施了一礼，继续说道："不过，石清泉所犯的戒，案情严重，不能只签了一份认罪书就可以作算的。本派自当另行议处！"说罢，把眼睛望向石天行。要知石天行仍然是执法长老的身份，该当如何"议处"，自应由他先拿出主张。

石天行像一个患了重病的人，颓然说道："唉，这，这件案子，清泉，倘若确是……"声音越说越小，几乎话不成声。

江上云冷冷说道："令郎画押的认罪书是由我起草的，你要不要我背出来，证明我说的属实？"

石天行苦笑道："不，不用了。"

江上云道："那你还有什么怀疑，尽管问我！"

石天行说不出话，唯有摇头。

唐嘉源道："石师兄，你既然没有怀疑，那就请你秉公断案！"

石天行喃喃说道："我，我还有什么话说，还有什么话说？"他业已心神大乱，好像根本忘记了"执法长老"的职责了。本来他若要避嫌的话，应该向掌门请辞此职的，但他又不肯辞职。

唐嘉源见实在不像话，只好说道："石师兄，有关本案诸人，除了本门弟子之外，还有一位龙姑娘，她是外人，无辜受辱，她本是要来投诉的，咱们一错再错，又将她当作从犯擒来，似乎应该首先向她赔罪。石师兄，你以为如何？"

石天行尚未说话，杨炎忽地"咦"了一声，叫道："灵珠，灵珠！灵珠哪里去了？"

刚才在抗辩的过程中，他的心情一直像绷紧的弓弦，此时方始发现，龙灵珠已是不知去向。

不但是他，所有的人，刚才都把注意力集中在他和冷冰儿的身上，谁也没有注意到龙灵珠是什么时候业已走了的。

杨炎叫道："咱们已经胜诉了，灵珠、灵珠，你回来呀！"

龙灵珠早已走了，杨炎哪里还能够听到她的回答？

缪长风一把将他拉着，说道："炎儿，你别激动。你的案子虽已得直，尚未结束，待全案结束之后，我们都会帮你去找寻龙姑娘的。"

杨炎把眼望去，只见冷冰儿泪珠莹然，也不知她是为了龙灵珠的突然失踪而泣，还是为了杨炎的大失常态的举动而有感于心，以至悲从中来不可断绝。

杨炎呆了一呆，走到冷冰儿身边，低声说道："冷姐姐，如今咱们已是苦尽甘来，你不要伤心了，我在这里陪着你。"

唐嘉源咳嗽一声，说道："我认为杨炎可以重归本门，但他伤害同门所用的手段过分，还是应加惩罚，罚他面壁三月思过，但因我恐怕还有事情要遣他去办，何时执行，以后再定。我所拟的处分杨炎办法，石师兄，你同意么?"他见石天行一直不作声，只好以掌门人的身份代行宣判了。

石天行仍然是那两句老话："我还有什么话好说，还有什么话好说?"按照规矩，他不表示反对，那就是同意掌门的判决了。

唐嘉源面色一端，森然说道："石清泉应该如何议处，他是你的儿子，我不便越俎代庖，请你先拿出一个主意，再让大家公决。"

这是逼他非说不可了。

石天行威风尽丧，面如死灰，涩声说道："我没想到这逆子会这样胡作非为，只求掌门赐他一死。"

唐嘉源眉头一皱，说道："我并没有说要把他处死啊，怎样定他的罪，本来是应该由你决定的。"

白坚城性子最为刚直，虽然觉得石天行有一点可怜，但还是忍不住直斥他道："石师兄，你怎么啦?别忘记你是执法长老的身份，你怎能把执法长老的身份反而变成了好像是被告的身份了?要求情的只能是被告，不应该是你执法长老!"

石天行呆了一呆，陡地捶胸叫道："你们不要逼我，别要逼我!"

就在此时，忽听得有人大叫道："师父，不好了!"这个匆匆跑入会场，跑得上气不接下气的人不是别个，正是石天行的大弟子陆敢当。

陆敢当刚才是借辞去找石清泉而离开会场的，石天行大吃一惊，颤声问道："什么不好?"

陆敢当道："石师兄已经投崖自尽了!"

石天行呆了一呆，失声叫道："你说什么，谁、谁自尽了?"似乎他还不愿意相信自己的耳朵。

陆敢当颤声道："是清泉师兄。弟子无能，抢救不及！"

唐嘉源问道："你亲眼看见他投崖自尽？"

陆敢当道："不错。弟子奉命传他，在后山发现他的踪迹。他不肯领旨，拼命奔逃，跑到思退崖前，就跳下去了。弟子因要回来禀报，无暇去搜查他的尸体。这是石笋勾破的一幅衣裳，请掌门与师父检验。"思退崖陡立百丈，下面是深不可测的山谷，倘若石清泉真的是从思退崖上跳下去，当然必死无疑。

石天行陡地一声大叫，把正在将那幅血衣递给他的陆敢当踢了个筋斗，叫道："泉儿，泉儿，你等等我，你等等我，我要和你一起！"

唐嘉源叫道："石师兄，你静静，你是执法长老……"

石天行大叫道："执法长老我不当了！我只要我的儿子，我的儿子！"

杨炎正在他的前面，也给他一掌推开。他恶狠狠地瞪了杨炎一眼，喝骂声中充满怨毒："我的泉儿都是给你们害死的！尤其是你这小贼，他若死了，我决不与你干休！"

杨炎的武功早已在石天行之上，但见他状若疯狂，不觉也有点可怜他，是以并不还手，让他推开。

石天行推开了杨炎，立即奔向后山。他身为执法长老，何等尊严，突然变成了失心疯的狂汉，一众弟子都给他吓住了，竟是无人敢去拦他。

唐嘉源道："兆鸣师弟，请你暂行代理执法长老职务，杨炎一案虽已审结，还有附案未了。你继续审讯。"

他这样一说，谁都明白，他们说的"附案未了"，指的必是冷冰儿控诉段剑青一案了。

丁兆鸣当年曾经奉过已故掌门唐经天之命，到过回疆各地调查段剑青的罪行，他疾恶如仇，立即喝道："段剑青，你知罪的，跪下听审！"

段剑青哈哈大笑："我早已不是天山派弟子，你要审案，恕不奉陪！"

丁兆鸣大喝道："把他拿下！"可是段剑青亦已同时发动，在他的大笑声中，把手一扬，"乒"的一声，将一枚毒雾金针烈焰弹爆开来。在他周围的天山派弟子，躲避不及，伤者甚多，浓烟迅即弥漫。

几方面的动作差不多在同一时候发生，说时迟，那时快，杨炎已是飞身扑入烟雾之中，凌空一抓。用的是龙灵珠爷爷所授，龙爪手功夫。

龙爪手功夫乃是龙家的不传之秘，堪称武林绝学之一，饶是段剑青本身也有上乘武功，在他凌空一抓之下，虽不至于被他抓了回来，脚步亦已迟缓了。

段剑青早已布置好脱身之计，但必须是在混乱之中才能成功的。时机稍纵即逝，决不能受到阻延。

趁着烟雾尚未消散，他佯作脚步踉跄，陡地反手一掌，喝道："杨炎，我与你拼了！"

杨炎知道他第八重龙象功的厉害，只凭劈空掌力，那是决计应付不了的，当下也立即改抓为劈，一掌劈过去。

双掌相交，段剑青飞身跃起，杨炎喝道："哪里走！"忽地只觉掌心一阵麻痒，跟着拍出去的那一掌已是软绵绵的使不出力道。

缪长风身形疾起，双袖鼓风，拂开面前的浓烟，一个起伏，就追上了段剑青。他知道段剑青诡计多端，擅于使毒，为了避免受到暗算，不想和他对掌，当下笼手袖中，当作软鞭使用，便即朝着段剑青卷去。

段剑青喝道："你不想要你义子的性命了么？"他知道缪长风的功力又远在杨炎之上，自己的龙象功只怕也挡不了他长袖一拂。喝声中早已拔剑出鞘，力贯剑尖，反手挥出。

只听得"当"的一声，段剑青那柄长剑脱手飞上半空，长剑本身被他一拂之力也变得弯曲了。段剑青幸而不是和他对掌，但虎口亦已震裂。他反身一跃，冲入人堆，迅即打翻几个天山派弟子，又发出了两枚毒雾金针烈焰弹。

缪长风的衣袖被剑尖划破了一道裂缝，铁袖神功已是不能使用。他不惧雾，本来想追上去的，但心念一转，想起段剑青恐吓他的那句说话，宁可信其有，百忙中回头一看。

这一看证实了段剑青果然并非虚声恫吓，只见杨炎跟在他背后，但脚步已是歪歪斜斜，好似风中之烛，摇摇欲坠。缪长风是个武学大行家，一看就知他是中了剧毒，此际正在强运玄功，才能支持不倒。

原来段剑青的掌心藏着一口细如牛毛的毒针，刚巧与杨炎对掌之时，毒针已经刺入杨炎掌心。

救人要紧，缪长风只好暂且放开段剑青，回来救他的义子了。

杨炎得缪长风运功相助，真气登时凝聚，把那枚毒针从掌心逼了出来，说道："义父，我不碍事，你赶快去捉段剑青那小贼吧！"

缪长风放下心上石头，说道："炎儿，想不到你的功力已然精进如斯，不过——"要知杨炎得他之助，虽然能阻止毒气上侵心房，但还未能把毒质驱出体外，缪长风自是不敢立即离开。

杨炎急道："我可以支持的，你若不去，那小贼就要逃得无影无踪啦！"

此时毒雾已经消失，段剑青趁着混乱之际逃走，果然已经不见踪迹了。

天山派弟子中毒昏迷的有十数人之多，被毒针所伤的也有七八个。宾客受到波及的也不少。

唐嘉源大怒，说道："白、武两位师弟，你们随我去追捕叛徒！丁师弟，快快救治客人！"一面说话，一面把用天山雪莲作主药制炼的一瓶碧灵丹交给丁兆鸣，天山雪莲是治毒疗伤的圣药，天山派的首脑人物随身都有携带的，唐嘉源恐怕不够用，是以把身上所藏的这一瓶也交给了丁兆鸣。丁兆鸣一接过来，首先就把一枚碧灵丹塞入杨炎口中。

缪长风当然深知碧灵丹的功效，心里想道："这碧灵丹纵然不是毒针的对症解药，但以炎儿的功力，服了这颗碧灵丹，最少可以在十二个时辰之内保持他的真气不至涣散。他若静坐运功，三个时辰之内当可把毒气化为汗水蒸发净尽。"说道："唐掌门，你留下来主持大局吧。那小贼是我义子的大仇人，捉拿他我是责无旁贷，请你许我代劳。"要知这次天山派的大会，"重头戏"虽然是在"清理门户"，但名义上却是邀请客人来参加唐嘉源就任掌门的仪式的，许多远道而来的贵宾是为观礼而来，唐嘉源理该大会结束之前始终陪伴客人，此际纵然是由于事不得已离开，多少总有"失礼"之嫌。

唐嘉源还未及回答，忽听得钟声当当从山顶传来。白坚城咦了一声，失声叫道："不好，似乎是天一阁起火了！"

天山派自创以来，至今已有二百余年，弟子越来越多，在天山的南高峰建屋聚居，最高的一座就是"天一阁"，如今是由辈分最尊的长老钟展住在里面（此次大会，钟展正在闭关练功期间，故而没来参加）。天一阁下面是天山派的重地，天山派的弟子三百多人，大约还有五六十人留守在山上。

妖人攻山

奇变突来，莫说天山派的弟子个个吃惊，即使是身为掌门的唐嘉源也难以保持镇定了。

要知天一阁矗立峰巅，乃是最高的一座建筑，天一阁都已起火，在它下面的晦明堂（掌门人居处）、未风堂（品级较高的男弟子所居的地方）、兰珠苑（女弟子所居的地方）等处建筑，恐怕已经是陷入火海之中。

天山派三百多名弟子，虽说占了八成的弟子已来参加同门大会，但留守的弟子也还有五六十人。这五六十人之中，也不乏武功高明之士，何以竟然抵挡不了敌人的侵袭，以至必须紧急呼援？这伙厉害的敌人是从哪里钻出来的？

更可虑的是，那口大钟是悬在天一阁上面的，若然不是碰上非常事故，不会鸣钟报警，天山派建派以来，报警的钟声只曾敲过一次，那次是十多年前天竺那烂陀寺的高手前来挑衅，清廷的大内高手得知讯息，又再纠结了许多邪派妖人乘机趁火打劫而敲的。经过那次事件，天山派早已与那烂陀寺化敌为友，天山派的弟子谁也以为绝不会有同类的事情发生了。也正是由于有了这种"太平观念"，唐嘉源为了表示对与他父亲同一辈分的长老钟展的尊崇，请钟展入居天一阁，好让他得以闭关练功。天一阁在天山的最高处，与众弟子的住处隔开，众弟子若非奉命，是不能上天一阁的。在钟展闭关练功的期间，只有两个第三代的弟子留在天一阁侍奉他。

在这样情况底下，是谁鸣钟报警，这个疑问就不能不在唐嘉源心中升起，也令他不能不大大吃惊了。

若然是钟展的话，那就表明钟展亦已受困，未能逃出，而且他也自知抵挡不了强敌了。但这还好些，若然不是钟展敲钟的话，那更可虑。钟展是正在闭关练功的，闭关练功倘若刚刚到了最关键的时刻，练功的人有如老僧入定，不但视而不见，听而不闻，倘若受到惊扰，甚至还有走火入魔之劫。因此若是那两个侍奉钟展的弟子敲钟，钟展的生命都可虑了！

唐嘉源大惊之下，正要向一众宾客告罪，亲自赶回去御敌。他还未开口，宾客中辈分最高的两位——少林派的无碍大师与崆峒派的掌门人丹丘生已是齐声说道："主家有事，我们虽属客人，自是不能坐视。唐掌门，请别拘礼，容许我们效劳。"主客同心，唐嘉源用不着多说了。

杨炎问道："义父，我该如何？"缪长风当然懂得他的意思，他是在两件事情之间，感到难以取舍。

缪长风想了一想，说道："炎儿，你已得掌门恩准，准你重列门墙。如今你的本门正在受到强敌的侵袭，你当然应该为本门效力。你跑得动吗？"

杨炎说道："轻功或者尚未能够施展，跑是跑得动的。"

缪长风道："好，那么你和我一起跟唐掌门回去，你能够出多少力就出多少力，出不了力也该与同门共患难，尽点心。"

杨炎说道："义父，你也同去么？那么段剑青这小贼就放过他吗？"

缪长风道："事有缓急轻重，段剑青这小贼虽然可恶，总不如抵御强敌侵袭的事大。我和天山派已是一家，当然也不能置身事外。"说罢，携着杨炎的手，便即向山上奔跑。

其实缪长风不是不想去捉拿段剑青，而是为了不放心杨炎之故。

杨炎余毒未清，虽得碧灵丹的药力压住，武功究竟还是未能迅速恢复的。此时莫说是碰上段剑青这样的强敌，江湖上的二三流人物，他也未必打得过的。而来侵袭天山派重地的这伙敌人，能够火焚天一阁，逼使钟展不能不鸣钟呼援，这伙敌人当中，比段剑青武功更高的人恐怕就不只一个了。缪长风当然是不能放心离开杨炎。要是帮他一起去追捕段剑青的话，杨炎又未能施展上乘轻功，那就只有成为他的“包袱”，是决计追赶不上段剑青的了。

他携着杨炎的手追上大队，但也只是仅能追上大队而已，当然还是追不上唐嘉源。

唐嘉源和丁兆鸣、白坚城、甘武维以及宾客中的无碍大师、丹丘生等人跑在最前一列，不多一会，已是回到天山派的老家了。

只见晦明堂、未风堂、兰珠苑等等建筑果然已经起火，但却并不如他所想象的那样坏，火头虽有十几处之多，火势却并不大。他原以为是已经变成一片火海的，目前所见的情况要比他想象的“好”得多。

天一阁则是上层着火焚烧，火势正在向下蔓延，中层刚被波及。

但火势虽不怎样惊人，那四面扩散的烟味却是令人闻了有一种特异的感觉！

气味并不难受，相反，倒是令人有飘飘欲仙的感觉。但功力较高的弟子还可抵御。

稍差的弟子被这香气一熏，多吸了几口便觉头晕目眩，摇摇欲坠。

杨炎吸了一口，又惊又怒，说道：“这是神仙丸的气味，来的一定是白驼山的妖人！”宾客中有知道白驼山这一派人的来历的，知道这伙妖人擅于用毒，大惊之下，连忙叫走在后头的人赶快避开风头。纷乱中已是有几个人中毒昏迷了。幸而杨炎还有十多颗神仙丸的解药，立即把解药拿出来交给丁兆鸣分配，救治中毒最深的同门。

唐嘉源、无碍大师、丹丘生、丁兆鸣、白坚城、甘武维等人内功精纯，不惧毒烟，仍然向前行进。唐嘉源下令，叫众弟子暂且退下，避开风头。

天一阁矗立山巅，只有一条二三十丈的“蹬道”上去，“蹬道”最上一级之处，钟展正全力和宇文博搏斗。

杨炎比较识得神仙丸的毒性，知道神仙丸是一种令人陷入迷幻境界的麻醉剂，但却不是致命的毒药。只是吸进香气并非直接吞服，受毒又要轻些。天山高处，冰川交错，就在这座山峰下面，也有几条冰川。杨炎想起冰魄神弹也可以辟除神仙丸的毒气味，灵机一动，便即指点同门，叫他们退出一定距离。之后，脑袋浸入冰川之中，或用冰块敷面，当可减轻毒害，最少也可以恢复几分清醒。

杨炎说道："义父，你不怕神仙丸，只可惜目前我仅能自保，不能降伏妖人。义父，你不必顾我，请你去助唐掌门一臂之力吧。"缪长风深知白驼山主宇文博的厉害，也怕唐嘉源抵敌不住，见杨炎无恙，便即快步赶上前去。

唐嘉源等人已经到了天一阁下面，上面的情形看得更加清楚了。

天一阁矗立山巅，山势险峻，有一条长约二三十丈的"蹬道"（依山势凿出石级的道路）作为上下的通道。但蹬道狭窄，仅能容得一人拾级而登。

"蹬道"最上一级有两人正在搏斗，站在上首的是个须眉皆白的老者，站在下首的是个年约五十左右、躯体魁梧的汉子。这汉子要比老者高出一个头，故此虽然站在下面一级，但还是要比那老者高出少许。

那汉子攻势十分猛烈，但那老者站在上首，有如渊停岳峙，守得极其沉稳，虽然只是争夺一级，那汉子竟是难越雷池。

这老者不是别人，正是天山派当今辈分最高的长老钟展。

不出缪长风所料，那魁梧汉子果然是白驼山的山主宇文博。

跟在宇文博后面的约有二十来人，只因钟展扼守在蹬道的最高一级，且又是正在和宇文博剧斗，蹬道仅能容得一个人拾级而登，是以宇文博的随从虽多，却是无法插手。功力较差的在两大高手掌风激荡之下，在蹬道上都无法立足，只能避过两旁，在陡峭的山坡上寻找勉强可以容身之地。

在这些人之中，杨炎认得三个，一个是攻打回疆的清军副帅武毅，另外两个是宇文博的弟子司空照与慕容垂。

山上都是天山派的弟子，人数比宇文博这边更多。唐嘉源大略一数，约莫也有五六十人，亦即是留守在总舵的弟子差不多都已撤退到天一阁了。

不过这五六十名弟子业已有许多人中毒昏迷躺在地上，没有中毒的功力虽然较高，但和钟展、宇文博这两大高手相比，也还相差太远。因此，他们也和敌方那些人一样，同样是插不上手。

这些弟子插不上手，此时正在忙于救火。

天一阁上层着火焚烧，火势向下蔓延，中层刚被波及。山上有的是冰块，没中毒的天山派弟子论功力已是足以和江湖上的一流高手相比，虽然在两大高手的搏斗中插不上手，但捧起磨盘大的冰块掷上高处，在他们则是轻而易举的事。

当唐嘉源等人开始踏上蹬道之时，天一阁的火势亦已越来越小，差不多熄灭了。

原来这次偷袭天山派的事情乃是早有预谋的，主持这个偷袭计划的人就是武毅和段剑青。后来他们拉得宇文博加入，偷袭的计划就更加“完善”了。

那日宇文博在回山途中，碰上了段武二人，被他们说服，先行潜入天山。算准时间，一方面由段剑青到天山派的同门大会中做证人，能够陷害杨炎固然最好，陷害不了段剑青也可在拥挤的会场乘机捣乱；另一方面则由宇文博率领大内高手、陕甘总督衙门的武士以及他自己的两个得力弟子，攻打天山派的“老巢”。

未风堂、晦明堂、兰珠苑各处所点起的十几个火头是用火箭射进去造成的，火箭中空，每枝火箭都藏有几颗特制的神仙丸，火起之后，宇文博又命众人把从白驼山搬来的大麻投入火中，作为燃料。大麻是制炼神仙丸的主要原料，故此火势虽然并不猛烈，燃烧大麻所发的毒烟已是足以瓦解天山派弟子的战斗力了。

钟展在天一阁上闭关练功，此时刚刚开始进入紧要关头。

不幸中之幸，幸好宇文博这班人来早了片刻。倘若来迟片刻，钟展进入“禅定”境界，那时他对周围一切视而不见，听而不闻，一个小孩子也可加害于他了。宇文博来早片刻，他刚刚进入“禅定”境界的边缘，还可“自拔”。一被惊醒，立即逆运玄功，恢复正常，“开关”御敌。

在下面留守的五六十名弟子，约有半数中毒，但在中毒之初，也还勉强可以行动。其他功力较高尚未中毒的弟子立即帮助他们，一起撤退上山，凭险扼守。

天一阁矗立峰巅，在蹬道下面把箭射上去，只有宇文博一人有此功力。天一阁上层着火，就是由于他把一支火箭射上遥空，落在塔尖而引起的。但这支火箭，仅能使得天一阁着火，他们却是无法把大麻投入火中，加强毒烟的威力了。火箭中空，虽然也藏有几颗神仙丸在火中融化，但几颗神仙丸在塔顶散开的香烟，迅即就被风吹散，无济于事。撤退上山的人，不至于受到更大的毒害。

此时钟展正在全力和宇文博搏斗，掌风呼呼，跟在宇文博背后的武毅在蹬道上也有站立不稳之势，只能施展千斤坠的重身法定住身形，插不上手。他都插不上手，其他的人更不必说了。在蹬道下面石级站立的只有寥寥几个从京师来的大内高手，其他的人连宇文博的两个得意弟子司空照与慕容垂在内，都被逼避过两边，在陡峭的山坡上寻找勉强可以立足之地。

唐嘉源等人来到之时，正是钟展到了最吃紧的关头，只见他虽然仍是寸步不让，但十招之中，白驼山主最少占了七招攻势，显然他已是处在下风了。

原来钟展一来吃亏在年纪老迈，若然只本身功力，他本是在宇文博之上的，但两人的年纪相差了三十年（宇文博刚刚五十出头，钟展已在八十开外），时间一长，自是钟展吃亏；二来钟展是在“闭关练功”的中途“开关”的，若是他这次闭关练功练足了七七四十九天，他可以练成天山派最上乘的内功，虽然他的原意不在争胜，但于他却是可以益寿延年，功力加深之后，也可弥补年老的缺陷，但只练到了一半，便即半途而废，不但前功尽弃，而且由于逆运玄功方能“自拔”的关系，原有的功力反而打了三成折扣。有此两个原因，此消彼长，他还能够令得宇文博不能越过雷池一步，已是竭尽所能了。

唐嘉源又喜又惊，喜者是钟展尚还无恙，他最担心的那种最坏的情况并没发生；但虽然不是最坏的情况，钟展目前力搏强敌，险象环生，亦是足以令他提心吊胆了。

他大喝一声，立即抢上蹬道，喝道：“何方妖人胆敢到天山捣乱！”大喝声中，已是有两名大内卫士给他的劈空掌打得从蹬道上骨碌碌地滚下山坡。

武毅在宇文博后面一级蹬道，他手中提着碗口般粗大的钢杖，钢杖一丈多长，他居高临下，反手一杖就朝着唐嘉源的天灵盖打下来。唐嘉源长袖一卷，卷着钢杖，喝道：“你是丐帮弟子，看在天山派和丐帮的交情份上，饶你不死！”长袖一挥一送，钢杖脱手飞出。在一挥一送中，唐嘉源已经用上了“隔物传功”的上乘内功。

武毅只觉虎口一震，不但钢杖脱手，整个人也好像被狂涛冲击一般，抛了起来。他半空中一个鹞子翻身，跌落山坡。所受的冲击余力未衰，他想立足也立足不稳，骨碌碌地滚下山坡去了。这还是唐嘉源手下留情之故，否则他焉能还有命在。

白坚城与甘武维跟在唐嘉源后面，另外两名大内高手窜出急袭。这两人都是用剑的，齐声喝道：“听说你们是天山派有名剑客，我们想见识几招。”

这两人是海南剑派高手，本领比刚才那两人高得多。本来若论剑术，白、甘二人是只有在他们之上，决不在他们之下的，但因海南剑派颇有许多特异的招数，和中土各大门派的剑术不同。天山、海南相隔数万里，白甘二人从未见过这种剑术，而且对方占了地利，开头几招，倒是给他们攻得有点手忙脚乱。

丹丘生道：“这两个鹰爪孙，你们交给我吧！”抢上前去，只是一招，只见冷电精芒，耀眼生缬，那两名大内高手立即逃了。下面的人都还未能看得清楚丹丘生是怎么制胜的。丹丘生冷笑道：“这点本事，就想在天山逞能，快去换过一件衣裳遮丑吧！”

此时下面的人方始看见，那两个人衣裳破破烂烂，上衣都开了十几道裂缝，有一个人还提着裤子，好像生怕裤子会脱下来似的。原来丹丘生那一招用的正是他崆峒派连环夺命剑法中最具威力的绝招，名为“胡笳十八拍”，看是一招，其实是一招两式，左右分刺。在那两名大内高手的衣裳上都划了十八道剑痕。其中一个裤带也给割断。缪长风在丹丘生后面，他是见过这一招的，看得也不禁大声喝彩：“恭喜，恭喜，丹丘兄，你这一招真是出神入化，剑术又到新境界了。可惜孟华不在这儿。”

他称赞丹丘生的剑术出神入化，却忽然冒出一句“可惜孟华不在这儿!”天山派一众弟子都是莫名其妙，只有杨炎才懂得他的意思。

杨炎那次被孟华所擒，就是因为抵御不住孟华那一招“胡笳十八拍”，被孟华刺着他的三处穴道因而被擒的。胡笳十八拍在一招之中有十八个“剑点”，可以同时刺对方十八处穴道，杨炎只被刺中三处穴道已经算是不弱的了，但杨炎败在这一招之下，却是耿耿于心。他是个好胜的人，纵然因为孟华是他哥哥，他不至于引以为耻，但心里总是想要有朝一日，在剑法上自已也胜得过哥哥的。

他对这招“胡笳十八拍”也曾精研它的变化，居然也给他无师自通地懂得了许多奥妙。后来在祁连山上，他第二次和龙灵珠联手与孟华比剑，结果他们联手刚刚可以抵挡孟华这招，但也还未能破解。那次孟华就是因为比剑未能获胜而放过他们的。

杨炎对这一招“胡笳十八拍”既然曾经有过如此“渊源”，故此在丹丘生使出这一招之时，他也特别留心。一看之后，不禁嗒然若丧，心里想道:“我只道孟华使这一招，已经是至矣尽矣，蔑以加矣，哪知在他师父手中使出来还有这许多意想不到的变化，而且还可以在同一时间对付两个人使出这一招来。纵然我与龙灵珠联手，也是决计抵挡不住。怪不得义父要说，可惜孟华不在这儿了。我对这一招尚未入门，虽然有眼福得见丹丘生使出此招，获益也是不大。孟华对这一招已有精深造诣，他若在此当然和我不同。”

对剑法的感触又引起了他对人的感触，孟华曾经责骂过他，甚至曾经把他刺伤将他活捉，但孟华那种“爱之深而责之切”的手足之情，他还是感觉得到的。这次他回到天山不见孟华，心里也有怅然若失之感。此时听了义父的话，想道:“原来他果然是不在天山，奇怪，难道他不知道要开同门大会吗，他到哪里去了?唉，过去我不知好歹，不肯认他做哥哥，今日他若在此，不知他肯不肯认我做弟弟?”

浮想联翩，不知不觉又从孟华而想到了龙灵珠了。龙灵珠曾与他联手抵敌孟华，如今却是他既见不到哥哥也见不到龙灵珠了。他知道孟华总是要走回天山的，今天见不着，明天也见得着。明天见不着，后天当可见得着。因为同门大会已经召开，孟华的归期还会远吗？他相信见孟华是不难，但是否能够再见龙灵珠可就难说得很了，也许今生今世都见不着！

但此际却不是他胡思乱想的时候！

杨炎忽然发觉静得出奇，抬头一看，只见唐嘉源已经走到蹬道的尽头，在向白驼山主挑战了。

“师叔，割鸡焉用牛刀，请让弟子代劳！”唐嘉源是天山派掌门，当然不能自贬身份，和钟展夹攻白驼山主的。故此，他在出手之前，先行交代，以免有在背后偷袭之嫌。

钟展说道：“好，你是本派掌门，这妖人是该由你打发。”他缓缓收掌，以防宇文博乘机进击。

宇文博知道他们决不会夹攻，立即抢上一级，占据钟展原来所站的位置，反手一掌，喝道：“大言炎炎，好，我倒要看你是牛刀还是钝刀！”

唐嘉源只觉掌风扑面，寒意袭人，吃了一惊，心里想道：“这妖人练的难道也是修罗阴煞功么？”修罗阴煞功是一种非常厉害的邪派功夫，五十年前，大魔头孟神通练成此功，曾恃以横行天下。唐嘉源的祖父唐晓澜曾与孟神通数度交手，也是只能略占上风，未能将他克制。但自孟神通死后，这修罗阴煞功已是早已失传了。唐嘉源曾经从祖父和父亲的口中，大略知道修罗阴煞功是怎么样的，此时一接宇文博的“寒冰掌”力，和祖父、父亲所说修罗阴煞功相似，不禁大是惊疑。

说时迟，那时快，宇文博已是转过身来，左掌跟着劈下。唐嘉源此时正在用一招大须弥掌式，把宇文博的寒冰掌力荡开，刚好和他的右掌碰上。双掌相交，唐嘉源只觉好像碰着一块烧红的铁块一般。宇文博一声大喝，居高临下，推得唐嘉源也不禁晃了一晃。

唐嘉源掌势一圈，迅即化解来势。宇文博左臂臂弯的曲池穴一麻，也不禁吃了一惊，心里想道：“人家说唐嘉源才具平庸，不及乃父，但看来他的武功也实是不弱，若然只论内力，似乎比他的师叔还要强些。”要知道这一次是双掌并未相交的，宇文博本身也练有护体神功，但曲池穴被他指力波及，仍是不免感到酸麻，可知厉害。

宇文博第三次发招，双掌齐出，左掌是热风呼呼，好像从鼓风炉中喷出；右掌是奇寒刺骨，令人好像置身冰窟。此时唐嘉源已经知道不是“修罗阴煞功”了，但白驼山主的“寒冰掌”与“火焰刀”同时使用，威力之强，只怕也未必在当年孟神通只是使用“修罗阴煞功”之下。

唐嘉源失去了地利，又被对方抢了先着，只能苦守。幸亏他的大须弥掌式奥妙无匹，只守不攻，更为坚固。宇文博几番猛扑，都好像受阻于无形的铁壁铜墙一样，竟是不能逼使唐嘉源退下一级石阶。

这一场剧斗，看得两边的人都是不禁胆战心惊。

论形势，是宇文博攻多守少，似乎占了上风。但唐嘉源守得极其稳沉，即使是最保守的估计，恐怕也得在三百招之外，方能分出胜败。再论全局形势，天山派弟子虽然中毒的人不少，但还是要比对方多得多的，何况宾客之中还有少林寺长老无碍大师和崆峒派掌门丹丘生这些高手，实力之强，对方更不能相比了。

宇文博这边，武毅首先起了“三十六计，走为上计”的念头。他被唐嘉源摔了一个筋斗，余悸未消，暗自想道：“彼众我寡，纵然白驼山主能够获胜，势必也要斗得两败俱伤，那时还有谁能抵挡缪长风、丹丘生这些强敌？要逃也难了。”于是趁着众人都注目蹬道上这两大高手的剧斗之际，悄悄地便溜开了。大内侍卫已有两人受伤，这两个人跟着也悄悄逃去，接着是另外几个大内侍卫和陕甘总督衙门派来的武士逃走。最后，宇文博这边就只剩宇文博的两个弟子司空照与慕容垂躲在山坡上观战了。

同样，天山派的弟子也是在为掌门担忧。要知唐嘉源是以天山派掌门人的身份出战的，莫说他们插不上手，就是插得上手，也绝不能恃多为胜来个群殴。掌门胜负有关一派荣辱，他们如何能不担忧？

宾客中本领最高的无碍大师和丹丘生碍于武林规矩，也不能上前助战。

无碍大师已经施展绝顶轻功，绕从蹬道旁边攀登天险，直上峰巅，帮忙钟展救治天山派的受伤弟子。他是得道高僧，对这人生难得一见的高手搏斗置若等闲，峰上峰下，数百人中，恐怕也以他的心情最为平静。

丹丘生耽于武学，他可不像无碍大师这样心无杂念了。他目不转睛地在蹬道上观战，心里想道："这白驼山主的武功果然非同小可，唐嘉源虽然不会败给他，但在五百招之后，唐嘉源那时纵然能够取胜，恐怕也要大病一场。我倘若用剑，在唐嘉源斗了一百招之后，接他的手，白驼山主料想要败在我的剑下。但我是崆峒派的掌门，就算我不顾面子，也得顾唐嘉源的面子。岂能让人笑话，说是两派掌门，用车轮战才能打败白驼山主?"他嗜武成迷，心中跃跃欲试，只因有此顾忌，碍难出手，唯有暗叹可惜，可惜失去一个棋逢对手的机会。

还有一个是半主半客身份的缪长风，他不似丹丘生要顾忌失了掌门身份，他是个豪放不羁的人，对什么清规戒律全不放在心上，但他却也另外有他的顾忌。

要知此战非同小可，他纵然可以把一己的荣辱胜负置之度外，但却不能打没有把握的仗。他刚才替杨炎拔毒疗伤，已经耗了不少真气，若然此际便即贸然出战，只怕抵挡不了白驼山主的十招。

他是和白驼山主交过手的，知己知彼，暗自思量："那次交手，有冷冰儿发冰魄神弹相助，我才能和他打成平手。倘若单打独斗的话，我的太清气功恐怕只能在一百招之内，勉强抵敌得住他的寒冰掌与火焰刀。如今我的功力只及原来一半，他经过了和钟长老的一场剧斗，功力虽然也打了折扣，却是远远不如我的损耗之甚。要战胜他，恐怕只有一个'等'字诀了。"

是的，他必须等待，在此消彼长中等待最适当的时机。

等待，似乎是最容易不过的事，但对缪长风来说，却是十分难挨。在等待中，每一瞬间都充满危机，令他提心吊胆。

要等待多久，他估计最少也得一个时辰。过了一个时辰，他的功力可以恢复到原来的八成，而白驼山主的功力则将减退到原来的一半。此消彼长，他方始可有取胜的把握。

但唐嘉源能够支持一个时辰吗？即使不至落败，只怕也要两败俱伤了。

而且即使他的计划能够顺利完成，这样也是胜之不武。他可以不顾自己的声誉受损，但只怕唐嘉源也不肯退下来让他接手。

最好是由天山派小一辈的弟子替代掌门迎敌，即使中途接替，也不算违背江湖规矩。他想起冰魄神弹加上冰魄寒光剑可以抵消寒冰掌的威力，倘若冷冰儿和杨炎联手，大可一试。但可惜杨炎中了毒针，比他更难恢复功力。而且冷冰儿也好像没有跟来，想至此处，他游目四顾，果然没发现冷冰儿的踪影。唐夫人也没见来。“冰儿受的刺激太深，想必是唐夫人疼爱徒儿，故此留在原地调护冰儿，不许她走动。”

白驼山主的攻势越来越猛，缪长风心急如焚，但除了等待之外，他实在想不出什么办法去帮助唐嘉源。

宇文博那两个徒弟慕容垂和司空照对师父倒是甚为忠心，不忍离开。他们也是心急如焚，想不出什么办法可以帮助师父。

杨炎在较远处观战，他有龙则灵传授的天竺内功心法，无须静坐，亦可运功祛毒。陪他一起的是天山三英中的白英武与韩英华。

白韩二人是天山派第三代弟子中有数的人物，功力颇深，他们来时吸进一点毒香，只是略有头晕目眩之感，此时早已没事了。

他们由于曾经误会杨炎，对杨炎抱有歉意，因此也就对杨炎特别好些。缪长风叫杨炎跟他们一起，用意也就是要他们保护杨炎的。

此时他们也正在全神贯注地观战。在第三代弟子中，他们的武功已经是数一数二的了。但看到奥妙精妙之处，还是未能全部领略。杨炎一面看一面替他们讲解。白英武性子最直，佩服得五体投地。说道：“小师叔，你十一岁离山，我只道你对本门武学早已生疏，哪知还是如此了得！依我看，恐怕几位师叔都还不如你呢！”杨炎年纪小而辈分高，以往白英武是从来不把他当作长辈的，此时方始心悦诚服地叫他“师叔”。虽然加上一个“小”字，那也是与事实相符。

杨炎说道：“我算得什么，比起孟、孟华，我还差得远呢！”

白英武怔了一怔，说道：“你还记恨你的哥哥，不肯认他么？当年他奉命捉你，那是……”

杨炎说道：“我知道他是不得已的。并非我不认他，只是怕他不肯认我。我曾经与龙姑娘联手，在祁连山上和他打过一架。那一次我知道，我已是令他非常伤心！”

白英武笑道：“这都是误会。你放心，你的哥哥更不会记恨的。”

杨炎正想问他们，孟华为什么未见回来。忽地发觉他们二人神情有异。好像喝醉了酒一般，身子摇摇晃晃，目光散漫无神。

以他们二人的功力，即使是吞下了一颗神仙丸，也不至于有此现象的。但这现象，却又分明是中了神仙丸之毒的现象。

杨炎吃了一惊，蓦地他也有了飘飘欲仙的感觉了。杨炎情知不妙，尚未来得及出声，面前突然出现了两个人。

这两个人正是司空照和慕容垂。

原来他们想不出什么可以帮助师父，后来发现杨炎在山坡上观战，只有韩白二人陪伴，远离大队。他们一见有机可乘，便即悄悄下来，想把杨炎拿作人质。山上山下，所有的人都在凝神观战，他们蛇行兔伏，借物障形，来到近处，便即偷施暗算。他们用的是一种特制的神仙散，毒性和神仙丸相同，药力则厉害得多，而且最厉害的是它没有气味。

这种无色无味的“神仙散”，只须指甲蘸上少许，一弹开来，便能在十丈方圆之内，令人不知不觉地中毒昏迷。

幸而杨炎虽然因为中了毒针，功力未曾恢复，但他毕竟是练有上乘内功的人，只是吸进神仙散的毒气，一时之间，倒还可以支持得住。

他拔出长剑，来不及呼叫，立即便是一招“星月争辉”，向两个敌人刺去。

这一招“星月争辉”乃是天山剑法追风剑法中的七大绝招中之一，一招两式。司空照与慕容垂都觉得明晃晃的剑尖正对着自己的咽喉刺来。

可惜剑法虽妙，气力不加，慕容垂使出金刚指的功夫，“铮”

的一声，弹着无锋的剑脊，登时把他的长剑弹得脱手飞开。

司空照立即一抓向他的肩头琵琶骨抓下，冷笑说道："先废你的武功，看你这小子还敢逞能！"

杨炎一个"移形易位"，但还是由于气力不济的缘故，这一抓虽然勉强避开了，但脚步一个踉跄，已是险些跌倒。

说时迟，那时快，慕容垂亦已出手，和司空照一左一右，同时抓下来。这一次杨炎是决计难以躲避了。两肩的琵琶骨若然都给抓裂，杨炎不但武功尽失，而且立即要变成残废。

杨炎不再躲避，傲然冷笑："我道是谁，原来是我手下败将，好不要脸，趁我受伤偷袭！"

这两人曾经在祁连山上受过他的戏弄，正思泄愤，哈哈笑道："你想激我等你伤好再打么，别作梦了。我要你慢慢受苦！"说话之间，司空照已经点了他的麻穴。手掌慢慢向他肩头抓下，笑道："小子，你可以听见你骨头慢慢碎裂的声音的！"

哪知骨头碎裂的声音未曾听见，一种暗器破空之声却听见了。

暗器不过是两粒小小的石子。

慕容垂中指一弹，小石子虽然弹开，右臂却已酸麻不堪，哪里还有余力再抓杨炎的琵琶骨。司空照更糟，他用接暗器的手法用手掌去接，给石子打着他掌心的劳宫穴，登时倒在地上。

声发人到，来的不是别人，正是孟华。

孟华冷笑道："你们要废我的弟弟武功，对不住，我也要废你们的武功！"一抬腿把司空照踢开，同时把慕容垂抓住！

司空照的"劳宫穴"给石子打伤，内功已废，但外功还有。孟华不想取他性命，这一脚踢得恰到好处，虽然踢得他高高飞起，好像腾云驾雾一般，只道此命休矣！落下来时，却还是平平稳稳的脚踏实地，并没跌倒。他"啊呀"一声大叫，立即飞逃。

慕容垂可没有他那么好"运道"了，他是给孟华抓裂了琵琶骨摔出去的，功力全失，不过气力仍如常人。他爬了起来，折了一根树枝当作拐杖，一跷一拐地下山。

正在蹬道上和唐嘉源剧斗的白驼山主宇文博，听见两个弟子的呼叫声，禁不住心神略分，给唐嘉源大须弥掌的掌势一圈，登时将他魁梧的躯体带动，他双掌齐飞，由于脚步已站得不牢，索性飞身扑下，唐嘉源斜身抢上，避招进招，双方交换一式，恰好换了位置。唐嘉源抢占了最上一级，宇文博则降到唐嘉源原来那级石阶了。

攻守易势，天山派一众弟子都以为掌门有了转机，纷纷喝彩。但就在他们喝彩声中，只见宇文博有如怒狮猛扑，虽然他是仰攻，但也攻得唐嘉源左避右闪，大须弥掌的圈子也越缩越小了。看来他非但没有转机，而且似乎应付得比刚才还更吃力！

喝彩声登时又静止了。

原来宇文博因见众叛亲离，仅存的两名弟子又已受伤逃走，情知今日绝难幸免，索性豁出性命不要，只盼能够把唐嘉源打伤，那时纵然自己也受伤，但只要自己伤得较轻，得胜的可还是他，天山派不能不要面子，他胜了天山派的掌门，即使有人寻仇，那也是以后的事了。

唐嘉源此时已深知他的武功高强，见他情急拼命，当然也猜到了他的心思。唐嘉源为了避免被他所乘，故此仍然按照原来计划，固守待变。

攻守之间的微妙关系，只有几个武学极高的人方始看得出来。看得出：表面上虽然是宇文博占了很大的优势，其实却已是唐嘉源取得胜机了。不过他们仍是忧虑两败俱伤。虽然他们担心的“两败俱伤”和宇文博估计的不同，倘若真有两败俱伤情况出现的话，他们绝对相信，必是宇文博伤得较重。但无论如何，他们还是不愿意有这种情况出现的。

至于天山派的一众弟子，由于没有丹丘生他们的武学造诣，见掌门人好似风浪中的小舟飘摇不定，可是只知道为掌门人担忧了。

孟华武学造诣已是不在乃师之下，但他此时刚到，一见这个形势，也是不由得大吃一惊！

此时杨炎已经站稳，刚刚迈步，想向他走来。杨炎是个容易激动的人，在这样情形下重会孟华，不觉眼中蕴泪。

孟华连忙走上去问道：“弟弟，你伤得怎样？”

杨炎哽咽道：“哥哥，我……”

孟华知道他想说什么，抢先说道：“你受了冤枉，我已经知道了。过去我们两人都做得有点不对，我不会怪你的，请你也不要怪我。”

杨炎说道：“我的伤不碍事。那人是白驼山主，武功十分厉害。你快去想个法儿……”

孟华和他一样心急，立即说道：“好，你歇会儿，待我去斗一斗这白驼山主。”

他解开了心上的结，脚步分外轻快，转身已是上了蹬道，朗声说道：“有事弟子服其劳，请掌门让弟子代除妖孽！”

宇文博哈哈大笑：“你们天山派想倚多为胜吗，好，你们一起来吧！”他明知天山派不会群殴，蹬道上也绝不能群殴的，这样说无非是想逼使唐嘉源与孟华按着他划出的道儿来走罢了。

果然便听得孟华立即说道：“你是什么东西，胆敢妄自尊大！我是要和你单打独斗！”

宇文博道：“你们天山派弟子有数百之多，一个输了，又一个上来，几时才能罢休？”

孟华怒道：“你听清楚没有，我是要和你单打独斗，亦即是只此一场，便决胜负。”

宇文博道：“如此说来，你是要替代掌门与我决斗了？但此战有关贵派荣辱，你可以代表天山派吗？”

孟华道：“掌门授权与我，我便可以代表。”

唐嘉源暗自思量：“此战我料想不至落败，但也没有必胜把握。孟华武功不弱于我，他功力未耗，由他代我，自是更为有利。他是小一辈的弟子，由他取胜，不但可以成全他的声名，本派也不至失了面子。”

孟华说完，白坚城、甘武维等人也纷纷帮腔：“对，对，对付一个下三滥的妖人，咱们可不能让掌门自贬身份！”

宇文博也有他的打算，他倒很能沉得住气，只是双眼盯住唐嘉源，冷冷说道：“你的弟子要代你出战，你意下如何？”他可不知，孟华乃是天山派的“记名弟子”，却并非唐嘉源的弟子。记名弟子的身份十分特殊，并无固定的班辈的。

唐嘉源故意反问:“你怕不怕我们天山派这个小弟子占你的便宜?”

峭壁决斗

孟华接着说道:“我不想占你的便宜,我可以让你三招!”

宇文博哈哈大笑,说道:“小子,你莫以为你能够伤了我的两个不成材徒弟,你就自高身价。我还不屑与你交手呢。只因我的得意弟子不在身边,无可奈何,只好由我做师父的替徒弟报仇了。但我不想落个以大欺小的骂名,在一百招之内,我若胜不了你,就算我输。”

要知孟华的武功,虽然足以和当世任何一个高手抗衡,但知道他的武功这样好的人却是寥寥无几。白驼山主见他不过是三十岁左右的少年,料想他武功再高,也绝不会比得上唐嘉源的。若不是因为司空照与慕容垂被孟华一举击败,他还不会说出一百招这个数字,他限定一百招,已经是相当重视孟华的了。

他久战唐嘉源不下,自己也明白,这样打下去,最终的结果,必然是两败俱伤。谁伤得较重,也难预料。因此,他是巴不得和孟华来决胜负的。虽说他已剧斗两场,真力不无损耗。但也还有原来的七八成,他绝不相信打不赢天山派的一个弟子。什么“不屑动手”,只因要替徒弟报仇才逼得出手云云,不过是他死要面子的借口罢了。

孟华怒道:“本来是我要让你的,谁要你反过来让我?”

青城派的萧青峰哈哈一笑,说道:“一个要让三招,一个要自限一百招,这买卖怎能成交?让我说句公道话吧,白驼山主已经打了两场,但孟华则是天山派小一辈的弟子,大家都不要让,那就刚好扯平,谁也不能说占了谁的便宜了。”

双方同意,唐嘉源退过一边。

宇文博道:“且慢,你是替代掌门出战,先得把话说个清楚。”

孟华道:“你划出道儿来吧。”

宇文博道:“那小妖女龙灵珠是我的仇人,你若输了,那小妖女可得交给我。”

唐嘉源道："龙灵珠不是我的门下，我不能替她作主。"

宇文博道："我并不是要你替我去把她抓来，只是不许贵派阻拦我去抓她！"

唐嘉源道："好，我可以答应你这条件。"

宇文博道："还有，贵派弟子杨炎是那小妖女的同谋，我若胜了，杨炎可也得由我处置。"

唐嘉源眼看孟华，孟华对此仗虽有信心，但事关弟弟的命运，不敢贸然答应。

杨炎在台下朗声说道："谅你也胜不了我的哥哥。你若胜得我的哥哥，我把项上人头奉送！"

宇文博冷冷说道："我只要你乖乖地跟我回白驼山去，谁要你的项上人头！"语气特别强调"乖乖"二字，显然还要在这两个字上大做文章，先看杨炎敢否答应？

杨炎立即便道："好，你若胜了，我就自行挑断筋脉，任由你带回白驼山去！"

宇文博喝道："此话当真？"

杨炎哈哈笑道："我只怕你说了话不算数，我们天山派弟子岂有谎言！请问你输了又如何？"

宇文博道："我做事一向是讲公平的，既然孟华是你的哥哥，我和他这场赌斗，又是把你作为赌注，'彩物'你也应该有份。我若输了，就任由你们兄弟处置。你满意吧？"言下之意，即是他亦已把本身的生死作为赌注的"彩物"了。

杨炎无暇思索，便即笑道："好，很好！我这一半，我先答应了！哥哥，我都不怕，你怕什么？难得瘟生送上门来，还不快落赌注！"

他说话斩钉截铁，显得信心无比。其实他对哥哥是否能操必胜，心中实无把握。这样说不过是想鼓励哥哥的"士气"而已。

孟华本来就是对自己有信心的，受到杨炎的鼓励，心里想道："为了本门荣辱，炎弟都敢舍身，我岂能让他失望？"于是说道："好，就这样吧！"

双方正要交手，忽地有个女子叫道："且慢！"不是别人，正是天山派掌门唐嘉源的妻子。

孟华说道：“师嫂有何吩咐?”

唐夫人道：“孟华，你换一把剑使用!”

孟华说道：“宇文博山主，你不反对我用剑吧?”

宇文博哈哈大笑：“你这话也未免说得太外行了，武功高明之士，伤人何须刀剑，又岂在乎兵器的利钝！管你用什么兵器，我都是这双肉掌奉陪!”

唐夫人不再说话，就在他的大笑声中，把剑掷给孟华。

孟华拔剑出鞘，只见冷电精芒，耀眼生缬。饶是白驼山主功力深湛，亦自感到那股刺骨侵肤的寒意。站在蹬道下面几级的白坚城与甘武维等人，更是不由自己地打了一个寒噤。

原来唐夫人抛给孟华的这柄剑乃是天下独一无二的宝剑——冰魄寒光剑!

冰魄寒光剑是冰川天女当年在唐古拉山的冰窟，取玄冰之精炼成的宝剑，“宝剑”之“宝”并不在于它的锋利，而是在于玄冰之精的奇寒威力。

白驼山主本来以为大不了也不过是一把能够削铁如泥的宝剑的，此时方始知道上当。

但他功力深湛，本身又练有“寒冰掌”的功夫，虽然知道这把冰魄寒光剑可能就是“火焰刀”与“寒冰掌”的克星，也还不至如何恐惧。

当下他立即默运玄功，气凝丹田之后，便侧目斜睨，冷冷说道：“你这把剑果然有点古怪，令我大开眼界。好，我倒要看看是你这把剑厉害，还是我这双肉掌厉害?”

孟华倒持剑柄，剑尖对着自己，虚刺一招，说道：“我已出招，现在应轮到你了!”

这分明是摆着“让招”的姿态，气得白驼山主大怒喝道：“小子无礼，这是你自己找死，可别怪我!”呼的一掌就劈过来。

这是“火焰刀”的绝招，他想先试一试冰魄寒光剑的威力。

蹬道下面几百对眼睛都在注视他们此战，只有杨炎没看他们，他把眼睛朝着唐夫人所在之处看去，只看见唐夫人，没看见冷冰儿。

冰魄寒光剑是由冰川天女传给唐夫人，再由唐夫人传给冷冰儿的。唐夫人何以只把冰魄寒光剑取回，却不见冷冰儿跟她来呢？“难道她是因为受刺激太深，业已病倒，不能来了？”

当然他不能在这个时候去问唐夫人。

四周鸦雀无声，连一根针跌在地上都听得见响。蹬道上的恶斗已经开始。

杨炎也只能把对冷冰儿的挂虑暂且抛开了。

“火焰刀”劈出，热风呼呼。孟华反手一挥，冰魄寒光剑刺向宇文博虎口。

宇文博当然不会让他刺中，但在冰魄寒光剑指向他时，热风已是变成冷风。火焰刀的威力果然是还敌不过那股奇寒之气。

宇文博换掌出招，这次是用“寒冰掌”来和冰魄寒光剑硬拼。“且看是谁先给冷僵？”宇文博料想孟华的功力还不如他，心中一笑。

天山高处，本来就是冰雪世界，寒冰掌一出，冰魄剑一挥，更加奇寒无比，蹬道下面的人，都给冻得牙关格格打战。

宇文博的功力打了三成折扣，和孟华刚好拉平。孟华练有少阳神功，足可抵御奇寒，宇文博能够练成寒冰掌，纵使是玄冰触体，也冻不坏他。掌风剑气相消，冰魄寒光剑的阴煞之气，也只能令他稍为感到一点寒意而已。

论本身实力乃是各有千秋，旗鼓相当。但孟华却占了有冰魄寒光剑的便宜。

寒冰掌的威力是由宇文博以本身的功力发挥的，在他发挥到极点之时，比冰魄寒光剑的天然寒气更冷，但若久战下去，当然是孟华省力得多。两相抵消之后，他伤不了孟华，那就是必败无疑了。

宇文博试了两招之后，暗暗吃惊，只好又作两败俱伤的打算，把平生功力，尽数发挥，一声大喝，双掌齐出。

他也的确是个武学奇才，练成了这两门截然相反的邪派奇功。一掌是热风呼呼，一掌是寒飙卷地。寒热交侵，当真是铁汉也难以禁受。孟华有少阳神功护体，又有冰魄寒光剑恰好可以克制这两门邪派奇功，方才不至落败。但在开头数十招内，在宇文博拼命强攻之下，亦是难免暂时屈处下风。

正在众人为他捏着一把冷汗之际，只见孟华的剑法已是陡然一变。

要知这场恶斗不但是比内功，也比耐寒耐热的能力，同时还要比招数是谁更为精妙的。

内功不相上下，寒热亦是难侵，那么招数的精妙，就是决定胜负的最大因素了。

只见孟华剑法展开，夭矫如神龙，轻灵似彩蝶。时而柔如柳絮，时而猛若狂涛。天山派是以剑术见长的，同门中剑术高手极多，一看之下，都不禁群情悦服。心里推想："孟华出剑之快，似乎还在本门追风剑式之上。剑法则似将追风剑式与大须弥式合而为一，不求守而自守，不务攻而自攻。但辛辣之处，却又似是本门这两种剑法所无。"原来孟华有三个师父，又得天竺高僧传授上乘武学，这十年多来，精心潜研，是将各家剑法合而为一，自成一家了。

俗语有云：棋逢对手，将遇良材。没有功力悉敌的对手，也显不出真正的本领。孟华的剑法固然神妙，宇文博的掌法也是老路纵横，极为了得！

双方均是快攻猛扑，众人正自看得眼花缭乱。忽见宇文博双掌虚抱，门户大开。粗通武学的人都知道这是诱敌之计，但较为高明之士，则在想道："这种诱敌深入的招式，只能对付庸手。孟华快剑追风，你胸前门户大开，岂不正给他以可乘之机？"

孟华出剑之快，果然是快得难以形容。这些人心念刚动，孟华已是一招"大漠孤烟"，剑尖插进掌势虚抱的圈中。

站在杨炎身旁的白英奇与韩英华只道"英雄所见略同"，不约而同地齐声叫道："好啊……"

哪知喝彩之声方起，眼见孟华的剑尖距离对方胸口不到一尺之处，便已缩转，一个斜身，宝剑陡地圈了回来，突然从攻势变为守势。他出剑快，收剑更快，当真是到了收发随心的境界。但众人都是希望他这一招便能制敌死命的，见他莫名其妙地收了回来，不禁大为失望。白韩二人更是叫了出来：“好啊……可惜，可惜！”

只有丹丘生一人，刚才并没叫好，此时方始为他的徒弟喝彩：“妙极，妙极！”师父称赞徒弟，用到这样的字眼，可以说是至矣尽矣，甚至可说是不大像是师父的口吻了！

站在丹丘生旁边的缪长风笑道：“易发难收，令徒却能举重若轻，要是不嫌我唐突的话，令徒似乎已是青出于蓝了！”

丹丘生哈哈笑道：“什么似乎，他的剑法早已胜过我了。要是教出来的徒弟总比不上师父的话，武学还怎会进步？你没听过长江后浪推前浪这一句俗语吗？”

原来宇文博那一招虽是诱敌招数，但内中藏着极为厉害的后着，他正是要孟华看得出他是诱招，才能诱使孟华放胆深入。倘若孟华中计，最佳的结果也只能两败俱伤。但众人不明其理，却是十九为他惋惜的。

杨炎比白韩二人高明得多，他是看得出一点所以然的。但他还是不能相信丹丘生对孟华的称赞是真，心里想道：“哥哥的剑法是很精妙，但若说到要比他这位师父还更高明，则恐怕是夸大其辞了。像丹丘生刚才使的那一招胡笳十八拍，才能说是妙极！”

这一招过后，孟华剑法又是一变，好像剑尖坠着铅块似的，东一招西一划，和刚才那种追风剑式相比，简直是一个天上，一个地下。韩英华低声说道：“不妙，孟师兄的剑法慢下来了。”他是怕丹丘生听见，不敢大声说的。但丹丘生是否听见不得而知。缪长风则似是听见了。

缪长风哈哈一笑，说道：“丹丘兄，恭喜，恭喜！”

丹丘生道：“喜从何来？”

缪长风道：“恭喜你收得一个好徒弟呀！”

丹丘生道：“我可不敢居功，他的剑术能有今天造诣，我虽然有份传授，但最主要的，还是你给他‘说法’之功！”

旁边的白英武、甘武维二人听得莫名其妙，齐声问道：“缪大侠，你替孟华说了什么法，可得闻乎？”

缪长风笑道：“其实此法，你们已是早就听过的了。十三年前，孟华和我比剑，我曾与他谈论过重、拙、大的三字诀，当时他对三字诀已窥藩篱，尚未入室。但如今他已是心领神会，对这三字诀的领悟还超过我了。嘿嘿，我们有点替金逐流担心了!”

丹丘生道:“你又胡说了，金逐流是天下第一剑客，何事要你替他担心?”

缪长风笑道:“我就是担心再过几年，他这天下第一剑客的称号就要易手!”

丹丘生哈哈笑道:“你太夸奖小徒了!”其辞若有憾焉，其心则实喜之。

杨炎也是知道这三字诀的，由于他生性佻达，不及孟华朴实，对重、拙、大的领悟，尚不如当年的孟华之深。此时听了缪长风的话，方始加倍用心观看。越看越有“味道”，不知不觉，看得如醉如痴。

就在丹丘生的笑声中，孟华使出了丹丘生平生最得意的绝招!

胡笳十八拍!

“胡笳十八拍”一招十八式，若然只论剑法之快，这一招可称得是天下第一招!

孟华的剑法本是变得越来越慢的，但正是在变得最慢的时候，突如来此闪电快招!

好在杨炎刚刚见过丹丘生使这一招，他的剑术造诣亦已是到了第一流境界的，因此这一招十八式虽然快如闪电，他还是看得清清楚楚。

招式一样，师徒的变化又各自不同。这刹那间，杨炎看得不禁惊喜如狂，口中大叫，心里想道:“一年前哥哥曾用这招制伏我，如今看来，要不是他当时未出全力，就是他进境神速了!他这一招即使不能说是在丹丘生之上，至少也是旗鼓相当!”

心念未已，已是有了令人意想不到的变化!不但旁人意想不到，甚至出乎杨炎意外!

只见银龙飞舞，冷电盘空。孟华那柄冰魄寒光剑竟然脱手飞出!

手中的兵刃都给对方打落，按照通常规矩，当然应该算是输了!

刚在片刻之前，所有的人都以为孟华此招一出，已是必胜无疑，谁也料不到如斯结果！人人心中叹息，杨炎更加惶惑，他看得分明，孟华这一招胡笳十八拍使得出神入化，当时宇文博全身已在剑势笼罩之下，即使他本领再强，也非中剑不可的。他怎也想不通，宇文博怎的能够败中取胜?

但更奇怪的事情还在后头！

在孟华宝剑脱手的这一刹那，大家在叹息的同时，也都提心吊胆，恐防宇文博乘胜追击，伤害孟华的。但只听得宇文博闷哼一声，非但没有乘胜追击，他自己反而从蹬道上跌下来了！

不过宇文博也当真了得，他滚落两级石阶，脚一撑地，身形登时又再飞起。这一次不是摔倒而是用轻功中的倒纵身法“飞”下石阶！

孟华站在蹬道的最上一级，站着不动，并没追下。

他是不是受了内伤呢?

唐嘉源惊疑不定，叫道:“孟华，你怎么啦?”

孟华没有回答，只摇了摇头。虽然没有说话，意思却是明白的，他是说自己并没受伤。

但何以又不能说话呢?不可能是给点了哑穴，因为点了哑穴，颈部是会僵硬的，但他还能摇头。而且以宇文博那样心狠手辣的人，要是他能够点着孟华的穴道，也不会只点哑穴。

唐嘉源初步想到的是，孟华在这一战中已是耗尽气力，目前尚是喘息未定。

他心念未已，宇文博在半空中一鹞子翻身，已是脚踏实地。

但见宇文博嘴角流出鲜血，身上的衣裳有几处裂缝，看情形似乎是受了伤。

宇文博一落地，话也不说，拔足便跑。

唐嘉源惊疑不定，喝道:“你尚未交待，就想跑么?”

他用的是“交待”二字，因为纵然他是武学深湛且又见多识广，但在这样的情形之下，他也难以判断究竟是谁赢谁输?

倘若他料得不错，宇文博是受了伤，但孟华兵刃也脱了手，这应该算是谁赢?

宇文博沉声喝道："唐嘉源，你身为一派掌门，说了的话不算数么？"

唐嘉源怒道："我说了什么话不算数了？"

宇文博道："你说过是由孟华代你出战，如今与孟华胜负已决，你怎能拦阻我走！哼，是否你想与我再打一场？"

说到一个"打"字，他一掌推开了拦在他面前的唐嘉源。

唐嘉源本意是问个明白，但宇文博误会他的意思，骤然出掌，唐嘉源当然不能不接这招。双掌相交，声如郁雷，唐嘉源连退三步，不由得大吃一惊，心里想道："奇怪，这厮的内力怎的好像比刚才更强劲？如此看来，莫非当真是孟华输了？"

孟华站在蹬道上面，脚底下那把冰魄寒光剑他都未曾拾起来，他仍然没有说话。

天山派众弟子见掌门被宇文博一掌推开，而孟华又是这副模样，不由得都是垂头丧气，心里想道："看这情形，确实是胜负已决，还问什么？"

缪长风忽然喝道："你说胜负已决，究竟是谁胜谁负？"

宇文博道："你问孟华！"

缪长风喝道："我要你说！"

孟华此时方始弯腰拾起宝剑，缓缓走下两级石阶，慢吞吞地说道："是你上来，还是要我下去？"

这两句话的意思谁都懂得，那是孟华不肯认输，还要和他再比。

若按一般比武的规矩，一个受伤，一个兵刃脱手，可以算是扯直。只要他们还有能力再战，而双方又愿意再比的话，那是可以再比下去的。"点到即止"的比武，那又另当别论。

可是孟华这样情形还能再战么？

莫说天山派一众弟子为孟华担心，即使武学高明的天山派掌门唐嘉源也觉得孟华实在太过冒险了。他看得出孟华没有受伤，但也看得出孟华已是真力大耗，走下蹬道，都已步履艰难，如何还能再战？他只道孟华是想拼死保护师门，正想劝阻，目光一瞥，只见宇文博竟然和他门下众弟子一样，也是面色大变。唐嘉源略一迟疑，想替孟华认输的说话就吞了回去。

缪长风陡地喝道："分明是你输了，你还想抵赖！好，他不认输，孟华你下来和他再比！"

此言一出，天山派弟子不禁都是大吃一惊，心想孟华如何还堪再战？唯一没有吃惊的只有丹丘生，他听了此言，心神更加定了。暗自想道："缪长风绝对不是糊涂人，他敢替孟华向白驼山主挑战，自必有他的道理。看来这次我大概不至于走眼了。"丹丘生是早已看出孟华并非落败。

果然心念未已，只见宇文博面上一阵青，一阵红，终于说道："好，那就算是我输了吧！"

缪长风喝道："输就输了，什么算是？"

宇文博哼了一声，说道："好，是我输了，那又怎样？"

原来孟华刚才使出那一招"胡笳十八拍"之时，内力贯注剑尖，倘若是刺向对方要害，是可以令宇文博重伤毙命的，只因他一念慈悲，临时改变主意，改为只想废掉宇文博的武功，避开死穴不刺，内力也收回少许。

哪知就因这一念慈悲，反而着了宇文博的道儿。

宇文博练有三门邪派奇功，火焰刀与寒冰掌之外，他还懂得"天魔解体大法"。

"天魔解体大法"是一种刺激本身功能的奇术，施法者咬破舌尖，本身功力可以立即增强一倍。

此时宇文博的功力本已略逊于孟华，但一用天魔解体大法，功力增强一倍，他就胜过孟华。

结果孟华这一招胡笳十八拍在宇文博身上刺伤三处，但却不能废掉他的武功。宇文博中剑，在蹬道上已是站立不稳，他想要续施反击的机会也就变成了泡影。

但他的如意算盘虽然没有全部打通，却也令得孟华吃了个不大不小的亏。

孟华受他掌力一震，真气大耗。要是孟华立即追击的话，势必也要受到重伤。因此孟华必须默运玄功调匀气息，方能开口说话。

那么宇文博又何以不敢接受孟华的挑战，和他再打下去呢？

原来“天魔解体大法”最伤元气，增强的功力只是暂时的，时间稍长，连原来的功力都要逐渐消失。而且过后还要大病一场。宇文博在推开唐嘉源之后，业已发觉自身有如决了口的堤防，内力在源源泄出了。此时他只盼能够在内力没有完全消失之前逃下天山，如何还敢再战？

他自知危机逼在眼前，神色却丝毫不露，虽然认输，仍然作出极为强项的姿态。

可惜由于他这“天魔解体大法”太过怪异，连唐嘉源与缪长风这样武学高明之士，也看不出他是外强中干。

宇文博傲然作态，哼了一声，说道：“是我输了，那又怎样？”

缪长风喝道：“你说的话算不算数，输了就想一跑了之吗？”

宇文博忽道：“你姓孟还是姓杨？”

缪长风怒道：“你这话是什么意思？”

宇文博冷笑道：“不错，我说过输了任凭孟华与杨炎处置，可不是由你处置！除了他们，谁都不能将我阻拦！”冷笑声中，以掌力把缪长风推开。

孟华暂时还不能施展轻功，此时正在蹬道上拾级而下，不过下了几级石阶。杨炎功力不过恢复两成，当然更是不能将他拦阻。

宇文博哈哈笑道：“孟华，杨炎，你们来处置我吧！我在白驼山等候你们处置！”他一推开缪长风便即飞奔。

众人这才省觉，原来他刚才划出的“道儿”是早已伏有后着的。

缪长风气得破口大骂：“你好歹也是一山之主，这等行为，简直迹近无赖！”

孟华喝道：“我命令你留下，等候处置！”

宇文博脚步不停，一面跑一面说道：“我只是答应由你们兄弟处置，可并没答应必须是在天山之上接受你的处置！你要知道这只是我们三个人的事情，我可不能在人前受辱！你若一定要在天山上处置我，那你就追吧，只要你追得上！”

他不但迹近无赖，简直强词夺理！

但一来旁人不便插手，二来唐嘉源与缪长风相继受挫，旁人莫测高深，也不敢贸然拦阻。

他从杨炎身旁跑过，杨炎“呸”的吐了他一口唾沫，骂道：“不要脸！”

宇文博知他无力阻拦，心想：“今日我暂且受你这小子之辱，他日再找你算账。”杨炎是有权处置他的，他不敢发怒，只好让它唾面自干。

他脚不停，口中说道：“按照江湖规矩，恭候也得有个期限！我给你们十天期限，过期不候，再决生死！”这几句话说完，他的影子已消失了，但声音从山腰处传来，兀是震得众人耳鼓嗡嗡作响。

众人莫测高深，都是吃惊不已。却哪知道，此时他用天魔解体大法所增强的功力，已是正在消失之中。他不过是强弩之末，鼓其余力，震慑别人的。杨炎如果追下去，一个时辰之内当可追得上他。那时此消彼长，只凭杨炎的两成功力就可制他死命。

他拼着耗损残余功力，使出传音入密的功夫，声音铿铿锵锵，宛如金属交击，果然收了震慑之效。他的影子早已不见，山谷尚有回声。众人听那山谷回声，心中犹有余悸。过了片刻，方始纷纷上前向唐嘉源和孟华道贺。这一战天山派虽然是三易对手，方始获得胜利，但孟华以后辈记名弟子身份，打败了当世的第一大魔头，也可说得是替天山派挽回了面子了。

孟华说道：“我不能制那魔头死命，实在愧对师门。”

丹丘生道：“你那招胡笳十八拍已经使得精妙绝伦，我都自愧不如了。你不能制那魔头死命，过错不在剑法，恐怕是你心中未动杀机吧？”

孟华给他说中，满面通红，低头不语。

唐嘉源哈哈笑道：“丹丘兄，你教出来的徒弟，打得白驼山主也不能不当众认输，已经是很难得了。”丹丘生笑道：“我这徒弟也是天山的徒弟啊。以往武林惯例，一个徒弟只能有一个师父，师父也不喜徒弟学别人的武功。这种门户之见，我看是应该改一改了。”

唐嘉源道：“丹丘生说得不错。咦，钟长老呢？怎的不见？”

一个弟子禀道："钟长老进天一阁去了，好像是替姬、华两位师弟疗伤。"姬追风和华静宇二人乃是本来留在天一阁服侍钟展的那两个弟子。两人都只不过十七八岁年纪，功力较浅，故而中毒较重。

唐嘉源挂虑师叔，说道："孟华，我和你进去看看，也好向他报喜。"

一进天一阁，就是姬华二人上前迎接，唐嘉源问道："你们中的毒好了吗?"

姬追风答道："多亏钟长老以少阳神功替我们祛毒，我们早已恢复如初了。钟长老前后不过用了半支香时刻。"

唐嘉源道："那么钟长老呢?"

华静宇道："他替我们祛毒疗伤之后，就走进练功的静室，不知是否还要闭关?"

唐嘉源心想，钟展进入天一阁之时，正是他和宇文博恶斗的时候，大敌当前，胜负未决，钟展没有便即闭关练功之理，那为何还未见他出来呢？难道他连外面为孟华祝贺胜利的欢呼都听不见。

唐嘉源道："孟华，咱们进去看看。"轻轻推开静室的门，只见钟展正在用剑代笔，在壁上刻字。唐嘉源不敢惊动他，暂不作声。

过了一会，只听得钟展充满喜悦的声音说道："总算了却一重心愿了。"说罢，方始掷剑于地，回过头来。

这一回头，却是令得唐嘉源大吃一惊。

钟展今年八十有二，但因内功深厚，驻颜有术，脸色还是相当红润的。看起来不过六十左右模样。但此时一看，只见他脸色灰败，精神困顿，好像突然老了许多，变成了名副其实地踏入风烛残年的老人了！

憔悴的颜容和喜悦的声音刚好形成鲜明对比，唐孟二人焉得不惊?

但还有令得唐嘉源更加吃惊的是，他是个武学大行家，只一看便看出了钟展已是元气大伤，此时正在自行散功，以求速死。

这一惊非同小可，唐嘉源哪里还有余暇"报喜"，慌忙抢上前去抱着钟展，叫道："师伯，不可！"

钟展微笑道："我年过八旬，已属上寿，你硬要我活下去，最多我也只能多活一年半载，你又何必要我多受苦难？我有话和你说，放开手吧！"

唐嘉源一探他的脉息，脉息已是现出油尽灯枯的现象，钟展的功力亦已散了十之八九了。唐嘉源武学精深，当然懂得内功深厚的人，死也要比常人艰难得多，钟展的自行散功乃是为了避免死前多受苦痛。唐嘉源知道无力挽回，只好咽泪放手。

钟展问道："外面怎么样了？"

唐嘉源道："禀师伯，那魔头已经给孟华打跑了。本门弟子并无伤亡。若干人中毒亦非严重，相信很快就可治好。"

钟展道："好，很好。我也知道你们必定可以打败那个魔头的，所以才放心来做我最后想做的这一件事。

"这是我此次闭关练功所参悟的大须弥功诀，虽未完备，已是竭尽我的所能。我才智平庸，对本门武学无所增益，只能留下这一点练功的心得给你们，也算是了却一重心愿。"

原来钟展因为提前"开关"，真气逆运，已受内伤，与宇文博一场剧战，又重了几分。剧战之后，又为姬华二人运功疗伤，已是将近油尽灯枯的田地。他以剩余的功力，在石壁上刻出修练大须弥功的口诀，最后一点真气都已耗尽，自是非死不可了。

钟展在临死之前，还做了两件好事，唐嘉源和孟华都是十分感动。唐嘉源礼赞道："自称最平庸的人，往往最值得别人敬佩！师叔就是这样的人，他是可以死而无憾了！"正是：

薪尽火传功绩在，平凡正是不平凡。

欲知后事如何？请听下回分解。

第十一回　何当重订三生约 只是难堪七载离

七年之约

孟华默然说道:“钟长老可以无憾，我却不能无憾。”

唐嘉源含泪点头，说道:“不错，此仇当然是必须报的!”

两人走出天一阁，唐嘉源向门人报告这一不幸消息之后，便即当众宣布:“谁要是能够替钟长老报仇，除掉宇文博这大魔头，谁就是继任的天山派掌门!”

孟华因一念慈悲，放过了白驼山主，心中内疚殊深，首先领旨，说道:“钟长老被妖人所害，凡属本门弟子都有责任替他报仇，但掌门一职，我以为还须慎重选择，不必用作此事的报酬。”

唐嘉源道:“此事乃本门奇耻大辱，能够替钟长老报得了仇，就是为本门立了大功。慎重选择，亦是以功德为标准的。我的决定和你的意见其实并不违背。”

原来唐嘉源这一决定，正是想要孟华无可推辞、非做天山派掌门不可的。要知孟华只是天山派的“记名弟子”，若然认真论起师门关系，他和丹丘生所属的崆峒派关系更深。唐嘉源知道丹丘生亦是想立孟华做崆峒派的掌门，当然不愿把孟华放走。

长老之仇不能不报，掌门之命不可不遵。孟华也不便再有异议了。

会散之后，杨炎才有工夫去找唐夫人。

唐夫人一见他就道:“炎儿，我正要告诉你，那把冰魄寒光剑是冰儿托我给你的，当时我无暇多问，猜测她的意思，大概是怕你受白驼山主伤害，给你这把宝剑护身。刚才我借给你的哥哥，还没工夫和你说。现在就由你拿回去交给你的冷姐姐吧。”原来唐夫人见冷冰儿身世堪怜，又见杨炎对她那样痴情，已经改变主意，心想除了年纪不大登对之外，杨炎和冷冰儿结合倒是可以令她放下一重心事的，这把剑已经由孟华交还给她，因而她就叫杨炎亲自拿回去给冷冰儿。

杨炎连忙问道：“冷姐姐的好意我是感激不尽的，她现在怎么样了？”

唐夫人道：“她在解严精舍歇息，如今想必已经恢复如常了。不过她今日所受的刺激太深，你可不能令她再受激动。钟长老不幸去世的消息，暂且也不要告诉她。”

杨炎说道：“是，我懂得的。”

解严精舍是在刚才用作会场的那块草坪旁边，杨炎立即飞快地跑回去。哪知到了解严精舍，却已不见了冷冰儿！

冷冰儿早已走了，只留下一封信给杨炎。

信上写的是：“炎弟，你此次为龙姑娘而来，虽然犯我禁约，我不怪你。但你我七年之约仍须执行。龙姑娘已走，你也必须找到了她，七年之后，方许你和她一同见我。冰魄寒光剑代赠齐世杰，他已经练成冰川剑法，此剑可助冰川剑法威力，理合归他所有也。”

杨炎呆了片刻，激动得嘶声叫道：“冷姐姐，你怎能这样对我？我这次回来，固然是为了龙姑娘，但更是为了你啊！为什么还要我再等七年？”

一个温柔的声音忽地接下去说道：“对，不应让她再等七年，炎儿，你去找她回来吧。她若怪你，我替你作主。我是她的师父，她总得听我的话。”原来是唐夫人跟着来了。

杨炎茫然说道：“我到哪里找她？”

又一个熟悉的声音接下去说道：“傻孩子，你的冷姐姐当然不会藏在山上让你寻找的。她能够去哪里呢？你用点脑筋想想吧？”

说话的这个人是缪长风，他挂虑义子，也跟着唐夫人来了。

杨炎说道：“义父，依你推测，她是不是会回到柴达木那儿，跟她叔叔?”

缪长风道:“目前清军正在攻打回疆，据我所知，柴达木义军已经出动，来帮回人抵御清兵了。你先到鲁特安旗去吧。”

唐夫人点了点头，道:“不错，嘉源本来已经和我商量，想选派门人去助罗海打仗的。只因目前他刚接任掌门，又出了石长老这件事情，恐怕还须整顿门户，才能成行。你先去最好。”

杨炎接过了冰魄寒光剑，说道:“那我马上就走!”

第三个熟悉的声音说道:“且慢!”

孟华也来了。

孟华说道:“这颗小还丹是我刚向无碍大师讨的，给你!”

少林寺的小还丹功能固本培原，是医治内伤最好的灵药，杨炎中毒伤了元气，目前功力只不过恢复三成，小还丹正合他的需要。

杨炎蕴泪道:“哥哥，你对我太好了！以前都是我的不好!”

孟华笑道:“咱们兄弟还说客气话吗？你见到罗海，请代我向他告罪，我本来要去帮他的忙的，但因我另有紧要的事情，只好暂缓了。”

杨炎知道哥哥说的“另有紧要事情”乃是要为钟展报仇，便道:“好，那么咱们分头办事吧。我一定替你把话送到。”

孟华与他刚刚兄弟相认，舍不得便即分手，说道:“不错，我是要为钟长老报仇，但也不必忙在今天，我送你一程。”

冷冰儿心如槁木，惘惘前行。忽听得沙沙声响，接着是爆豆也似的冰块碎裂声音，震耳欲聋。她吃了一惊，抬头望去，只见沙尘滚滚，白雾迷漫，原来是前面一段陡削的山坡，冰雪正在挟着泥沙倾泻!

在这铺满冰雪的山坡上，稍微受点震动，就会发生“流冰”倾泻的现象，冷冰儿也见得多了，自是不以为奇。她见倾泻的情形不算严重，心神定了下来，想道:“幸好不是雪崩。”

哪知心念未已，在密如爆豆的冰块碎裂声中，忽地隐隐听到好像是有人呼救!

倾泻的情形虽然不算严重，但倘若刚好有人碰上的话，也会给滚滚而下的冰雪埋葬的!

冷冰儿生怕是前来观礼的客人遇险，无暇思索，立即施展轻功，避开冰块的正面冲击，跑下去救人。

她的轻功在天山派年轻这一代的弟子中首屈一指，只论轻功，她是几乎追得上孟华而胜过杨炎的，在滑不留足的冰坡上飞驰而下，转瞬到了平地。由于倾泻的情形不算严重，到了山腰较为平坦的地方，流冰滚动之势亦已迟缓甚至停止了。冰碎和泥沙堆积成约有半个人高度的厚厚一堆。

冰块下面果然传出了是人类的呻吟声。那一堆混合碎冰的沙丘正在向上拱起，一看便知那人的武功也是不弱，此时正在奋力挣扎，意图自救。

救人如救火，冷冰儿当然不会袖手旁观，让他自行挣扎。她拨开覆盖在那人身上的积雪沉沙，把那人拉了出来。

那人的身形一现，冷冰儿却是突然如遇鬼魅，几乎不敢相信自己的眼睛！

那人面上的泥污未抹干净，身上的沙土冰碎也未抖落，但冷冰儿已经认出他是谁了。

他是谁？不是别人，正是冷冰儿恨之刺骨的段剑青！

段剑青趁着她一呆之际，立即跃开，冷冰儿比段剑青慢了半步。

段剑青一跃跃开，笑嘻嘻道：“冰儿，多谢你念在往日情分，救我脱险。”

冷冰儿误救仇人，气得柳眉倒竖，斥道：“奸贼，今日不是你死，便是我亡！”斥骂声中，早已拔剑出鞘，一招玉女穿梭，便刺过去。

段剑青险被活埋，喘息未定，无力相抗，只好使个“卸”字诀，衣袖一挥，牵引剑锋，希望能够化解她这一招凌厉的攻势。哪知他虽然运用得妙，没有气力相济，这种上乘内功却是难以发挥。只听得“嗤”的一声，衣袖被截去一幅。

段剑青暗暗叫苦，却还是嬉皮笑脸地说道：“冰儿，原来你是想和我做一对同命鸳鸯吗？对，不求同年同月同日生，但求同年同月同日死，这也是很好呀！”冷冰儿果然中计，被他气得手腕发抖，第二剑虽然立即就跟着刺出去，却刺歪了。但段剑青避这一招之时，亦是禁不住一个踉跄几乎跌倒。

冷冰儿刺了个空，头脑反而清醒了，她知道时机难得，把怒气强抑下来，觑个真切，刷的又是一剑。

段剑青跳跃不灵，又无法化解对方攻势，只好硬接一招。使出龙象功，一掌拍出。

他的龙象功本来已经练到第八重，若在平时，冷冰儿的剑非给他击落不可。但此际，他只有第二重的功力，却是连剑尖也荡不歪，冷冰儿一招“玄鸟划砂”，在他的手背划出一道伤痕。要不是他还有两成功力，手掌只怕也要给切了下来。

段剑青叹口气道：“好，请你让我自行了结吧，咱们总算有过一段香火之情，我只求你别让我身首异处！”说罢，仆倒地上，骨碌碌地就沿着斜坡滚下去。

冷冰儿只道他已经气衰力竭，相信他是真的要“自行了结”，心肠不觉软了下来，不忍便去割他首级，心道：“也罢，就让他落个全尸。”

段剑青滚下一段斜坡，又到了较为平坦的地上。他伏在地上，动也不动。雪地平滑，滚下去身体也没受伤。

冷冰儿不知他是用了什么方法“自行了结”，走近去看，只见他的头顶上冒出丝丝白汽。

他还有两成功力，本来可以自断筋脉而亡的。但冷冰儿看这情形，却又不像是自断经脉模样。冷冰儿瞿然一省：“莫非他是使诈？”故意说道：“还是让我成全你吧，只须轻轻一剑，你就可以大解脱了，免得死前受苦！”

话犹未了，果然吓得段剑青就跳起来。

冷冰儿骂道：“无耻奸贼，竟敢诈死骗我！”

段剑青哈哈笑道：“我舍不得你，忽然又不想死了！”说时迟，那时快，冷冰儿的剑尖已是指到了他的咽喉，冷笑说道：“像你这样的人，活在世上又有何用？”

眼看剑尖一挺，就可洞穿他的咽喉。段剑青突然中指一弹，竟然弹开了她的剑！

"你说错了!"段剑青笑道:"我活着最少还有一样用处,可以和你作伴!依我说,你不如还是嫁给我吧。我以前对不住你,如今已知错了。杨炎这小子比我更靠不住,你不见他在追那小妖女吗?哼,这小子不过是想一箭双雕罢了。"

冷冰儿气怒交加,强自压抑,只当他是放屁,更不打话,一口气就攻了他十七八招。段剑青口中说话,手底丝毫不缓,双掌盘旋飞舞,竟然化解了她十八招攻势。"冰儿,你现在想杀我已经迟了!"段剑青哈哈笑道。

原来段剑青虽然受活埋之祸,但并未受伤。他的功力之所以大打折扣,最主要的原因,还是由于刚才和杨炎交手造成的。最后那一掌,他虽然用毒针伤了杨炎,但本身的功力最少也耗了五成。也正是因此,影响了他的轻功,方始引起流冰的倾泻,失足滚下山坡的。

他练过一门高深的内功,名叫"龟息功",是天竺高僧迦象当年受他所骗,传授给他的。此时正好派上用场。在他诈死的那段时间,他已经运用龟息功调匀呼吸,恢复了五成的功力了。不过与杨炎对掌所耗损的功力在急切之间,还是未能恢复。

也幸亏他只不过恢复五成功力,冷冰儿还可以稍占上风。

段剑青恐怕天山派的弟子跟着会来,化解了冷冰儿十八招攻势之后,第十九招开始腾出手来,指甲蘸了"神仙散",向冷冰儿弹去。

哪知他不用"神仙散"还好,一用"神仙散",却引出了冷冰儿的冰魄神弹。

冰魄神弹可辟"神仙散"的毒气,冷冰儿突然感到头晕目眩,登时省起自己身上还有三十多枚冰魄神弹,于是先来一个"细胸倒翻云"的身法,倒纵出去数丈之外,跟着便发出了冰魄神弹。

冰魄神弹接连发出,段剑青只恢复了五成的功力极难禁受,虽然尚未至于冷僵,已是冻得牙关打战。无可奈何,只好冒险抢攻。

段剑青曾在天山学艺三年,对天山派的剑法极为熟悉,造诣比冷冰儿更高。他咬紧牙关,拼命抢攻,登时主客易势。冷冰儿改用冰川剑法,方始能够勉强抵挡。

可惜冷冰儿的冰川剑法乃是唐夫人所传，并未得窥全貌；更可惜的是她手上拿的不是冰魄寒光剑，否则段剑青根本就无法与她作近身搏斗。

但虽然她给段剑青反夺攻势，但这只是暂时的现象。她明白，段剑青也明白，若是久战下去，段剑青既要对付他所不熟悉的冰川剑法，又要抗御冰魄神弹的奇寒之气，他剩下的五成功力必将逐渐消耗，最后仍是必败无疑。

段剑青急攻不逞，动了杀机。刚才他与杨炎之战，是用毒针暗算杨炎，方始能够败中取胜的。于是还故技重施，把一枚毒针扣在掌心。他知道凭他现在的功力，这一枚毒针若是射出去，一定会给冷冰儿剑风扫落。只有拼着受她一剑不是伤着他的要害，他就可以把毒针直接刺进冷冰儿的身体。

冰川剑法他虽然不熟悉，但冷冰儿是用天山派的武功作基础来使冰川剑法的，他有把握可以不让冷冰儿刺中他的要害，甚至说不定还可以避开。

主意打定，他陡地欺身进扑，这一扑却是用的天竺高僧迦象所传瑜伽身法。

他算得很准，冷冰儿此时正在用到一招“冰河解冻”，剑势大开大阖，向外延展，他拿捏时候，立即扑入内圈，按说冷冰儿这一剑是伤不着他的，但大大出乎他的意料之外，他的如意算盘仍是落空。

就在那关键的一刹那间，他忽地觉得右臂肘尖的曲池穴一麻，一抓抓歪，冷冰儿的剑势已是反圈回来，登时在他的左臂划开了一道伤口。还幸只差少许，没伤着他的琵琶骨。

段剑青负痛狂吼斜跃丈许，喝道：“是谁……”只说得两个字，冷冰儿的剑锋又已指到了他胸前了。

冷冰儿暗暗叫了一声“侥幸”，不解段剑青何以有此失误。听得段剑青喝出“是谁”这两个字，方始想道：“莫非真的是有人暗中相助?”四顾并无人影，她亦已无暇多想了。反正只须再加一剑，就可以把段剑青置于死地，她又何必假手于人?

段剑青身中暗器，凭感觉已经知道是一枚梅花针，但尚未知道有毒无毒。他给冷冰儿逼得无可抵御，底下的话已是说不出来，心头一凉，只道是必死无疑了。

忽听得叮的一声，不知哪里飞来的一颗石子，把冷冰儿手中的青钢剑打落了。

段剑青死里逃生，好像虚脱病人一样，浑身无力，瘫在地上。

虽然瘫在地上，但也看见了那个突如其来的人是谁了。

不是别人，正是白驼山主宇文博。

这刹那间，段剑青不禁又喜又惊，又是有点疑心不定。

宇文博出手救他，当然不会是刚才暗算他的那个人。那个人又是谁呢?

冷冰儿一见宇文博来到，悲愤之极，叫道:“姓段的奸贼，今日我杀不了你，做了鬼我也要报仇!”说罢，便要自断经脉而亡。

宇文博出手更快，她刚在开始运功，宇文博已是又弹出一枚石子，打中她的穴道。她好像着了定身法似的，不能动了。

宇文博笑道:“冷姑娘，你何必寻死觅活，你不愿意落在段剑青手中，我可以把你带回白驼山去。”

段剑青受伤不轻，此时方始爬得起来，他惊疑不定，说道:“宇文山主，你真的要把她带回白驼山去?”其实他是想问“你为什么不肯把她交给我”的，只因不敢问得如此直率，故而兜一个弯。

宇文博淡淡说道:“不错，这女娃儿对我很有用处，我想收她做徒弟。小段，夫妻是要恩爱才好，这女娃儿是要杀你的，你勉强逼婚，反而一生都要提心吊胆，那又何苦定要娶她为妻?”

段剑青满肚子气，但此际他必须依靠宇文博救他，才能下得天山，如何敢说半个不字?他定了定神，勉强笑道:“山主说得是。大丈夫何患无妻，你喜欢这女娃儿，随便你怎样处置她就是。不过，她好像还有一个同党埋伏在附近，山主，你可得当心暗算。”

宇文博向东南西北连发四掌，掌风呼呼，打得沙飞石走，不见有人，哈哈笑道:“我没工夫搜索，就算她有同党，也绝不能暗算得了我!”

说罢，他背起冷冰儿就走。

段剑青大吃一惊，慌忙叫道：“喂，喂，还有我呢！”

宇文博冷冷说道：“我只能带一个人，你暂时走不动，在这里歇歇吧。”

段剑青气得几乎晕了过去。但宇文博不过走了十多步，忽然又停止了。他站在一块岩石上，举目遥观，发出一声长啸。

片刻，只听得另外一声长啸，远远传来，音细而清，宛若游丝袅空，余音缭绕。啸声虽然不及宇文博的霸道，但内功之纯，则是在宇文博之上。

宇文博心里暗暗吃惊，神色却是丝毫不露，回过头来，哈哈一笑，说道：“你说得不错，果然是有人来了。你不必惊慌，是自己人。嘿嘿，有人来料理你，你当可以放心在这里等候了。”

段剑青武功虽失，却还是个武学的大行家。他听得出啸声是在五六里外，来人的轻功多好，也总还要有一段时间，他如何能够“放心”？

他想告诉宇文博，暗算他的那个人一定还藏在附近，绝不会是这个数里之外发啸的人。但他还未来得及说出自己曾遭暗算之事，宇文博已经走了。

他不是朝着啸声来处走去，却是朝着相反方向走的。走得非常之快，转眼不见踪迹。段剑青不禁起疑：“既然是自己人，为何他要避开？哼，莫非是因为他抢了冷冰儿，连自己人都不敢见了。”

段剑青自以为这个猜测合乎情理，却哪知道完全不是这回事。

宇文博的用心比他所想的还要险恶得多。

宇文博根本不知道来的是什么人，他只知道绝不是“自己人”！

他的合理猜测是：既然不是自己人，那么十居八九是天山派这边的人了。非友非敌的可能性是很少的。既然十之八九会是敌人，当然他非急急忙忙逃走不可了。

原来他用天魔解体大法增强的功力，此时正在逐渐消失。估计再过一个时辰，他就要恢复到和孟华交手之时一样，亦即是只及原来功力的一半了。这一半功力，再过三天，将只剩下一成。要是在十天之内回得到白驼山，那是上上大吉，否则必将病倒途中，因此他倒是希望来的是自己人的。

但他一听这人的啸声，立即就知道不是了。这人内功之纯，即使他毫无损伤，也未必就能够胜过这个人的。在“自己人”之中，只有一个武毅，功力可以及得他的三成，如何能与这人相比？

他的发啸不过是试探性质，试探明白之后，心里想道：“段剑青对我已是没有用处的，我不将他杀了灭口，那已是对得住他了。嘿嘿，反正有人给我代劳。他是天山派的叛徒，天山派的人杀了他，他当可死而无怨。”

宇文博这一次又料错了。

这个人并不是天山派的人。

另一个藏在暗处，待他一走，就立即出手“料理”段剑青的人，也不是天山派的人。

这个藏在暗处的人是龙灵珠。

她在流冰倾泻之时，躲在一块岩石的裂缝中避难。这块岩石恰好是在段剑青的背后。

她不愿意见冷冰儿，只能用梅花针暗器暗中助她取胜。

哪知她的暗中相助虽然成功，但冷冰儿还未来得及杀段剑青，宇文博就来了。

她自知绝非宇文博之敌，只能眼睁睁地看着宇文博把冷冰儿掳去。

宇文博一走，另外一个人很快亦将来到。

时机稍纵即逝，她是非出手“料理”段剑青不可了。因为只凭这个人的啸声，她听不出是谁。她不能不相信宇文博的谎话，相信这个人是段剑青的“自己人”。

段剑青刚刚起疑，正要挣扎起来，蓦地两边肩头都是一阵剧痛，痛得他只能发出一声惨叫，就晕过去了。

龙灵珠是用两枚透骨钉射穿了他两边肩头的琵琶骨的。她本来要取段剑青的性命的，但转念一想，冷冰儿与他仇深如海，还是留待冷冰儿将来报仇的好。因而临时改变主意，只废掉他的武功。

“我必须重回天山报讯，即使碰上炎哥，也顾不得这许多了。”龙灵珠心想。

她生怕给段剑青的这个同党发现，急急忙忙，趁他未曾走到之时便即走另一条路重回天山。

也是阴错阳差，她这一走，失去了和杨炎相遇的机会。以致杨炎要在过了许多时日之后，方始得知冷冰儿这一不幸被掳的消息。

也不知过了多久，段剑青方始痛醒过来。

他一睁眼就看见了一个他过去千方百计要躲避的人，但现在则是他盼也盼不到的人。

龙灵珠以为这个人是段剑青的“朋友”，猜错了。

宇文博的“谎言”却反而说中了。

这个人不是段剑青的朋友，是段剑青唯一的亲人。是他的叔叔段仇世。虽然不是宇文博所指的那种“自己人”，却确实是自己人！

段仇世正是来找他的侄儿，捉回去严加管教的。

这次他本是为参加唐嘉源就任天山派掌门的典礼而来，在途中碰上快活张，快活张告诉他一个消息，说是段剑青已经和白驼山主宇文博做了一伙，而且他已打听到这两个人正在前往天山。

段仇世虽说是十分痛恨侄儿的不肖，但听到这个消息却是不禁又急又惊。

段仇世因为少年失恋的缘故，早已决定终身不娶。段剑青是他段家唯一的根苗。

他怕段剑青闯出大祸，更怕在群情汹涌之下，天山派会把他的侄儿处死。

想不到他赶不上天山派的盛会，先就在这里碰上了段剑青。而且是受了重创、死活未知的段剑青。

他大惊之下，只能先替侄儿敷上金创药，用柳枝替他接骨。（打碎的琵琶骨是不能恢复原状了。最佳的希望只能是武功不致全废，可以保全一两分。）

段剑青是在他的叔叔替他动手术的时候痛醒过来的。

段剑青痛得只能叫出一声“叔叔救我！”就说不下去了。

其实即算他还有气力可以说话，他又能够对叔叔说些什么呢？

段仇世又是心痛，又是气恨。气恨侄儿不肖，也心痛他的侄儿变成残废。他只道侄儿之被废武功乃是天山派给与的刑罚。他不敢怨恨天山派，但心里多少也有一点认为是过分了些。

在这样情形下，他又能够说什么呢？责骂又不是，安慰又不是，他只能救活了侄儿再说。

杨炎刚与哥哥分手，就隐隐听得不远处好像有人呻吟。

他本来不是朝着那个方向走的，听到了呻吟声，生怕受伤的是冷冰儿，赶忙朝着声音来处跑去。

大出他的意料之外，他发现了伤者是段剑青。

他不认识段仇世，见段仇世替段剑青裹伤，只道段仇世是白驼山的妖人一伙。

杨炎立即拔剑出来，直冲过去，段仇世喝道："你想干什么的？"

杨炎喝道："你若不想陪这奸徒送命，那就赶快给我滚开！"

段仇世道："你是奉了贵派掌门之命，赶来杀他的么？"

杨炎冷冷说道："天山派的事情用不着你管，要命的快滚，别再啰唆！"

段仇世本来就已有点不满，觉得天山派对他侄儿的惩罚未免过分了些。此际，杨炎恶言相向，他也不禁动气了。说道："对不住，此事我一定要管。你先回去禀告掌门，待会儿我再带剑青去拜访他。"

杨炎早已不耐烦了，登时喝道："好，你要管那就管吧，我倒要看你有何本领管得了此事！"声出招发，刷的一剑就刺过去。

这一招用的是龙象剑法，迅捷狠猛，兼而有之。段仇世吃了一惊，心想："十年未上天山，想不到天山派竟是人才辈出，连一个乳臭未干的小弟子也有如此高明的剑法！"但他是一派武学宗师，纵然不识龙象剑法，亦可应付裕如。当下衣袖一挥，把杨炎的剑引出外门。要不是他手下留情，杨炎功力尚未恢复，长剑非得脱手不可。

杨炎一剑刺空，恐防反击，立即变招。这一变变为天山派的大须弥剑式，转攻为守，法度严谨，隐隐有渊停岳峙的气象。

段仇世识得这招剑法，不禁又是一惊："这小子的大须弥剑式，比起唐嘉源或有不如，但已在天山四大弟子之上！”因他只守不攻，段仇世的应招也就蓄势未发。

段仇世又是吃惊，又是惭愧，心里想道：“要不是我的内力远胜于他，单比剑法，只怕我还未必是他对手。奇怪，他的内力似有难以为继的迹象，莫非剑青已经和他打过一场了？”

心念未已，杨炎已是第四次变招，这一次他用的是刚刚学会的那一招“胡笳十八拍”，虽然远不及丹丘生与孟华使这一招的变化精奇，但亦已能够在一招之内遍袭段仇世的十八处穴道！

段仇世和丹丘生是老朋友，当然不会败在他这一招十八式之下。段仇世惊疑之极，“铮”的一声，弹开杨炎的剑，喝道：“你是何人？这一招胡笳十八拍是谁教你的？”

杨炎心头一凛：“这妖人倒是见识不凡，居然识得这一招胡笳十八拍！”哼了一声，说道：“正邪不两立，我打不过你也要打！有本领你尽管杀我好了，何必多言！”

他正在一剑刺出，忽听得有人喝道：“炎弟，不可无礼！”用的是传音入密的内功，声音少说也在数里开外，却好像在杨炎耳边说话一般。

杨炎大吃一惊，几乎不敢相信自己的耳朵：“怎的哥哥反而帮这妖人说话？”

心念未已，只见孟华已经出现在他的面前。

原来，孟华和弟弟分手之后，刚走得一程，就听见段仇世的啸声，他听出了是师父的啸声，赶忙跑来迎接师父的。想不到却发现了弟弟和师父斗剑。他是在高岗上看见他们的，大惊之下，生怕师父误伤弟弟，自己赶救不及，于是先行出声，喝止杨炎。

段仇世是孟华的第一个师父，而且是抚养他成人的，孟华行过了礼，说道：“师父，请恕舍弟无知，冒犯了你。”

杨炎大惊道：“他是你的师父？”

孟华喝道：“你不向师伯赔罪！”

杨炎却不赔礼，说道：“他既然是你的师父，为何要庇护段剑青这个奸徒？”

段仇世道：“原来他是你的弟弟，小小年纪，有这一身本领，真是难得。他不知我的来历，不能怪他。”说至此处，稍歇片刻，接着叹口气道：“本来是我这侄儿不好，他就是不给我面子，我也不能怪你。孟华，如今不是你应该替弟弟赔罪，是我应该向你们兄弟求情！”

孟华惶然说道：“你这样说，教徒弟怎当得起，请师父吩咐！”段仇世道：“我不能干涉天山派清理门户，不过这小畜生武功已废，只盼你能饶他一死！”

孟华只道段剑青的琵琶骨是给段仇世捏碎的。心想即使把段剑青拿回去，最重要的刑罚也不过如此，便道：“师父大公无私，我将此事禀告唐掌门，谅可获得掌门鉴谅。”

段剑青呻吟道：“我、我好想念大理，我但求能死在家中。叔叔，你带我回去，带我回去。”说罢，假装昏迷。

昏迷虽是假装，瞒不过段仇世的眼睛，但武功被废则是事实。段仇世当然想得到这一层：“他武功已废，天山高处的严寒就不是他所能抵受的了。”

段仇世踌躇片刻，说道：“华儿，我本来是要去向你们的唐掌门道贺的，但如今……”

孟华说道：“师父有事请便，掌门跟前由我回话。”段仇世一声轻叹，说道：“好徒弟，难为你了。”背起侄儿就走。

段仇世叔侄走后，杨炎说道：“哥哥，你顾全了师徒情分，却未免太过便宜这奸贼了。”

孟华道：“话不能这样说，你要知道，人谁……”

杨炎接下去便道：“人谁无过，过而能改，善莫大焉。你要说的是这几句话，对不对？但我不相信像段剑青这样的人，他能够真心改悔。”

孟华说道：“你没看出他的叔父已经捏碎了他的琵琶骨，废掉他的武功吗？即使他死不悔改，也无能为恶了。他既已落到这份田地，我相信你的冷姐姐也会饶恕他的。你还是赶快去鲁特安旗找回你的冷姐姐吧。”

边塞传烽

杨炎兼程赶路，不到一个月已经踏入鲁特安旗地界。出乎他的意外，他未曾找到冷冰儿，却先碰上了冷冰儿的好朋友——桑达儿和罗曼娜这对夫妻。

桑达儿伤势已经痊愈，他是从故乡出来的。罗曼娜由于记挂丈夫，特地从鲁特安旗带领一队女兵回乡接他出来。

意外相逢，皆大欢喜。桑达儿再次向杨炎道谢他那日的救命之恩，问道："杨少侠，你被奸人陷害之事，想必已经分辩得直了吧？"

杨炎说道："多谢关心，新掌门已经许我重列门墙了。"

罗曼娜道："那么冷姐姐呢，怎的不是和你一起回来？"

杨炎吃了一惊，说道："我正要问你呢，她还没有来到鲁特安旗吗？"

罗曼娜道："三天前我离开鲁特安旗的时候，尚未见她来到。刚刚我问过一个今日从城中出来的哨兵，他说了几个前来助战的朋友的名字，也没冷姐姐在内。"冷冰儿是罗曼娜的好朋友，要是她已经来到的话，那哨兵一定会对她说的。

杨炎大为失望，再问："那么齐世杰呢？听说他上个月已从柴达木前往鲁特安旗——"

罗曼娜道："不错，他是来了鲁特安旗。但亦已走了。我还以为他可能在途中碰上你呢。"

杨炎道："他是前往天山吗？"

罗曼娜道："不错，他来到我们这儿，一听说你已经为冷姐姐回转天山的消息，他也就立即赶着去了。咦，你这把剑不就是冷姐姐那把冰魄寒光剑吗？"杨炎说道："正是冷姐姐托我把剑转送他的，可惜又碰不上。"心里想道："世杰表哥对冷姐姐本来也是一片真情，要不是当年他的母亲强加干预，他们本来可以成为一对佳偶的。唉，都是我的不好，把什么事情都弄糟了。"蓦地心头一震："为什么我有后悔不能成全他们的念头，我不是坚信只有我才能给予冷姐姐幸福的吗？难道我的信心动摇了？"抚剑思人，不禁心乱如麻。

罗曼娜忽地问道：“那位龙姑娘呢？”

杨炎茫然说道：“我也不知她去了哪儿。”

罗曼娜摇了摇头，说道：“你还记不记得我和你说过的一句话？”杨炎说道：“是那句把锁匙比喻爱情的哈萨克格言吗？”

罗曼娜道：“不错，那句格言是一把锁匙只能开一把锁！”桑达儿见杨炎神魂不定的样子，不禁也摇了摇头，说道：“这里就快要打大仗了，你们还在谈什么锁匙？依我说目前最紧要的事情应该是怎样打开清兵对咱们的包围！”

杨炎瞿然一省，说道：“你们不是已经打了一个大胜仗么？”桑达儿道：“战争的胜负不是打一两次胜仗就可以决定的，清兵已经从西宁调来援军，只怕不日就要大举进攻。”

罗曼娜道：“你猜我是因何向你问起龙姑娘的？那是因为有一位朋友也在打听她的消息。”

杨炎道：“是谁？”罗曼娜道：“这人你也认识的，他就是柴达木的义军头领邵鹤年。”去年邵鹤年曾受孟华之托将杨炎押往柴达木，中途被龙灵珠所劫。杨炎说道：“他还在恼恨我和龙姑娘吗？”

罗曼娜道：“刚刚相反，他已经知道你们都是帮我们抗清的朋友了。他是义军派来和我们联络的，现在还在我们那儿。听说孟元超大侠即将率领一支义军来援。”

杨炎道：“真的吗？”心情激荡，声音都变了。罗曼娜道：“当然是真的。咦，你怎么啦？”

就在此时，忽见四面山头都有浓烟升起，这是山上的瞭望哨发现敌人的讯号。桑达儿哼了一声，说道：“清兵来得比我们预料还快！”罗曼娜笑道：“对，现在不是长嗟短叹的时候，咱们必须赶回去准备作战了！”

一座座的营帐布满山头，每座营帐前面的空地都竖有一支旗竿，白天挂着该队的军旗，晚上则挂出风灯。

这是清军主帅所在的“大营”营地。时间正是午夜时分，地点是在鲁特安旗首府正东面的彭古拉山。

军令森严，虽然是有几万大军驻扎的山头，只闻刁斗声声

（刁斗是古代行军的用具，夜间用来报时，犹如更鼓。在碰上意外事件时，也可用作警报）和风过处吹得帐篷摇动的猎猎作响声。千万盏风灯好像黑夜繁星，忽明忽灭，把荒山点缀得一片绚烂，好像贫家女突然变成了满身都是珠光宝气的贵妇。遗憾的是却没人欣赏，在营地上穿梭来往的只有轮值守夜的卫兵。

清兵的主帅早已换了人，儿子不行，换了老子。由官拜抚远大将军的陕甘总督丁兆庸亲自挂帅，接替他的儿子，那个名实不相符的儿子丁显武。

但更大的权力则在监军卫长青手中。卫长青是以御林军副统领的身份，手持上方宝剑、代表皇帝在作监军的。

此时卫长青正在他自己的帐幕里和一个军官说话。这个军官来头也很不小，他有两重身份，一重身份是保定武学世家杨家六阳手的衣钵传人；一重身份是大内一等卫士。

此人不是别人，正是杨炎的父亲杨牧。

但这两个显赫的人物，此时正在相对叹气。

清兵围攻鲁特安旗已经有一个月了，虽然占据了四面山头，且业已兵临城下，把这座回疆的名城围困得水泄不通，但兀是未能攻下。

卫长青叹口气道："这座城池其实不能算是很坚固的，城墙不过三丈高而已。想不到这些哈萨克人不但能攻而且擅守，竟然把它变成好像金城汤池了。

"听说柴达木那股贼人已经倾巢而出，还有几个部落的援军也将来到。要是咱们在这几天未能攻下，恐怕就要背腹受敌了。"

杨牧勉强给他打气，说道："回疆那几个部落的援军虽然擅于各自为战，但未经兵法部勒，只是乌合之众，不足为惧。咱们真正的对手只是柴达木那股匪军，但从柴达木来到此地，要冲破咱们七重防线，谈何容易。而且四面山头都在咱们掌握之中，他们想与城中的守军会师，最少也得伤亡一半！"

卫长青苦笑道："你知道他们的主帅是谁？"

杨牧说道："大概不是冷铁樵就是萧志远吧？"冷萧二人是柴达木义军的正副首领，他这一猜自是合乎常理的猜测。但其实他却是明知猜错，故意装作不知的。

卫长青摇头说道：“你猜错了，不是冷铁樵，也不是萧志远，是你的对头孟元超！”

杨牧装作大吃一惊的模样，尖声叫道：“哦，是他？”

卫长青郑重说道：“不错，是他！他在柴达木虽然只是第三号人物，但说到用兵打仗，比冷铁樵和萧志远都强。冷萧二人，年纪已老，在匪军中名位虽高，实权则早已交付与孟元超与宋腾霄这一辈较为年轻的人了。宋腾霄是秀才出身，熟读兵书，懂得行军布阵，当然是个扎手人物；但孟元超善用奇兵，有勇有谋，他的兵法简直是无师自通，出神入化，比宋腾霄更难对付。咱们的七重防线，只怕也未必拦得住他！”

杨牧唯有苦笑道：“大人未免太过长敌人的志气，灭自己威风了。孟元超纵然厉害，也未必就有这么厉害。何况他劳师千里，兵力也远比咱们薄弱，即使他能够抵达鲁特安旗，咱们以逸待劳，以众敌寡，也无须惧怕他们。”

卫长青道：“咱们是堂堂之阵，正正之旗，怕当然是不怕他们的，但添多这股强敌，总是麻烦。”

说至此处，他看了看杨牧，忽地冷冷说道：“你可有令郎的消息？”

杨牧正是怕他提起此事，讷讷说道：“没，没有。”杨炎回转天山的消息，他确实不知，这话倒并非说谎。

卫长青冷冷说道：“你不是差遣令郎去行刺孟元超的吗？看来你这个宝贝儿子恐怕是非但不听你的话，反而认贼作父了！”

杨牧自知他目前之所以仍然受到重用，一大半原因就是因为他的上司还在希望能够通过他而利用他的儿子杨炎之故，只好为儿子分辩：“我这不肖子虽然行为乖谬，认贼作父那是绝不至于的。他曾在我的面前矢誓要杀孟元超，或许是因时机未到之故。”

卫长青面色稍微缓和，问道：“他是否还在柴达木，你知不知道？”

杨牧说道：“他一去柴达木，我就无法与他再通音讯了。不敢胡猜。”

卫长青道："好，待我派人打听，要是令郎这次是和孟元超一起而来，今后恐怕还有用得着你的地方！"

杨牧抹了冷汗，说道："大人只要有用得着卑职之处，卑职敢不遵命。"

卫长青道："你对我忠心，我不会亏待你的。"

杨牧道："多谢大人栽培。"

卫长青笑道："我知道你有乌总管做靠山，但他的亲信也多，有好差事只怕未必会轮到你。"原来卫长青本是大内总管乌苏台的副手，几个月前才调任御林军副统领的。此人野心颇大，一直以屈居副手而心中不忿。故此他想多笼络些人为他所用，杨牧就是他的目标之一。

杨牧老于官场，闻弦歌而知雅意，立即笑道："乌总管的差事我可不敢领教，我倒巴不得他忘记了我这个人。如今他最看重的是白驼山主，上个月派出八名大内侍卫去帮白驼山主，听说是要帮白驼山主消灭天山派的。这些人到现在还没消息回来，我说句不利的话只怕是凶多吉少了。你说像这样的差事是不是宁可没有的好？"

卫长青道："你知道你是怎样才能免掉这趟苦差事的么？你本来已列上名单的，是我把你要来，我说我要你来对付孟元超，他没有理由拒绝，这才不能不放人的。"

杨牧装作更加感激涕零的样子说道："大人恩重如山，杨某赴汤蹈火，不足为报。"心里则在想道："要是炎儿当真已经'认贼作父'，只怕我这次是求荣反辱了，帮白驼山主去和天山派为敌固然危险，这个差事也不见就会好些。"

他正在患得患失之际，有个卫士进来向卫长青禀报："丁大帅请统领大人过去有事相商。"这个卫士是统帅丁兆庸的亲信，名叫骆宏，在军中是兼任替统帅传达命令的旗牌官的。

卫长青道："好，杨兄，请你在这里等我回来，我还有话要和你说。今晚你可以在我这帐篷过夜。"原来杨牧的驻地是在前山，一来一回要一个多时辰，甚是不便。故此卫长青留客。

监军和统帅的地位平行，帅帐和监军帐都是刁斗森严，防备周密。统帅的旗牌官来到监军的营帐，也须经过审查通报等等手续，出去也是一样。

卫长青先起，骆宏按照手续到监军营帐的签押处取回腰牌。签押处那个值夜官不是别人，正是杨牧的大弟子闵成龙。卫长青因为要笼络杨牧，特别提拔他作自己的亲信卫士的。

闵成龙很会奉承，当然不会留难骆宏，笑道："你的差事已了，咱们哥儿俩喝一钟酒如何？我叫他们烤两只山鸡下酒。"

骆宏道："闵兄盛情，我心领了。我的差事虽了，也还要回去伺候大帅的，改日咱们再喝个痛快。"

他走出监军的营帐，还未走得多远，忽地有人喝问："口令！"

骆宏一看，只见是个穿着小兵服饰的人，年纪很轻，似乎还未到二十岁模样。

骆宏只道他是夜间巡逻的卫兵，虽然有点起疑，但也不敢怀疑他是敌人。当下冷笑一声，反问那个卫兵："你不知道我是谁吗？"

那卫兵道："我奉命巡逻，不管是谁，也要盘问口令！莫说我不认识你，就是认识你，我也不能徇私！"

骆宏道："你不见我刚刚从监军大人的营帐中出来吗，我的身份若非早已查明，闵成龙焉能放我出来？哼，凭你也配盘问我？"

那少年心里暗暗欢喜：原来这里就是卫长青的监军帐，这可真是"踏破铁鞋无觅处，得来全不费工夫"。但他还有一个疑团未释，于是仍然问道："闵成龙为什么会在监军的营帐里？"

骆宏疑心大起，说道："闵成龙是监军大人的旗牌官，你竟然不知道吗？哼，莫非你是奸……"

"奸细"二字尚未说得出来，那少年出手如电，已是点了骆宏的穴道。少年笑道："你猜得一点不错，对你们来说，我的的确确是奸细！"说罢把骆宏抛入乱草丛中。

这少年刚刚来到，没看见卫长青已经离开帐幕，只道他还在里面。他心中疑团已解，想道："原来闵成龙已经爬上高枝，当了卫长青的心腹了。哼，刚才倒害得我惊疑不定。"原来他盘问骆宏的目的乃是为了避免碰上一个和闵成龙有关系的人的。此时疑团已解，他便即施展超卓已极的轻功，偷入监军营帐。

杨牧在帐中正自神思不定，心乱如麻。忽觉微风飒然，似是有

杨牧反手一指，点着了那小兵的肩井穴，谁料对方竟是自己的儿子杨炎。

人掀帐进来。

他本是低首沉思的，帐中烛光微弱，那少年看不见他的面貌，已是拔剑向他刺来。

就在这千钧一发之际，杨牧抬起头来问道："是成龙吗？……"陡然看见亮晶晶的剑尖指着他的咽喉，这一惊非同小可！

剑尖已经指到他的咽喉，只轻轻一刺，就可取他性命。但说也奇怪，那人在这关键时刻，竟然呆了一呆，剑尖颤抖，就是刺不出去。

杨牧虽然不是一流高手，功夫也甚老辣。在这生死关头，一见有机可乘，如何还能放过。立即反手一指，点着了那人的肩井穴。咕咚一声，那人跌了个仰八叉。

杨牧定神一瞧，登时也呆住了。

烛光虽然不很明亮，那人的面貌还是看得相当清楚的。你道是谁？不是别人，正是他的儿子杨炎！

原来杨炎帮助罗海守城，日子一天天过去，形势一天比一天危急，不知不觉，他困处围城，已是将近一个月了。救兵尚未来到，城中的粮草已是所剩无多了。

杨炎左思右想，终于得了一个主意。拼着牺牲自己，刺杀清军主帅。

他瞒着罗海，换了被俘的清兵服饰，这天晚上，偷入清军大营，仗着绝顶轻功，居然并没给人发现。

一座座的营帐布满山头，他不知道清军帅统丁兆庸的营帐是哪一座，正自茫无头绪，瞎摸瞎闯之际，说来也巧，正巧给他碰见了闵成龙送骆宏出来。他埋伏暗处，待骆宏经过，突然出来盘问他的口供。这才知道，自己在不知不觉之间，正巧来到了监军的营帐了。主帅丁兆庸和监军卫长青都是他要刺杀的目标，于是在处置了骆宏之后，随即进入监军帐中，点了闵成龙的穴道，跟着按照计划行刺。

哪知大出他的意料之外，端坐帐中的不是卫长青，竟是他的父亲杨牧。

也是杨牧命不该绝，先出了声。杨炎听出了是父亲的声音，这一剑如何还能刺出?

本来杨炎的武功已是比他的父亲高出许多,若在平时,杨炎纵然不忍伤害父亲,他的父亲无论如何也点不着他的穴道。但在此际,杨炎骤吃一惊的情形底下,杨牧不费吹灰之力就点着他的穴道。

这一个突如其来的变化,固然是大出杨炎意料之外,杨牧亦是始料之所不及。

杨牧只有这个亲生儿子,这个儿子刚才又是手下留情不忍伤害他的,他能够把儿子换取更大的富贵功名吗?

但他又不敢冒着前程毁灭、甚至性命也将不保的危险,放走儿子。

父子恩仇

他转了无数次念头,在功名利禄与亲生儿子之间兀是难以取舍。最后想道:"还是先稳住了闵成龙再说吧。只盼卫长青迟些回来,我若劝得炎儿归顺,那就最好不过。"

他走出外面,不出他的所料,只见闵成龙果然是给点了穴道,躺在地上。

杨牧解开徒弟的穴道,说道:"成龙,我一向待你怎样?"

闵成龙心里忐忑不安,说道:"师父对我恩重如山,我若没有你老人家提拔,哪有今日?"

杨牧说道:"好,那么我有一事求你,你肯答应吗?"

闵成龙道:"师父但请吩咐,徒弟赴汤蹈火,在所不辞。"

杨牧说道:"用不着你赴汤蹈火,只须你为我隐瞒刚才发生的事。卫大人回来,你千万别说出曾有刺客来过。"

闵成龙低声道:"徒儿懂得。师父,你准备怎样发放师弟?"

杨牧说道:"我还没有好主意。我先劝他一劝,如果他不听劝告,你设法将他送到我的营帐。"

杨炎给点了穴道,不能动弹,但还是可以说话的,杨牧回去劝他,说的无非是自己目前不能不忍辱负重的苦衷,望儿子谅解。

"我知道你是不肯投降朝廷的,但你不肯真投降,假投降总可以吧。咱们借助清军之力，只要杀了孟元超之后，我仍然答应与你归隐田园。”

杨炎并没给点了哑穴，但他却是一言不发。

“炎儿，你不答应的话，为父固然性命不保，你也决计难逃！难道你忍心咱们父子同归于尽？”也不知是真的动了感情，还是想用眼泪软化儿子，杨牧说到最后，竟然挤出了几滴眼泪。

杨炎这时才忍不住开口说话：“我的父亲早已死了，至于我呢，我若打算生还，我也不敢来此行刺了！”

杨牧苦笑，正想再劝，忽听得人声，不是别人，正是卫长青回来了。

杨牧大吃一惊，连忙补点杨炎的哑穴。把杨炎塞在炕下。“炕”是睡觉的地方，北国苦寒，一般人家都是以炕作床的。炕上睡人，炕下堆着烧过的马粪或者煤球的灰烬，灰烬还是热的。

卫长青是监军身份，睡的土炕比一般人家讲究得多。炕底空阔，有半个人高，中间堆着热灰，两旁还有空放煤球。也幸而炕底下有多余的地方，杨牧才能够把儿子塞进去。

杨牧刚刚弄好，卫长青就进入帐幕了。杨牧心里好像悬着十五个吊桶，七上八落，上前请安。

卫长青忽地冷冷说道：“杨牧你好！”杨牧吃了一惊，颤声道：“卑职没，没什么不好。”话犹未了，卫长青已是一声冷笑，点了他的穴道。

杨牧被点的穴道是麻穴，就像他的儿子刚才那样身躯不能动弹，但还可以说话。他吓得魂飞魄散，颤声说道：“卑职一向对大人忠心耿耿，不知什么地方得罪大人，请大人明示，卑职死了也心甘。”

卫长青冷笑道：“你很好，但我却给你连累得很不好了。”

杨牧道：“恕我不懂大人的意思，请大人明示。”

卫长青道：“你知道丁兆庸找我去做什么吗？”半晌，自问自答：“不是商量紧要军情，是告诉我你那个好儿子干的好事！”

杨牧越发吃惊，心想莫非杨炎来时，已给丁兆庸的人发现？但再一想：倘若卫长青已经知道杨炎来过此处，他一进来必定先向闵成龙查个明白，断不敢就进入帐幕的。于是力持镇定，说道：“那小畜生干了什么事情，卑职实在不知。”

卫长青冷笑道：“你是真的不知还是假的不知？告诉你吧，你说你这宝贝儿子不至于认贼作父，但事实却刚好相反，他早已认贼作父了。

“他非但没有听你的话去行刺孟元超，反而和孟元超走上一路。破坏了我们一个重大计划。

“哼，我还可以相信你，相信你不是父子同谋，但丁兆庸可是信不过你呢。要不是我极力保你，此刻你早已人头落地了。”

杨牧当然大呼冤枉，说道：“多谢大人恩庇，那小畜生做的事委实与我无关，我也不知他做了何事。”

卫长青道：“你真的不知杨炎如今是在何处？”杨牧心头大震，硬着头皮说道：“真的不知。”

卫长青道：“他不是在柴达木，也不是在孟元超军中，他如今是在天山！”杨牧松了口气，说道：“这小畜生跑到天山去做什么？据我所知他已是给天山派逐出门墙的，他竟敢回去，可真是出乎我的意料之外了。”

卫长青哼了一声，说道：“你还蒙在鼓里呢！你这宝贝儿子已经为天山派立了大功，唐嘉源亦早已准许他重回师门了！”

杨牧越发吃惊，要知杨炎为天山派所立的“大功”，对他们而言，实即杨炎的“大罪”。他为了免受株连，颤声问道：“这小畜生闯了什么大祸？”

卫长青道：“据武毅和贺铸、陶炼他们三人回来说，他们这次与白驼山主联手偷袭天山派，计划得本来十分周密的，想不到天山派不知怎的，竟然有了防备，结果一败涂地。天山派之所以取得胜利，得力在两个人。一个是孟华，另一个就是令郎杨炎！孟华打败了白驼山主，杨炎亦曾在山下一斗白驼山主，在山上二斗段剑青。他们而且亲耳听见杨炎叫孟华做哥哥。他能够叫孟华哥哥，当然也能够叫孟元超做爹爹了。你说这是不是认贼作父？”

杨牧不敢回答，只能破口大骂：“这小畜生真是气煞我也！”

卫长青冷笑道：“若他只是认贼作父，那还罢了。只怕这次计划也是毁在他的手里！武毅已经向丁兆庸禀报详情，要求追究谁是通风报讯的人！”

武毅是丁兆庸的客卿；贺铸、陶炼是大内一等卫士、大内总管乌苏台的心腹。亦即是那日在天一阁的蹬道上，被丹丘生以一招“胡笳十八拍”刺伤的那两个人。武毅只是被唐嘉源摔下蹬道的，唐嘉源因念在他是丐帮弟子的份上，手下留情，并没将他摔伤。

这三个人是刚刚回到清军大营的，他们铩羽而归，自是要找个“借口”来掩饰这次一败涂地之耻。因此他们把战败的主因，说成了是有人向天山派通风报讯，这么一说，最受嫌疑的人当然就是杨牧了。杨牧也是大内一等卫士，知道这个偷袭天山派的计划的。由他把这个计划泄露给儿子杨炎知道，杨炎因此立即赶回天山报讯，这是“顺理成章”的推断！杨牧听出口风，吓得面如死灰，连忙叫起撞天屈来，说道：“自从去年我在京城见过这小畜生之后，我根本就没有见过他！那次见他，也是奉了乌总管之命，指使他去行刺孟元超的。却怎知他会如此倒行逆施！”

杨炎对父亲本已不存幻想，但此际亲耳听见杨牧供出行刺孟元超这个阴谋的真相，仍是不禁气愤心伤。他心伤未已，只听得卫长青正在冷冷说道：“我早已说过，我可以相信你，但丁大帅可不能相信你！”

杨牧哀求道：“请大人在丁帅面前，替卑职说几句好话。”

卫长青摇了摇头，说道：“武毅和贺铸他们一口咬定是你通风报讯，丁兆庸要提你亲自审问。除非你保证可以立功赎罪，否则我也不能救你！”

杨牧忙不迭道：“卑职保证……”

卫长青冷笑道：“别说得这样轻松，立功赎罪，必须有切实可行的办法，才能使人相信。你想好了再对我说不迟。”

杨牧心中七上八落，暗自思量：“要是我把炎儿献出来，我的性命自可保全。但炎儿决计不可活了。”

他正自踌躇不决，闵成龙忽然不请自来。

卫长青喝道：“你管你分内的事，我没有叫你，你进来做什么？”

闵成龙道："是有关小人师父的事！"

卫长青怒道："国法无私，凭你也配替杨牧说情！"

杨牧不知闵成龙是何居心，但已隐隐感觉不妙，赶忙也喝他出去。

闵成龙"卜通"跪了下来，说道："请师父原谅。我不说就对不住卫大人！"

杨牧大吃一惊，喝道："你休得胡……""胡说"二字尚未说得完全，他自己先就不能说话了。卫长青何等老练，一见他如此神情，已知杨牧是害怕徒弟告密了，立即就补点了他的哑穴。

"你不用害怕你的师父，好好对我说吧。是不是他有什么事情瞒住我？"卫长青温言对闵成龙道。

闵成龙道："本来师恩深重，我是不该告发师父的。但此事关系太大，正如大人所说，国法无私……"

卫长青喝道："别啰唆，赶快说！"

闵成龙道："大人料事如神，小人的师父正是有事瞒着大人。"

卫长青道："何事？"

闵成龙道："杨炎刚才进来行刺大人，碰上师父。师父将杨炎藏在帐中。小人一直没见他出去，恐怕现在还在这里！"

卫长青大吃一惊，说道："什么？杨炎就在这里？"

闵成龙道："大人请仔细搜查！"

卫长青立即抓着杨牧，说道："好，你替我搜！他若敢动你，我立即杀他父亲！"

原来卫长青并不知杨炎已经给父亲点了穴道，为策万全，所以一面拿杨牧当作盾牌，一面叫闵成龙替他搜索。

卫长青不知道，闵成龙是知道的。他知道只要找得到杨炎的藏身之所，就可以手到擒来，不费吹灰之力。心中暗暗喜欢，只道这是个可以给他"丑表功"的机会。

为了把这出戏"演"得更加卖力，他装模作样，如履薄冰地四处搜查。却不知他故意拖延了一点时间，正给了杨炎"死里逃生"的机会。

帐幕里没有几处可以藏身的地方，终于他找到了炕底了。

他俯腰一看，看见了缩作一团的杨炎，他哈哈笑道："在这里了！"哪知他笑声未了，身躯突然就像皮球一样给抛了起来，倒飞出去。

原来杨炎刚好在此际运气冲关，解开了穴道。他的内功本来早已胜过父亲，杨牧用的又不是重手法点穴。故此他穴道一解，功力便即恢复如常。闵成龙弯下腰来抓他，给他一脚撑中小腹。

无巧不巧，闵成龙的身躯倒飞出去，方向刚好是对着卫长青扑下。

这一变化来得太过突然，卫长青只道是他们师徒串通了暗算自己。百忙中无暇思索，猝然"遇袭"，立即反击，反手一拳，把闵成龙打翻，本来给他抓着的杨牧则给他摔了出去。

闵成龙伤上加伤，一声惨叫，当场气绝。

说时迟，那时快，杨炎已是犹如猛虎出柙地向他扑来了。

他们两人的武功本是各有所长，上一次在京师交手也是未分胜败的。但一来由于杨炎在这半年中进境甚速，二来由于卫长青猝然遇袭，惊魂未定。这次在杨炎暴风骤雨般的急攻之下。三十招过，渐渐连招架亦已为难。卫长青拼命抵挡，叫道："来人哪！"他力竭声嘶，声音不能及远，但料想在帐篷外面巡逻的卫士还是应该听得见的。

果然立即就有人说道："卫大人，你莫慌，我来啦！"奇怪，却是女子的声音！

杨炎喜出望外，失声叫道："灵珠，是你吗？"这刹那间，他和卫长青都不觉呆了一呆。说时迟，那时快，那人已经闯进帐幕，把手一扬。

这人穿着清兵服饰，但她虽是男装，却怎能瞒过杨炎的眼睛，一看就看出她果然是龙灵珠了！

杨炎大喜之下，登时也就醒觉尚未脱险，立即又向卫长青发掌。

卫长青虽然亦已醒觉，但已迟了一步，只觉微风飒然，膝盖的环跳穴中了一枚梅花针。

龙灵珠早已取出银丝软鞭，一招"风卷落花"向卫长青下三路扫去。

两人配合得恰到好处，卫长青接得了杨炎正面劈来的一掌，避不开下盘的软鞭缠打，膝盖又刚刚中了梅花针，登时给杨炎扣着他的肩井穴。就这样两人合力，将他擒了。

杨炎无暇问龙灵珠，赶忙先去给父亲解开穴道。

杨炎不禁心肠软了下来，想道："他没有出卖我，总算还有一点天良。"一时之间，也不知对父亲说什么话好，掏出了一颗药丸，塞入杨牧口中，说道："这是少林寺的小还丹，你先服下。咱们想法再逃。"

杨牧苦笑道："天地之间，无我可以容身之地。你们快走吧，别顾我了。"他自知心脉受伤，纵有小还丹之力，恐怕也活不久长，何况他心上的创伤比身上的创伤更重，他还有什么颜面倚靠儿子保护逃生？

杨龙二人却不知他受伤如此重，龙灵珠劝道："老伯，你别这样想，只要你肯从此离开清兵营帐，永不回来，亲人总是亲人。我和炎哥盼望的就是有这一天，虽然时间等待得长，如今也还不算太迟。炎哥，你说是吗？"

杨炎喉头哽咽，默默点了点头。

龙灵珠道："外面巡逻的几个卫兵，都已给我点了穴道。趁着天还未亮，赶快走吧。老伯，你走得动吗？"

杨炎正待不顾一切，背起父亲逃跑，忽听得轰轰隆隆的炮声，似是凶雷一样，从远处传来。接着金鼓之声大作。马嘶人叫，整个营地听得出都已是乱哄哄的了！正是：

边塞传烽火，父子了恩仇。

欲知后事如何？请听下回分解。

第十二回　弹指传烽消罪孽
惊雷绝塞了恩仇

妙计突围

杨牧揭开帐篷一角，看出去只见附近几个营地的军队都已出动，列成阵形，火把通明。

杨牧久列戎行，说道："看此情形，十九是敌人夜袭！"杨炎听得"敌人"二字，心中不满，但想到父亲本是清宫卫士，说惯了口头用语，一时改不过来亦无可厚非。这一点不满的心情迅即被喜出望外的心情替代，说道："这可好了！一定是柴达木的义军来了。"

杨牧苦笑道："好虽是好，但如今外面正在列队备战，火把通明，你们要闯出去可就更难了。"

原来监军营帐所在地，乃是清兵大营的中枢，附近几营士兵，都是主帅丁兆庸最精锐的亲兵。故此虽然碰上敌人偷营劫寨，队伍却还是整齐有序，并不慌乱的。

话犹未了，只听得蹄声得得，听得出已是有两匹马，向着监军帐跑来了。

杨牧经验丰富，料想必是丁兆庸派来传命令的人，他当机立断，说道："快把我缚起来，卫大人，对不住，请你和我合演一出戏。"匆匆授计，杨炎、龙灵珠按计行事。

他们二人都是清兵服饰，当下龙灵珠缚住杨牧，伪装看守他的人。杨炎则冒充卫长青的跟随，站在他的身旁。

杨炎解开了卫长青的穴道，但用的却是一种独门手法，使得卫长青虽然可以行动如常，但功力却是不能恢复。跟着把闵成龙塞进炕底。

“你若敢乱说乱动，休怪我手下无情。我可以令得你求生不得求死不能，在你的部属前把你折磨够了，才把你处死！”

杨炎在卫长青的耳边说了这几句话，不久那两个人就进来了。

这两个人不是别人，正是在天山铩羽而归的那两个大内卫士——贺铸和陶炼。

这两个人在天山虽然见过杨炎，但此时杨炎已经改容易貌，且又换了清兵服饰，他们怎认得出来。只不过稍为有点奇怪，何以卫长青的身边不是闵成龙而已换人，但这一点怀疑，迅即亦告冰消，两人俱是想道：“闵成龙是杨牧的徒弟，他缚了杨牧，自不能再用闵成龙了。”

“卫大人你办事真是迅速，原来早已把这奸细捉来了。”贺铸说道。

卫长青道：“我正要亲自把这奸细送去给丁大帅审问。”

陶炼说道：“丁大人哪里还有闲工夫审这奸细，他已经交代我们将这奸细暂时收押，你移交给我们就是。”

卫长青道：“对啦，我还没有请问两位此来，有何公干？”

贺铸说道：“一来是提取奸细；二来是向你禀报军情。”

卫长青道：“外面金鼓声敲得这样急，不知是有甚紧急军情？”

贺铸说道：“那还用问，当然是有敌人夜袭了！”

陶炼接下去说道：“黑夜中不知敌人多寡，但似乎是来得不少。如今已是在下面山谷展开混战，而且已经杀向山上来了！”

贺铸跟着说道：“据前营负伤的将士回来报道，业已发现的敌人，有柴达木的贼人，还有回疆几个部落的叛军。柴达木匪首孟元超已经在贼人之中发现！”

侍立在卫长青身边的杨炎，虽然极力抑制自己，但心中的狂喜，还是禁不住稍稍在脸色上显露出来。

陶炼说道：“丁大人如今正在帅营前面的平台调兵遣将，他说本来应该亲自来知会监军大人的。但逼于军情紧急，如今只好请卫监军屈驾前去与他共商对敌之策了。我们不多说啦，这就告辞！”

说罢，贺陶二人就准备把杨牧带走。

卫长青忽道：“我这个随从武功很好，押解要犯，恐防有失，你和他们一起去吧。”说话之间，暗暗使了一个眼色。杨炎站在旁边，看不见他脸上的神情。

贺陶二人本已对杨炎起了一点疑心，一听此言，登时警觉，刷地拔出剑来，去抢杨牧。两人同声喝道：“用不着，把奸细交给我就是！”

他们话犹未了，只听得杨炎已是哈哈一笑说道：“太迟啦！”一个飞身，挡住两个大内高手，闪电出招！

只见冷电精芒，耀眼生缬，叮叮当当之声，宛如繁弦急奏，两名大内高手同时倒了下去。

贺铸的神情古怪，在倒下去的时候突然叫道：“胡笳十八拍！”声音充满惊骇，好像是碰上了绝对难以置信的事情！

原来杨炎用的正是丹丘生那日用来刺伤这两个人的这一招“胡笳十八拍”！

他悟性极高，那日看了丹丘生和孟华先后使这一招，对其中奥妙已是豁然贯通。论造诣虽然还比不上哥哥，却已有了自创的剑意。

贺铸、陶炼本是大内侍卫中有数的剑术高手，若在平时，杨炎以一敌一，恐怕也难轻易言胜。但一来由于这两个人曾伤在此招之下，惊弓之鸟，心中犹有余悸；二来他们做梦也料想不到，除了丹丘生和孟华之外，居然还有人会使出此招，使得如此神妙，而且是出于一个“貌不惊人”的少年之手！待他们知道是杨炎之时，已经迟了！

卫长青惊得目定口呆，半晌叹口气道：“杨炎，请你用这招胡笳十八拍杀了我吧。我死在这一招之下，还算值得。”

杨炎没工夫理会他，上去替父亲解绑。

杨牧怒道：“不要解！”杨炎怔了一怔，说道：“为什么？”杨牧缓缓说道：“你叫卫长青押我去见丁兆庸！”

杨炎急道：“爹，你怎能束手待毙？好歹也要冲出去！”杨牧说道："解了缚就能够冲出去吗？我这办法是置之死地而后生的办法。当然不是由卫长青一个人将我押解，你们仍然扮作他的随从。炎儿，你明白我的意思吗？"

杨炎猛然一省，说道："置之死地而后生，我懂得了！"心里想道："唯今之计，也只有这样才能接近丁兆庸了。到时出其不意，把丁兆庸拿作人质，说不定还可死里逃生！"其实他还没有完全懂得杨牧的心思，原来杨牧自知命不久长，这是决意牺牲自己，以求能够给儿子带来一线生机！他作了这样的决定，肉体虽然还有疼痛，心情却是感到了从未有过的舒畅。想道："我盼了这许多年，今天才盼到他叫我一声爹爹，我已是可以死而无憾了！"

杨炎回过头来，对卫长青冷笑道："你想死得痛快，哪有这样便宜的事？"指头在他身上一戳，卫长青登时感觉好像有千百根利针在刺他的关节要害，这痛苦胜过世上任何毒刑。更惨的是，他的功力已经消失，想要自断经脉而亡亦不可能。他只能哀求："你要我干什么，我依你就是，饶了我吧！"

杨炎说道："按照我的吩咐去见丁兆庸！哼，你若敢再弄花招，我有十八种酷刑让你一一消受！"说罢，把贺陶二人尸体塞入炕底，便即令卫长青依计行事。

杀声震天，风云变色。

本来是星月交辉的夜空，突被乌云掩盖，而且刮起狂风。

丁兆庸调兵遣将已毕，此时正在率领一队亲兵，巡视后防阵地，作第三道防线的部署。他皱了皱眉头，说道："真是天有不测之风云，看情形恐怕会有一场大雨。"要知若是夜间"变天"，风雨之夜，那就更有利于敌人的夜袭了。

亲兵队长成天德道："大帅万安，草寇劫寨，谅它也只是骚扰性质，纵能得逞一时，绝不能冲破咱们的三重防线，杀到这里来的！"

话犹未了，忽见前面一座山头，火光冲天，厮杀的声音由于距离较近，听得分外惊心，杀声中夹着此起彼落的伤兵惨叫。

这座山头距主帅帐不到三里路，已经是最后一道防线之内的要地了。

丁兆庸这一惊非同小可，说道："贼人怎的会来得这样快，赶快派人去探军情！"

成天德执行了命令，说道："其他三面都没事发生，看来只是小股草寇来偷袭黑虎岗吧。"黑虎岗是那座山头的清兵营地。

丁兆庸皱眉道："黑虎岗地形险峻，对方纵是奇兵突袭，亦难冲破重重防线，哪有突然就来到黑虎岗之理，除非他是插翼飞来！"他想不通其中道理，心头更增忧惧。

狂风已经刮起来了，忽地听得"蓬"的一声，大营前面的旗杆忽被狂风吹倒，帅旗飘落。这是"不吉之兆"，丁兆庸心中越发不快，喝道："黑虎岗为何尚未有人来报军情，快马再催！"

武毅随侍在侧，他定睛一瞧，说道："有几个人来了！"丁兆庸回头一望，问道："在哪里？"武毅说道："不是黑虎岗来的，是在前方那面山坡。"丁兆庸这才看见山坡上隐隐约约有几个人影。

成天德"咦"了一声道："这几个人似乎轻功不弱！"丁兆庸起了疑心，喝道："问他们是谁？"要知倘若是从前方回来禀告军情的士兵，按理应该是骑马的。

武毅内功造诣比成天德高明得多，当下便即由他用传音入密的内功向山下喝问。丁兆庸竖起耳朵来听，说道："听不清楚，好像是卫监军。你再喝问！"

武毅又再喝问，方始清清楚楚听得见对方回答："是卫监军来会大帅，大帅要提审的那个犯人，卫监军亦已将他押解来了！"但说话的却不是卫长青本人。

原来卫长青因为功力已失，声音不能及远。这几句话是杨炎代答的。

本来以监军这样高的身份，由随从代他传话，事情亦属寻常。但破绽在于：杨炎没有在一开始的时候就替他传话，而是在对方再次喝问时才传话的。

杨炎一时疏忽，没有注意及这个小节，这就不能不引起武毅的思疑了。

武毅暗自思疑："卫长青的内功造诣绝不在我之下，他何以不用传音入密的功夫？"

杨炎这一行人又来得近了一些，他性子急，在跑上山时，是拉着卫长青的手跑的。走了差不多一半路程，方始放开。但武毅已经瞧在眼内了。

武毅又再想道：“军情紧急，按常理说，卫长青是应该骑马先赶来的。押解奸细，交给随从慢一步押来也还不迟。他这随从紧紧靠在他的身边，轻功似乎比他还好，亦是可疑！”好在他不曾想到，是卫长青要靠杨炎拉着他跑，才能跑得这样快的。

丁兆庸正要下马上前迎接，武毅在他耳边说道：“大帅请别下马，待我上去答话。”

武毅和成天德二人刚刚跳下马背，杨炎这一行人亦已来到了。

丁兆庸勒住马头问道：“我刚刚差遣贺铸和陶炼二人去你那儿提解犯人，你见到他没有？”

卫长青按照杨牧早已吩咐他的说话回答：“我因知道军情紧急，叫他们上前方督战去了。奸细我亲自解来，免得浪费人力。”

丁兆庸道：“我正要去巡视阵地，无暇审问犯人。请卫大人恕我失礼。”

监军的地位与主帅并行，但由于卫长青是皇帝身边的人来作监军，丁兆庸一向是巴结他的。他没下马迎接，卫长青已经猜到几分。当下立即恭恭敬敬地说道：“卑职如何敢劳大帅下马相迎，大帅不必客气！”

这话更露出“破绽”了，以监军的身份，岂有自称“卑职”之理？杨炎不懂官场规矩，并不在意。杨牧听了可是大吃一惊，心里想道：“这不是卫长青故意自露破绽么？”但他以犯人身份，可不能出言提醒杨炎。

待到杨炎省觉之时，已经迟了。

丁兆庸没有下马，武毅和成天德代表他上前迎接监军。杨炎刚在踌躇未决，不知是先对付他们好，还是径自扑向丁兆庸的好。这两人武功不弱，他生怕一击不中就会打草惊蛇。就在此时，忽听得丁兆庸喝道：“我无暇审问奸细，把他毙了吧！”

成天德一声“遵命”，立即一刀向双手反缚的杨牧斩下。

与此同时，武毅也突然一掌向卫长青击去。

龙灵珠是伪装卫长青的亲兵，负责押解杨牧的，好在她亦已早有准备立即出剑挡住成天德的钢刀。

但武毅这一击，却是完全出乎杨炎意料之外！他站在卫长青背后，虽然立即出手抓住卫长青，但已是着了道儿了。他的手一接触卫长青身体，只觉一股大力反震回来。卫长青跌过一旁，武毅接着一掌，就向他当头劈下。

原来武毅打向卫长青身上的力道完全传到了卫长青背后的杨炎身上。若非杨炎近来内功大进，这突然其来的一掌只怕他就接受不起。

不过，事情的变化固然是大出杨炎意料之外，也大出武毅的意料之外。他所能猜想得到的只是：卫长青这个随从必定是“小奸细”，但做梦也想不到这“小奸细”的武功竟然如此高强，只有在他之上，绝不在他之下。

他的第一掌收到了效果，第二掌则落了空。杨炎轻功本来就比他好，一闪闪开。他是和杨炎交过手的，但仅此一招，他还未曾看得出是杨炎。陡然间，只见冷电精芒，耀眼生缬，杨炎避招出剑，一气呵成快如闪电，剑锋已是削到了他的手腕，饶他缩手得快，也给削掉了两根指头。

追风剑式，连环三招，武毅大惊之下，慌忙伏地一滚，这才能够避开杨炎的杀着。但他在地上急急滚动之时，刚刚跌倒的卫长青也给他冲下了斜坡。

卫长青功力已失，“隔物传功”的力道虽然不是用在他身上，那一震他亦已禁受不起。如今又再加上给武毅一撞，骨碌碌地滚下斜坡，终于还是一命呜呼。

成天德的武功不及龙灵珠，但也相差不远。本来他只要能够抵敌几招，后援就会来到的。却想不到武毅败得这样快。卫长青绝命之际那一声惨叫，吓得成天德也不禁慌了。龙灵珠左手的银丝鞭一挥，登时卷住他的咽喉。

说时迟，那时快，丁兆庸的两名卫士已是向着龙灵珠扑来。

他们来得快，杨炎来得更快。龙灵珠尚未腾出手来，只见剑光连闪，那两名卫士已是伤在杨炎的追风剑式之下。

龙灵珠软鞭一抖，把成天德摔下山谷，立即迎战其他卫士。

杨炎说道：“灵珠，你先冲杀出去!”说话之时，一根长矛正在向他刺来，杨炎身形平地拔起，脚尖在矛头一点，借对方的猛力，“呼”的一声，从几名卫士头顶掠过，直扑骑在马上的丁兆庸。

丁兆庸哪曾见过如此骇人的轻功，饶他身经百战，也给吓得慌了，还未来得及施展镫里藏身，杨炎已是从半空中扑下!

杨炎生怕不能一击成功，一出手就是新练成的“胡笳十八拍”绝招，一招之内刺丁兆庸身上的十八处要害穴道!

丐帮有数的高手武毅都抵敌不了他这一招胡笳十八拍，何况是早已养尊处优的丁兆庸？丁兆庸虽然懂得打仗，却是不懂深奥武功的，杨炎这一剑刺出，料想要取他性命也易如反掌。

哪知又是一个出乎杨炎意料之外的结果。就在此时，一条黑影也突然向他扑来。杨炎的脚尖未踏着马鞍，两人都是身子悬空，就碰个正着!

那人抖开披在身上的斗篷，当作一面软盾牌，接下了杨炎这一招胡笳十八拍。

丁兆庸滚下雕鞍，杨炎与那人也都落在地上。那人百忙中低头一看，只见斗篷上已是布满蜂巢似的一个个小窟窿，不由得心里大惊：“这人的剑法委实不在当年的孟华之下。”

他吃惊，杨炎也是吃惊：“想不到丁兆庸身边还有这么一个武功高强的卫士，卫长青与武毅恐怕都还及不上他!”

杨炎不知这个人的来头甚大，不但武功比卫长青高，论“资历”也比卫长青高的。他是十多年前号称大内第一高手的卫托平。只因有一次不能完成朝廷交给他的任务，败在孟华剑下，以致不能在官场得意，只能以普通大内卫士的身份“外放”，调至丁兆庸的军前效力。

卫托平急于立功赎罪，立即又狠狠扑向杨炎。

杨炎与他绕身游斗，瞬息之间，接连变换三种剑法。第一招剑势画圈，用萧逸客所传的扫叶掌法化为剑招；第二招长剑抡圆，把剑当作大刀来使，用的是龙灵珠爷爷所传龙形十八剑的绝招；第三招突然变为轻灵翔动，快如闪电，是本门天山剑法中的追风剑式。三大绝招，曲尽其妙，哪知仍是给卫托平一一化解。那件穿了十八个窟窿的斗篷，被他挥舞起来，竟似胜过钢铁铸造的盾牌，遮拦得风雨不透。

龙灵珠杀伤几名卫士，正要杀过来与杨炎会合。倒在地上的武毅忽然又跳了起来，抢过一名士兵的长矛，堵住龙灵珠的去路，原来他只是给杨炎削掉左手的两根指头，伤势并无大碍，他的功力远在龙灵珠之上，龙灵珠杀不过去，登时只能自保。

乌云蔽天，月亮早已不见。突然打了几个焦雷，大雨骤降。丁兆庸这队亲兵，本来是有十几个人持着火把的，大雨一降，火把熄灭了十之八九，还有两盏风灯，虽然不怕雨淋，灯光也甚为暗淡，只能照亮方圆数丈之地。

卫托平忽地想起丁兆庸刚刚落马，不知是否受伤，连忙叫道："你们快去找寻大帅！"

丁兆庸叫道："我在这儿！"他跌断一根肋骨，痛得几乎晕了过去，此时正在挣扎着爬起身来。那两个打着风灯的亲兵，连忙跑过去扶他。另外有几名帮武毅围攻龙灵珠的卫士也跑回来了。这几名卫士都是军中有数的武功高手，丁兆庸忍着疼痛道："我没有事，你们赶快捉贼人要紧！"

就在此时，影影绰绰的只见一队人马从黑虎岗那个方向驰来，亲兵副队长于万山松了口气，说道："好，咱们的援军来了，谅那两个小贼插翼难逃。"

丁兆庸身经百战，阅历极丰，心念一动，说道："不对，黑虎岗被敌人偷袭，逃出来的亲兵应该是蹄声杂乱的，这一队人马却并无溃败迹象。"

那两名亲兵高举风灯，凝神望去，那队人马亦已来得更加近了，他们看得清楚，大喜说道："大帅不用担忧，的确是咱们的兵士！"

忽地一阵狂风卷来，风中夹着沙石，两盏风灯同时熄灭。军中所用的风灯，是在玻璃灯罩的外面还围着一圈丝网的，按说不会被狂风卷来的小粒沙石打碎，丁兆庸一想有点不对，正要下令随从戒备，忽然双肩剧痛，给人紧紧抓着了他的琵琶骨了！

那人十指如钩，抓得他痛彻心肺。尽管丁兆庸极力要顾住大帅身份，剧痛之下也顾不住了，杀猪般地号叫起来，奇变突来，丁兆庸的亲兵在黑暗中却是不敢妄动。

卫托平听得主帅的呼号，不敢恋战，忙跑回去。龙灵珠在黑暗中也摆脱了武毅的缠斗，与杨炎会合。狂风暴雨，火把都已熄灭，本来正是他们逃跑的最好机会。但杨牧尚未找到，他们又怎能逃跑？杨炎悄悄与龙灵珠说道："丁兆庸杀猪般地号叫，好像是被人所擒，咱们过去看看。"

话犹未了，那边，丁兆庸的亲兵副队长于万山已是点燃随身携带的火折，火折一晃，看清楚抓着了丁兆庸的那个人是谁了，只听得于万山又惊又怒的声音："杨牧，你好大胆，竟敢胁持主帅！"

原来抓着丁兆庸的这个人正是杨牧。缚在他身上的绳索本来是打着活结的，早已解开。黑暗中谁也没留意他，他趁着那两盏风灯刚被打灭之际，一抓就抓着了丁兆庸的琵琶骨。

杨家的六阳手乃是武林一绝，非同小可。杨牧虽然业已受了重伤，但拼死偷袭，气力竟是不逊平时，一抓抓着了丁兆庸，立即把他当作盾牌。

杨牧喝道："你们不顾丁兆庸的性命，那就来吧，哼，反正他要杀我，我拼着与他同归于尽就是！"丁兆庸的一众亲兵，刀枪纷举，但谁也不敢真的动手，僵持不过片刻，那一队清兵亦已来了。为首的军官忽地"咦"了一声，亮起火折，对着杨牧就冲过来。杨炎早已混在人丛之中，只道这个军官要不顾一切救主帅，他生怕这个军官伤了他的父亲，不假思索，抢先一剑刺过去，第三次使出了"胡笳十八拍"的绝招！

只听得金铁交鸣之声震耳欲聋，杨炎这一招"胡笳十八拍"竟然被他横刀一挡化解开去，十八个剑点没有一个剑点落在他的身上。金铁交鸣声中杨牧失声惊呼："孟元超，是你！"孟元超也在同时叫道："炎儿，原来是你！"原来刚才偷袭黑虎岗的那队人马正是孟元超率领的精兵，他们穿上清兵的服饰穿过险峻的山道，骗过敌人的眼睛，一路如入无人之境。那两盏风灯也是孟元超飞石打灭的。他对杨牧的所为，也是惊奇不已！孟元超与杨炎交了一招，连忙止手。但在杨炎的背后，却有一个人也在向杨炎偷袭了。这个人是卫托平！

卫托平倒是很会利用时机，趁着杨炎与孟元超交手的时候，突然就扑上来，一掌劈向他的背心大穴。卫托平练的是大鹰爪功，这一掌有开碑裂石之能！

杨炎那一招“胡笳十八拍”被孟元超以天下无双的快刀化解，不但长剑荡开，虎口也给震得酸麻。此时他刚刚收剑，如何能够抵挡卫托平这雷霆万钧的一掌，而且是在他的背后偷袭。

眼看杨炎就死毙在他的掌下，间不容发之际，孟元超已是扑了上来，把杨炎撞开，接了卫托平这掌。

两人功力悉敌，双方都是用上全力，卫托平震退数步，孟元超身形不动，但却“哇”地吐出一口鲜血。

表面看来，是孟元超吃亏更大，但卫托平那一口冒上喉头的鲜血是咽下去的。他是为了顾全面子，没吐出来而已。没吐出来，内伤更重。

孟元超把杨炎撞开，用的是一股巧劲，杨炎斜跃数步，虽然也觉胸中气血翻涌，但那是受了卫托平劈空掌力的震动所致，并没受伤。他脚步一稳，立即退而复上，第四次使出“胡笳十八拍”的绝招！

说时迟，那时快，孟元超的宝刀亦已再度出鞘，向卫托平劈下。

卫托平背腹受敌，本来就难抵敌，他正在扑向杨炎，意欲与杨炎同归于尽，龙灵珠的银丝软鞭亦已卷上他的右腿。

只听得一声撕心裂肺的惨叫，孟元超快刀如电，已是将他劈为两截，杨炎的“胡笳十八拍”中途转向，恰好迎上了丁兆庸的亲兵副队长于万山，在他的身上刺了十八个窟窿。

狂风暴雨来得快去得快，躲在乌云里的半轮明月又露出来了。

杨牧一松手，身形似是风中之烛，摇摇欲坠。

杨炎抓住了身向前倾的丁兆庸，孟元超把杨牧扶稳，只见他已是气喘吁吁，面无人色。

孟元超道："你歇会儿吧。"正待施救，杨牧苦笑道："元超，不用费神了。我、我对你不起，但愿你把炎儿当作自己的儿子看待，我就放心了！"

杨炎大吃一惊，将丁兆庸推开。由孟元超的手下将他看管，急忙回过头来，叫道："爹爹你、你不能……"

一个"死"字尚未吐出，杨牧已是死了。他是在说出"放心"两个字之后，咽下了最后一口气的。用不着孟元超答复，他也知道孟元超一定会这样做的，是以他的确是放心而去，脸上留下笑容。

杨牧身亡

杨炎抱起父亲的尸体，尸体开始僵冷，他的心中也才开始感到亲情的温暖。他欲哭无泪，只是喃喃说道："爹爹，爹爹，可惜你来迟了。"

大家都懂得"来迟了"是什么意思，一时间不知怎样安慰他才好。半晌孟元超说道："也还不算太迟，他如今已经是活在你的心中了！"听了孟元超这一句话，杨炎这才"哇"的一声哭了出来。

孟元超缓缓说道："炎儿，现在还不是悲伤的时候，我们需要你帮忙突围。你的爹爹交给我吧。"从杨炎手中接过杨牧的尸体，立即吩咐亲兵就地掩埋，安上标记，说道："炎儿，待打胜了这一仗，咱们再来替你的爹爹迁丧。如今你必须重振精神，跟我杀敌。"杨炎抹干眼泪，说道："爹爹说得是，孩儿遵命！"这是他第一次叫孟元超做"爹爹"，从孟元超那里感受到的父爱，减轻了他的悲痛，心里想道："我已经比别人幸福得多了，死了一个爹爹，还有一个爹爹。"眼泪刚刚抹干，不觉又流出来了。

孟元超把丁兆庸抓了起来，说道："丁大帅，让我们这些'草寇'伺候你去督战吧！"丁兆庸折断一根肋骨，忍着疼痛，破口大骂："我身为大帅，宁死不辱！孟元超，你杀了我吧，我绝不能任你摆布！"

孟元超哈哈大笑，说道："丁大帅，事到如今，恐怕不能由你作主了！"点了丁兆庸的穴道，说道："咱们正用得着这个大帅，就让他继续做大帅吧。对大帅应该优待一些，把我的坐骑给他坐。”

孟元超点穴功夫甚为奇巧，丁兆庸着了他的重手法点穴，全身肌肉僵硬，放在马上，腰板挺得笔直，若然不是来到他的身前，很难看出异状。

龙灵珠笑道：“他这副模样，倒是很像个神气威严的大将军，就只怕他坐不稳雕鞍。”孟元超道：“我自有办法摆布他。”取出一卷钢丝，把丁兆庸缚在马上。钢丝和普通的缝衣棉线一般幼细，灯火下肉眼都几乎看不出来。这卷钢丝拉开来有七八丈长，孟元超拿着钢丝的另一头，笑道：“如今这位大帅已是变成了我手中的傀儡，不怕他不任由我摆布了。”

当下孟元超这队人马，扮作丁兆庸的亲兵，前呼后拥，奔向战场。孟元超换了一匹坐骑，与他并辔驱驰。他原来那匹坐骑是经他亲自训练出来的战马，他在旁边，一样可以指挥如意。

战场已经向山上推移，万马千军，正在展开混战。

大部分清兵都已投入战场，但按照丁兆庸的部署，还有三个最精锐的骑兵营是留下来保护他的。这三个营只有在两种情况之下，方准开动。一是在敌人已经杀到来的时候；一是有主帅亲临发出号令，才能出战。

战场虽然已经扩展到了山上，但还未杀到帅帐的附近。亦即是说第一种情况还未出现。

孟元超在高处望下去，新的情况又出现了。只见附近山头，烽烟四起，对着鲁特安旗城门那一面，火把蜿蜒，人马如潮。

看这情形，孟元超立即可以作出判断。回疆的十八个部落，虽然不知道有多少部落出去，但确信已是有援兵四面来到。

但援兵来到，坚守鲁特安旗的罗海部队，亦已开城杀出来了。

战斗越来越激烈，援兵亦已投入战场了。火光中可以看见刀枪如雪，战马奔驰，黎明前的山谷也仿佛给惨烈的喊杀声撼动了，当真是地动山摇。

孟元超知道，清兵有五万之多，援兵加上罗海原来的部队再加上柴达木来的义军，数量上恐怕还是比不上清兵的。而且各个部落的回人兵士，未经兵法部勒，只凭气血之勇，严格说来，乃是乌合之众，战斗力恐怕也未必比得久经训练的清军。

孟元超当机立断，押着丁兆庸在留守最后一道防线的三个大营的营门驰过，大声喝道：“大帅有令，三大营速向后山撤退！留守部队，改作前头部队，天明之前，必须离开战场三十里地，不得有误！”他用深厚的内功传令，三营清兵，听得清清楚楚。

士兵谁想真个卖命？一听此令，都是喜出望外，当然是立即执行了。其中虽然有几个比较细心的长官有点怀疑，疑点之一，这个传令的“中军”他们从未见过，疑点之二，丁兆庸没传他们进见，按常理说，他们是统兵的将领，纵然是在紧急关头，丁兆庸也该接见他们，吩咐几句；三来丁兆庸叫他们撤退，他自己反而率领亲兵奔赴战场。

但疑点虽多，他们亲眼看见丁兆庸骑在马上，也决计不敢疑心命令是假。他们只能如此想道：丁兆庸是主帅身份，为了要表示他是尽忠朝廷，他必须亲临阵地，指挥余部突围。如此一想，他们倒是不能不佩服丁兆庸了。而且，可以避开惨烈的战斗，兵和官都是人同此心的，又有谁愿意“多事”去问主帅呢？

孟元超这队人马踏入战场，已是拂晓时分。

战场在扩展，战斗更激烈！

放眼望去，漫山遍野，到处是一群一簇滚动的人潮。有捉对的厮杀，有小队的混战，有骑兵的冲锋，有步兵的搏斗，甚至还有赤手空拳的扭打……没有保持完整的队形，双方亦没有固定的阵地。

在这样情形底下，根本不可能像两军对阵那样鸣金收兵，也不可能把官兵召集来传达撤退的命令。杀声震天，孟元超多好的内功，他的声音亦已不能及远。

不过，骑在马背上的丁兆庸还是很快就给发现了。有义军方面的乱箭射来，也有尚未陷入包围的清军军官，为了保护主帅，带领他们的卫士跑来。孟元超一面拨打乱箭，一面向这些要来效忠主帅的军官传达撤退命令。可惜战地太过广阔，消息虽在迅速传开，战斗还未能阻抑。

忽地有一队骑兵奔来，为首的少年军官叫道：“爹爹，咱们并没打败仗，为何你要撤退？”这个少年军官是丁兆庸的儿子丁显

勇

孟元超驻马山头，把丁兆庸高高举起。大声喝道："这个人是清兵主帅丁兆庸，如今他已是被我们活捉了！"

武。他对撤退的命令半信半疑，特地来向父亲问个明白的。

他是丁兆庸的儿子，孟元超当然不能阻止他和父亲面谈，只要给他跑到丁兆庸面前，破绽立即就显露，不过，孟元超亦早已有了主意。待他走近，孟元超陡地一声大喝，杨炎立即把他活捉过来。

丁显武这队清兵大惊失色，还未弄清楚是什么事情，已是给孟元超人马冲得七零八落，人人只顾逃命！天色已经大亮，这个“奇峰突起”的变化，两边的兵士，都有许多人看见了。

从柴达木来的义军已经知道是怎么一回事情；各个部落的援军，看了“清兵”斩杀清兵这幕，虽然莫名其妙，但也知道孟元超这队“清兵”不是他们的敌人了，乱箭登时停止向他们射来。

但孟元超仍然是在和丁兆庸并辔驱驰，附近的清兵思疑不定，纵然想得到他们可能是被敌人挟持，也不敢上前拦阻。

不远处有个山岗，山岗上有个平滑如镜的大石台，石台上有三五十名清兵正在围攻十多名义军。

孟元超杀散清兵，笑道：“咱们可以恢复本来面目啦！”一声令下，手下一百多人立即脱下清兵的号衣，恢复义军装束。

他驻马山头，把丁兆庸高高举起。

天色已经大亮，朝阳遍照大地。昨夜一场大雨，今朝分外气朗天青！

孟元超站在高处，山下方圆数里之内的士兵都看得见。

这件意外事情来得太过突兀，双方的士兵不知不觉都停止了战斗，注视着事情的变化！

孟元超把手中的人质作了个旋风急舞，大声喝道：“这个人是清兵的主帅丁兆庸！如今他已是被我们活捉了！

“清军兄弟，只要你们放下武器，我们不杀俘虏！不愿意投降的，也可以立即回家，我以义军统帅的身份，保证绝不伤害你们！”

俗语说蛇无头而不行，何况绝大部分的官兵都是不愿意替皇帝卖命的。一看，主帅果然已是被敌方所擒，谁人还肯应战？孟元超语音刚落，地上的兵器已是堆积如山。一部分清兵投降，不肯投降的，也都立即离开战场。

这个惊天动地的消息，好像插上翅膀，迅即传遍整个战场，不到半个时辰，战事全部结束！

回疆各个部落的总“格老”（酋长）和他的亲兵队长沙辽迎上前来，向孟元超致谢。

“孟大侠，多亏你抓着了敌人的主帅，否则这一仗胜败实是难料！”罗海说道。

孟元超微笑道：“这不是我的功劳，是他的爹爹活擒丁兆庸的。”他指着杨炎说。

罗海已知道杨炎的父亲就是清廷大内卫士杨牧，闻言不觉一愕。

孟元超继续说道：“他的爹爹也是我的旧日一位朋友，我们分手十多年刚才方始重逢，只可惜他为我们建此大功，却是不能和我一起喝一杯庆功酒了。”

罗海不便问其中缘由，说道：“这位杨大侠是我们的大恩人，战事结束，我们必定替他建筑新坟，在他的坟前浇下庆功酒！杨少侠，请你节哀。并请你代表令尊受我一拜！”

杨炎心情激动，与他相对一拜，说道：“不敢当。我爹爹得你视他为友，相信他亦可以死而无憾了。”

罗海留下部分士兵清理战场，便即和孟元超这一行人回鲁特安旗的城中。

途中沙辽方始有空与龙灵珠说话，原来昨日龙灵珠来到之时，是沙辽把杨炎夜探敌营的消息告诉她的。

杨炎也是此时方始有空向龙灵珠发问：“你怎么会来到这里？”

龙灵珠未曾回答，沙辽却已哈哈一笑说道：“杨少侠，你是真的不懂还是假装糊涂？她当然是为了你的缘故，才披星戴月，日夜兼程，赶来这里的啊！”

龙灵珠面上一红，小嘴儿一撅，说道：“我才不是为了他呢。”

沙辽哈哈笑道：“还说不是为了他，你一来到，就问他来了没有。你一听说他已经私自离城，夜探清营，你席未暇暖，立即也跟着走了。我拦阻你都拦阻不住，还说不是为他？”

杨炎则是半信半疑，心里想道：“当日她在山上混乱之际，不辞而别。我只道她是恨我无情，不愿再见了。怎的又会再找我？莫非她是为找寻冷姐姐而来？但冷姐姐失踪是在她走了之后，除非她又上山，否则她焉能知道这个消息？”

他不便在沙辽面前谈及他们三人之间的私事，心中存着疑团，只能如此发问：“但你怎么又知道我是来了这里呢？”

这次是龙灵珠亲自答他了：“我下山之时，碰见你的哥哥。”

杨炎怔了一怔，说道：“哦，你碰见我的哥哥吗，怎的我不知道？”

龙灵珠道：“因为那个时候，你早已与哥哥分手，独自下山了。”

杨炎还是觉得奇怪，说道：“你是在我之前离山的，哥哥不过送我一程，就回山了。怎的你又会碰上他？难道当时你尚未离开天山？”

龙灵珠若有所思，半晌说道：“你问得太多了，我也不知从何说起。不如待喝过庆功酒之后，我再和你说吧。”原来在不知不觉之间，他们已是回到城中了。

当晚罗海大排筵席，全军上下都在兴高采烈地喝庆功酒。杨炎当然也很高兴，但他记挂着与龙灵珠的约会，恐防喝醉，却是不敢开怀畅饮。筵席未散，他就悄悄地把龙灵珠拉走。众人正在闹酒，且又把他们当作一对小情人看待，虽然发现他们中途退席，也没人拦阻。

走到外面，杨炎一看四下无人，问道：“灵珠，你好像有许多事情要告诉我，是吗？”

龙灵珠道：“不错，我先问你，你惦不惦记你的冷姐姐？”

杨炎说道：“哦，原来你已经知道冷姐姐失踪的事了。我正是来找寻她的。她并没来过此地。至如今，我还未知她身在何处。”

龙灵珠道：“那你打算怎样？”

杨炎说道：“当然是继续找寻她了。啊，不，我应该先送你回去。”

龙灵珠道：“送我回去？回哪里去？”

杨炎方始发觉自己这句话有“语病”，笑道：“我的意思是送你回到爷爷那儿，他住在大吉岭的灵鹫峰上，那个地方，你虽然从来没有去过，但他是你的爷爷，你去和他作伴，也等于是回家一样。”

龙灵珠摇了摇头，说道：“我不去。”

杨炎说道：“你还在恨他吗？他当年虽然做错了事，对不起你的爹娘。但他也为这件事情悔恨了大半生，受苦也受够了。如今他已是个孤苦无依的老人，你还不能谅解他吗？你已经答应过我回去安慰他的晚年的。”

龙灵珠道：“我并没悔约，我是要回去陪伴他的，但现在还不是回去的时候。”

杨炎说道：“你是想帮我找寻冷姐姐吗？但不知要到什么时候才能找得着她，爷爷又这样老了，恐怕也不能再活几年了。因此不如我先送你回去，你留下来陪伴爷爷，我去找冷姐姐。”

龙灵珠道：“我想先去一个地方，最多是一个月工夫，用不了几年的。”

杨炎道：“什么地方？”

龙灵珠道：“白驼山！”

杨炎吃了一惊，说道：“你要单独去找白驼山主报仇？这可使不得！白驼山主不过五十左右年纪，不会这样快死的，不如再等几年。”

龙灵珠道：“我并不是仅仅为了自己报仇，也绝不能再等几年！”

杨炎道：“不是为了报仇，那你去白驼山做什么？”

龙灵珠尚未回答，忽地有两个人向他们走来，是桑达儿和罗曼娜这对夫妻。

桑达儿道：“杨少侠，我还没有和你喝酒呢。难得今天打了胜仗，我要借庆功酒敬你一杯，谢你上次救命之恩。到处找不见你，原来你们小两口躲在这儿。”

杨炎道：“些许小事怎值得一提。你拿酒来，我和你干一杯。但只是为了庆功，可不许再提一个‘谢’字。”

桑达儿夫妇和他们干了一杯，罗曼娜笑道：“其实我们并不是只为了要和你喝一杯酒来的，你们中途退席，我早已看见了。这个时候，来找你们，我知道你们心里一定要骂我不识相的。”

杨炎心头一动，说道：“罗姐姐，你别拿我取笑了，你们肯来和我喝酒，我欢迎都来不及呢。但听你这样说，想必是还有别的事情？”

罗曼娜道：“齐世杰是你的表哥，对吧？我记得你一来到这里的时候，就向我打听两人，其中之一就是齐世杰。”

杨炎连忙问道：“可是有了他的消息？”

罗曼娜道：“不错，我刚刚听到一个关于他的消息。刚才席间有人说起，可惜今晚的庆功酒齐世杰不能参加，他是曾经帮过我们许多忙的。我告诉他们，齐世杰是去了天山。但神鹰族的格老跟着便告诉我，他在天山南路碰上齐世杰，齐世杰不打算去天山了。”

杨炎道：“可知道他是去哪里吗？”

罗曼娜道：“他告诉神鹰族的格老，是要去什么白驼山，白驼山好像是在藏边的。”

杨炎吃了一惊，道：“他，他也去白驼山？”

罗曼娜道：“有什么不对吗？”

杨炎道：“没什么。不过我想知道他因何要去白驼山？”

罗曼娜道：“他走得很匆忙，没有和神鹰族的格老详言。”

杨炎起了疑心，兀自心神不定。罗曼娜道：“对啦，他还有几句话是说给你听的。”

杨炎道：“他怎样说？”

罗曼娜道：“他说他知道龙姑娘要来鲁特安旗，是以托神鹰族的格老传话，假如你也来了此地的话，叫你就在这里等龙姑娘，不必为他担心，你要做的事情，他可以替你做。就这么几句话，说完他匆匆就走了。他想不到龙姑娘来得比神鹰族的格老还快，口信还未捎到，你们已经会面了。”

杨炎心情混乱之极，呆呆出神。

罗曼娜道：“我不打扰你们了，桑达儿，咱们回去和大家喝酒吧。”她转过身子之时，不知是有意还是无意，把系在腰间的一串锁匙摇得叮当作响。

杨炎懂得她的意思，一把锁匙只得配一把锁，她是要他只能选择一个终身伴侣，不能再有三心两意了。

罗曼娜一走，杨炎颤声问道："为，为什么你们都要去白驼山?"

龙灵珠叹口气道："你还不明白吗? 因为冷姐姐正是在白驼山上。"

冷冰儿不会无缘无故上白驼山的，用不着画蛇添足，杨炎从她这句话中，已经知道冷冰儿是被白驼山主所擒了。

尽管他早已猜到几分，此时从龙灵珠的口中得到证实，还是不禁呆若木鸡。

龙灵珠把那日她目睹冷冰儿被擒的经过告诉杨炎之后，安慰他道："你的哥哥已经去了，如今又有齐世杰赶去白驼山帮他的忙，相信总有办法可以把冷姐姐救出来的。"

杨炎稍稍宽心，抬头一看天空，只见玉兔西沉，残星明灭，估量已是四更时分。杨炎说道："好，天一亮咱们就动身。"说到咱们二字，顿了一顿，似乎在想什么，片刻，又说道："不如还是让我一个人去吧。你先回去见你的爷爷好不好?"

龙灵珠道："这是什么话，你别忘了白驼山主乃是害死我父亲的仇人。"

杨炎说道："我知道。不过你的武功，你的武功……"

龙灵珠道："我知道我的武功和他相差太远，但杀父之仇不能不报，我纵然帮不上你们的忙，也得尽我的力才能心安。"

杨炎说道："你听我说，我不是阻拦你去报仇。但君子报仇，十年未晚。白驼山主武功实在太强，此次又是在他的老巢，哥哥和我再加上齐世杰，恐怕也未能够一举除他。我们此次是以救冷姐姐为主，至于报仇，留待你见了爷爷之后，练好你的家传武功，那时我再从旁报仇，也还不迟。"龙灵珠望着杨炎，似笑非笑地说道："何必要分两次，你是不愿意和我一起去见冷姐姐吧?"

杨炎给她说中心事，不觉脸上一红，正想砌辞回答，龙灵珠已是接下说道："你、你放心。我不会妒忌你和冷姐姐要好的。我们三人都是苦命人，但冷姐姐比我还更可怜。我和你一样，都是希望她得到幸福的，她是你的冷姐姐，也是我的冷姐姐啊，我只盼你们永远把我当作你们的妹妹，我就于愿已足了。”说得极为诚恳，说罢，两人的眼眶都有泪珠。

杨炎热泪盈眶，紧握着她的手道：“珠妹，你真好！”一个“好”字，包含了许多方面的意思，正因他万语千言不知从何说起，他也只能用一个“好”字，来表达他对龙灵珠的感激了。

恶战白驼山

白驼山上，白驼山主宇文博正在绕室彷徨。

他回到白驼山已经一个月有多了，武功早已恢复如初。但恢复不了的是他的自信心。

他练成了寒冰掌与火焰刀，本以为凭着这两大奇功足以纵横天下的，但如今经过天山一战，这信心却不能不动摇了。不仅仅是因为他败给孟华的缘故，更大的原因是因为他发现了“克星”，这个“克星”并不是某一个人，而是可以克他那个奇功的“物事”，具体来说，就是冰魄寒光剑、冰魄神弹和冰川剑法，尤其是冰川剑法。

孟华之所以能够打败他，固然是因为他曾有两场恶斗在前，那两个对手——天山派的长老钟展和天山派的掌门唐嘉源都是武林中顶儿尖儿的角色；但即使如此，假如当日孟华手中没有冰魄寒光剑的话，他相信自己也未必就会输给孟华。

更令他顾忌的是冰川剑法，不错，冷冰儿曾经用上了冰魄神弹和冰川剑法，也还是被他所擒，但先后两次交手，冷冰儿给他的威胁却已是令他大大震惊。冷冰儿的功力和他相差太远而能令他感到威胁，自是冰川剑法之功了。还好，孟华不会冰川剑法，当日他还可以侥幸逃生；假如有一个功力和孟华相等的人，会使冰川剑法，用的兵器又是冰魄寒光剑的话，后果真是不堪设想。

因此，他把冷冰儿捉回来，目的就是要迫她献出冰川剑法。然后设法再夺那把冰魄寒光剑，他已知道冰魄寒光剑目前是在杨炎手中。识得冰川剑法的奥妙之后，他自信凭着自己的武学造诣，当可补足自己那两大奇功的缺点，最不济也可知道如何防御了。

但冷冰儿却似知道他的用心，她被囚一个多月了，仍是宁死也不肯把冰川剑法写出来给他。

冷冰儿还总算是已在他的掌握之中，另一个令他恨得牙痒痒的女子如今尚未知下落。这个女子就是比冷冰儿更年轻的龙灵珠。

对龙灵珠，他是必欲得之而甘心的。不但是为了斩草除根，另外还有两个原因。

一个原因是为了取得龙灵珠祖父的宝藏。

龙灵珠的祖父展南冥是四十年前纵横东海的大盗，他的父亲是展南冥部下，他十二岁那年，他的父亲和展南冥在一次与官军的交战中，同时被官军的炮火打伤，伤重而亡。他曾听得父亲说过，展南冥有一笔巨大的财富埋藏在一个不知名的小岛上。岛名虽然不知，这笔财富却是令他念念不忘。他认定宝藏的秘密展南冥的后人必然知道，多半还会有一张藏宝的地图。因此在十多年前，他一打听到展南冥的儿子，“玉龙太子”展灵鲲匿居在某一山村的消息，就跑去暗杀展灵鲲。但结果偷袭虽然得手，他也受了重伤。展灵鲲的妻子带了女儿逃了。那张藏宝图他搜不到，也认定了必然是给她们母女带走了。母亲死后，藏宝图当然留给女儿。

第二个原因则是为了恐惧。那次他虽然杀了展灵鲲，但是偷袭成功的。展灵鲲的武功远胜于他，他自己心里明白。他练火焰刀与寒冰掌就是为了对付展家武功的。但是否能够胜过展家的武功，他可没有把握。因此他要趁着龙灵珠目前的武功还是远不及他之际，将她擒来，像对待冷冰儿一样，迫她交出家传的武功秘笈。若不肯交出，就将她杀掉。（在武功方面，他对龙灵珠的顾忌不如对冷冰儿的顾忌。因为他已经知道冰川剑法是他的克星，而展家的武学是否能够胜过他现今的武功，对他还是个谜。所以他把取得冰川剑法放在第一位，非到必要关头，不会杀掉冷冰儿。）

为了这两个原因，他对龙灵珠是必欲得之而甘心的。但目前他最害怕的还是孟华。想起孟华，他是又气又恨，“要不是败给孟华，这女娃儿已经落在我的手上了！”

他知道他捉了冷冰儿，孟华迟早都会跑来找他算账的。尽管他武功已经恢复，他可没有把握再战就必定能胜孟华。

正在他绕室彷徨，忽有一个弟子进来呈递拜帖，拜帖上的具名正是“孟华”二字！

不错，他是早有准备，准备孟华要来找他，但还是想不到孟华会来得这样快！他不由得勃然变色！

这弟子嗫嗫嚅嚅说道：“是挡驾还是接见，请师父示下。”

宇文博定了定神，接下拜帖，说道：“带他进来！”立即按照即定计划布置。

布置刚刚停妥，孟华大踏步地进来了！

奇怪的是，只见孟华笑吟吟地走进来，满面春风，哪里像是前来寻仇的模样？

白驼山主按照原定的计划部署，他自己端坐堂上，八名得力弟子，分列两旁，肃立迎宾。这八名弟子都是擅于使用喂毒暗器的，倘若孟华一有异动，白驼山主只须使个眼色，八名弟子便将与他同时出手，那时喂毒的暗器从四面八方打来，孟华本领再高，也难逃避！这些喂毒暗器，却是要有白驼山主的独门解药才能救治的。孟华哈哈一笑，说道：“老朋友了，何须这样客气。”他一面和白驼山主打招呼，一面对迎宾的弟子点首为礼。突然拍向左手第一名弟子的肩头，说道：“不敢当，不敢当。大家随便点好，别这样拘礼！”这八名弟子本来都是心怀戒惧，恐防孟华突然发难的。但孟华出手实在太快，不但身受者无法闪避，另外那七名弟子直待孟华拍中了那名弟子的肩头，也还不是立时发觉。

那七名弟子正要射出暗器，但未得师父暗示，不约而同都抬头看师父面色，暗器捏在手心，已是“如箭在弦”，就在这紧张的刹那间，只见那名被孟华拍着肩头的弟子已是面露笑容，侧身拱手，口里也在说道：“不敢当，不敢当。”

白驼山主松了口气，心里想道：“以孟华的身份，只能和我交手。我未出手，他是绝无向我的弟子偷袭之理。”当下笑道：“孟大侠，你才是太过客气呢。你是贵宾，小徒自当以礼接待。”

原来孟华拍那名弟子的肩头，丝毫没有使上内力。那名弟子只是吓了一跳，立即就知道孟华是并无恶意了。江湖人物，大都豪放，拍拍肩头，那也是表示亲热的一种方式。事情虽然出乎白驼山主意料之外——孟华并不是属于“江湖好汉”一类人物，他的性格，据白驼山主所知，亦非放荡不羁的。但白驼山主见这名弟子平安无事，他也只道这是孟华尊重主人的一种表示，他自觉有了面子，也就不能不对孟华表示一点客气了。

孟华哈哈笑道："礼尚往来，请容我也向令高足表示一点谢意。"一面说，一面和其他七名弟子或拉拉手，或拍拍肩头，不住笑道："武林规矩，一向讲究各交各的。我和你们的师父是朋友，和你们也是朋友！"这七名弟子虽然心里把孟华当作敌人，但亦感觉得到孟华认为"朋友"，实在是一件光荣的事，也就争先恐后与他拉手了。

宇文博本来是大马金刀坐在堂上的，但见孟华对他的弟子都这样有礼，心想"人敬我一尺，我敬人一丈"，他自觉面上有了光彩，因此也就不能不改变态度，前倨而后恭了。

他不待孟华走近，便即离座相迎，长揖为礼。

他不敢和孟华行握手礼，那是因为他对孟华尚存顾忌之故。要知他的身份与弟子辈不同，孟华不会暗算他的弟子，但却很有可能以握手行礼为名与他较量内功。他没有取胜的把握，只怕一被缠上，就不得脱身。双方作揖，虽然也可使用劈空掌力，但最少不致被对方缠上。当前的情况是孟华"深入虎穴"，而白驼山主则是早有布置的。一来白驼山主自问在内功的造诣未必比得上孟华，二来他早有布置，也无须先行发难。因此他当然不会先发劈空掌力，只是像拉紧了的弓弦一样，全神戒备，蓄力不发。若然孟华先发劈空掌力攻他，他采取守势，比较容易应付。

两人相对一揖，双方都放下了心上的石头。宇文博想道："莫非他真的是想来与我讲和，倒是我多疑了。"原来孟华那一揖真的只是寻常行礼的作揖，丝毫也不带掌风。

孟华则在心里暗笑："好在他给我唬住，不敢使用劈空掌力，否则只怕我的马脚就要露出来了。"

"请问孟大侠是因何事屈驾前来敝山？"宇文博惴惴不安地问道。

孟华哈哈一笑，说道："不打不成相识，乞嗤，乞嗤，我是特地前来拜候的。乞嗤，乞嗤……"他说了两句话，接连打了四五个喷嚏。

宇文博怔了一怔，看了看孟华，似乎想说什么，却又不便开口。

孟华则好似有点不好意思地说道：“不知我是否不适应贵山的气候，上山后忽然患了伤风。”

宇文博道：“孟大侠内功深厚，想来不至于是因气候不适而患伤风。”

孟华说道：“对啦，我正想向你请教一桩事情，乞嗤，乞嗤，对不住，我已经极力忍住了，喷嚏还是打了出来。”他说罢，深深吸了口气，装作运功强忍的模样。

宇文博道：“你是否在白驼山上见到在别处未见过的什么奇花异草？”

孟华说道：“对了，对了。我看见一种花瓣金色，茎有芒刺的花，十分可爱。哪知我尚未摘下，只是沾上花粉，就觉鼻孔奇痒，忍不住要打喷嚏。”

宇文博道：“这花名叫金芒花，它的花粉有一样奇特之处，有些人沾上了鼻子会壅塞不通，忍不住要常打喷嚏。但有些人沾上了又完全没事。”

孟华苦笑道：“如此说来，这妖异奇花倒是看上我了。”

宇文博心道：“怪不得他的口音好像与前有点不同，鼻音特重，原来是这个缘故。”笑道：“这种花粉其实对人体也并无大碍的，不过是不舒服罢了。我倒有对这花粉的解药，要是孟大侠信得我……”

孟华说道：“我是专程来和你交朋友的，要是信不过你，岂敢独自来此拜山。就请山主赐予解药，解我疾苦吧。”

宇文博取出一个小小的筒子，说道：“你只须挤出一点药膏，塞进鼻孔，喷嚏立止。但鼻子还不能完全畅通，要每日用三次药，两天之后，方可根治。”

孟华说声“多谢”，在他手中接过药筒，当面挤出一点药膏，塞入鼻孔，说道：“果然舒服多了。”声音仍比常人较为重浊，但这是应有的现象，白驼山主根本就没想到，药膏一到孟华之手已经给他以极快极巧的手法掉换。

白驼山主暗暗得意："终于你着了我的道儿。"原来这药膏不单是金芒花病毒的解药，他在药膏中又掺了另一种毒药，这种毒药不会立即发作，但只要他洒出另一种药粉，孟华一闻到这种药粉的气味，这种毒药就会发生作用，令他中毒昏迷。这是白驼山主一种独门的使毒功夫，名叫连锁性药物反应。假如孟华真的与他修好，他不用第二种药物，第一种药物也就不会发生作用。

孟华也在心里暗暗得意："好在我知道有一种金芒花，骗得他相信。否则我模仿孟华的口音，恐怕还是不免要露出一点破绽的。"

两人互斗心机，坐下之后，白驼山主再次问孟华来意。

孟华笑道："我早已说过，我和山主乃是不打不成相识。特来拜候的。"白驼山主亦连称"不敢"，他只好有一搭没一搭地与孟华闲聊，孟华称赞白驼山的风景，称赞他的武功，就是不说"正经事"。

宇文博忍耐不住，第三次问道："孟大侠，你是真的为了和我结交朋友而来？"

孟华装作怔了一怔，然后肃容说道："我当然是有此心，但交不交得成朋友，那可就得看山主你了！"

宇文博道："孟大侠肯折节下交，我是深感荣宠。掉句书袋：是所愿也，不敢请耳。就只怕孟大侠不是真心！"

孟华说道："哦，你要怎样才能相信？"

宇文博道："真人面前不说假话，我和贵派多少有点过节。我想孟大侠此来，恐怕不只是为了和我谈风花雪月而来的吧？"

孟华笑道："原来你是怀疑我未说真话？"

宇文博说道："不错，要是你不肯说真话，那就是不把我当作朋友了。"

孟华笑道："我称赞贵山风景幽美，称赞山主武功了得，这都不是假话啊！不过，我当然不只是要来和你谈论风景、武功，顺便也有两件事情，想与山主商榷商榷。"

宇文博心道："来了，来了！"便即亢声说道："要是这两件事情，咱们意见不合，那么孟大侠想必就不会把我当作朋友了？"

孟华说道："那也要看咱们到底是有多大距离。"心想："我虽然是在骗他，但这句倒也适合孟华身份。"

宇文博道："好，那么请说吧，是哪两件事情？"

孟华说道："第一件事是神仙丸的事情。神仙丸毒害甚大，希望山主不要再炼制神仙丸来害人了。"

宇文博道："孟大侠，你是只知其一不知其二，神仙丸也可以用来作药，治病救人的。"

孟华说道："山主刚才说得好，真人面前不说假话。神仙丸没病的人吃了也会上瘾，一上了瘾就会变成废人。害处比好处是大得太多吧？"

宇文博心想："这件事情我可以让步，反正只是口头让步。"便道："好，那我答应孟大侠，此后我制炼的神仙丸只能用来治病，不再让门下弟子拿它出售图利就是，第二件又是什么？"

孟华说道："我听到一个消息，我们天山派门下的一个女弟子冷冰儿是被山主所擒，不知是否属实？若然属实，请山主高抬贵手，让我带她回去。"他故意说成只是"风闻"，那是有心让白驼山主狡赖的。因为他明知白驼山主不可能轻易放回冷冰儿，此际他的主要目的是在拖延时间！

宇文博却怎知他有这心思，心想："好，你来讲和，便得答应我的条件。"眼珠一转，已是打好主意。

出乎孟华意料之外，宇文博并不"狡赖"，哈哈一笑，说道："孟大侠，你的消息可真灵通，一点不错，贵派的冷冰儿是在我的手上，你要我放她不难，不过……"

孟华道："不过怎样？"

宇文博道："你只须叫冷冰儿把冰川剑法抄一份给我，我就放她！"

孟华故作诧异，说道："为什么你要她的冰川剑法？"

宇文博冷冷说道："你这是明知故问了吧？"

孟华推开双手道："我是真的不知道呀！"

宇文博冷笑道："好，就算你不知道，但总而言之，这是我的交换条件，我也用不着向你解释了。"

孟华正想假装“讨价还价”，与他胡扯一通，就在此时，宇文博的一个部下，忽地上气不接下气地跑来，嘶哑着声音叫道：“不，不好，有……有人劫囚，少山主已受伤了！”

这人口中的“少山主”即是白驼山主的侄儿宇文雷。宇文雷的武功在白驼山是第三把好手，奉命看守冷冰儿的。

宇文博闻言大惊，这刹那间已是无暇顾及外人在座，连忙喝问：“那人是谁？”

那部下喘口气，说道：“听说那人正是孟华！”他是在后山协助宇文雷看守冷冰儿的，尚未知道孟华已来“拜山”的事，如今在他面前的正是那个来“拜山”的孟华。

宇文博登时恍然大悟，喝道：“好呀，你原来是冒牌货！”

“孟华”也在同时哈哈笑道：“对不住，真的来了，那我可要失陪啦！”

宇文博一声大喝，呼的一掌就打过去，喝道：“快，快放暗器！”

哪知假孟华的轻功比真孟华更高明，一飘一闪已是避过了宇文博的劈空掌，那八名弟子竟然截他不住。

八名弟子同时伸手去掏暗器，也同时呆若木鸡！原来他们身上所藏的诸般暗器都不见了！

假孟华哈哈大笑：“还给你们！”双手一扬，暗器犹如雨落。宇文博忙以劈空掌力扫荡暗器，饶是如此，也还是有两名弟子受了伤！

宇文博大怒喝道：“你，你，原来就是骗了我那份文件的快活张！”

一点不错，这个假孟华正是快活张，他是和孟华一起来到白驼山，然后分头办事的。

宇文博曾经给快活张冒充武毅从他的手上骗取了石清泉那份认罪书，如今见这个假孟华假得如此逼真，自是一想就想得到他是谁。他一再被快活张愚弄，当真是暴怒如雷！

快活张哈哈笑道：“那份认罪书你也是抢来的，你抢我骗，彼此，彼此，嘿、嘿，你现在才知道老子是谁，那是太迟了！我劝你还是赶快为自己准备一份认罪书吧！”

宇文博大怒喝道：“你以为你逃得快我就难奈你何吗？哼，给我躺下！”

他身上的暗器亦已给快活张刚才在接他那筒解药之际，施展妙手空空绝技偷了去，但那可以引起“连锁反应”的药散是用一张很薄的锡箔包裹，藏在他的指甲缝中的，快活张就不知道这个秘密了。他飞步追来，距离七八丈外，施展弹指神通功夫弹出。

快活张已经跃下石阶，迎面又来了宇文博的两个弟子，他们一见快活张，不觉都是一呆，同声叫道：“见鬼啦，怎的又有一个孟华？”

这两个人正是曾经跟随师父前往天山闹事的司空照与慕容垂。那日他们伤在孟华剑下，要不是后来得到师父不惜用珍贵的药物替他们驳骨续筋，武功几乎全部丧失。如今也不过才恢复两三成，见了“孟华”，当真是有如惊弓之鸟，明知是假，也吓得双腿都不听使唤了。

快活张取出那筒药膏，以闪电般的手法在他们的鼻孔一塞，说时迟，那时快，只听得“波”的一声，那枚用锡箔包裹成的丸形物事已是在他的面前炸开，药粉登时化作一片薄雾迷漫。

司空照与慕容垂被药物引起了连锁反应，不约而同地闷哼一声，登时晕倒地上！

快活张哈哈大笑：“你的手段果然厉害，一声喝令，立即就有人躺下。只可惜你的手段只能对付自己人。”大笑声中，把白驼山主远远甩在后面。

钟声大鸣，白驼山主的门人与部属合群而出。

忽见孟华在一队人群之中飞跑，人群四散流窜，有的在飞跑之际就倒在地上。原来他们本是要追捕孟华的，但一碰孟华，就给孟华以沾衣十八跌的上乘内功摔得人仰马翻，变成不是他们追逐孟华，而是孟华追逐他们了。其实孟华也没工夫理会他们。只因他要赶来与快活张会合，无暇绕道避开追兵，只能在人群之中穿过。

快活张碰上了孟华，又惊又喜，连忙问道：“冷冰儿呢？”

他只道孟华已经把冷冰儿救了出来，冷冰儿已经先行下山去了。若然如此，他们就不必恋战。

哪知孟华也在向他发问："宇文博这魔头呢？只有抓着这个魔头，咱们才能救冷冰儿！"

原来他虽然伤了看守冷冰儿的宇文雷，却尚未知道冷冰儿被囚何处。

他本来是想抓着宇文雷逼出他的口供的，但宇文雷武功不弱，见面一招，他只能够令宇文雷受伤，未能把宇文雷活捉。宇文雷立即爆开一枚"烈焰金针毒雾弹"，烈焰、金针、毒雾虽然都伤不了孟华，但宇文雷却借着烟雾的掩护遁逃了。

他抓着另外一个看守，这人知冷冰儿被囚在山腹中的地穴，但地穴是有机关的，如何才能踏入山腹，开启地牢，只有宇文博与宇文雷方知。

孟华无暇与快活张细说，只催快活张赶快带领他回去，去找宇文博。

快活张也还未来得及说话，只听得宇文博暴怒如雷的吼声，已是震得他们的耳鼓嗡嗡作响！

孟华喝道："宇文博，你亲口说过的忘记了么？"宇文博那日与孟华在天山比武，是曾经亲口说过倘若输给孟华就任由孟华处置的。

宇文博最怕在一众弟子面前给孟华说出这件丑事，登时满面通红，大怒道："好小子，天堂有路你不走，地狱无门你偏闯进来！且看今日你处置我还是我处置你？"大喝声中，飞身扑上，双掌齐发。

孟华有心一试自己的功力，也是双掌齐出，硬接散招。四掌相交，声如响雷。孟华倒退三步，宇文博身影一晃。

表面看来，宇文博稍稍占了一点上风。但要知宇文博左手是"寒冰掌"，右手是"火焰刀"，这两大奇功一发，登时就能使对方受到寒热交侵之苦，而孟华只是凭着精纯的内功就能够把这两大奇功化解，若然只比功力，他纵然不在白驼山主之上，也绝不会在白驼山主之下。试了这招，白驼山主暗暗吃惊，心里想道："如此看来，那日我即使没有先打两场，只怕也是胜他不得。"孟华亦是暗暗叫苦，心里想道：“今日我没有冰魄寒光剑在手，要想擒他，只怕非斗到一千招开外不行!”

心念未已，白驼山主已是又扑上来。孟华拔剑出鞘，一个盘旋，左右并发。左一招“龙门鼓浪”，右一招“大漠飞砂”，织成一片光网，挡住了白驼山主的“火焰刀”，剑势绵绵不绝，显然尚有余力反击，白驼山主虽然不是剑术高手，却也是个武学的大行家，一看孟华剑势，就知他是在伺机刺穴。但却苦于不知他要刺哪一处穴道。自己的身形已在对方的剑势笼罩之下，若然稍有疏失，任何一处穴道，都有被他刺中的可能。

白驼山主即恐防有失，赶忙双掌齐发，以浑厚的掌力，化作一面无形的盾牌。忽听得“哎哟、哎哟”两声尖叫，原来是两名和他们距离较近的弟子，也不知是给白驼山主的掌力所震，还是被孟华的无形剑气所伤，就在这一刹那间，不约而同地负伤倒地。幸而还不是伤得太重，赶忙在地上打滚，滚出六七丈外，方始脱离有可能受到波及的范围。

孟华疾攻数招，抢回先手。陡地剑法一变，剑尖上好像悬了沉重的铅块一般，缓缓地在画圈圈，大圈圈，小圈圈，斜圈圈，正圈圈，圈里套圈，每一个圈圈都是罩着白驼山主的身形，白驼山主的面色也越发沉重了。

原来孟华已是用上了“重拙大”的三字剑诀，来施展天山派镇山之宝的大须弥剑式。举重若轻，以拙胜巧，大而化之，这是剑术的最高境界。孟华内力贯注剑尖，别看他只是那么轻描淡写地一指，那股无形的劲力便压得人透不过气来。饶是白驼山主功力深湛，也感到压力的沉重。

白驼山主暗暗吃惊，这才知道孟华手上即使没有冰魄寒光剑自己也是胜他不得。他只好抱着不求有功，先求无故的打算，攻守兼施，全神应付，步步为营，但求不至于在众弟子之前失了面子于愿已足。

孟华剑圈渐渐扩大，宇文博的脚步也在不住后退。但虽然如此，他仍是未露败象。他把寒冰掌与火焰刀这两大奇功发挥得淋漓尽致，左掌一起，寒飚卷地，右掌一起，热浪迫人。他的门下弟子，莫说插不上手，在距离五丈之内，亦已立足不稳。

白驼山主的弟子插不进手，便来围捕快活张，快活张使出绝顶轻功和他们戏耍，在人丛中穿来插去，忽地捏一下这一个人的面庞，忽地扯一下那个人的耳朵，间中施展神偷妙手，把许多人口袋里的值钱东西掏出来，随地乱抛。他本来大有机会可以逃跑的，他却偏偏不逃。

快活张正在得意，忽觉劲风飒然，一个人从他背后袭到，大声喝道："小贼，你别目中无人，叫你识得我的厉害！"

快活张心头一凛："想不到白驼山上还有如此高手！"百忙中身形一闪，只听"乓乓"两声，两名白驼山弟子被那人的掌力波及，倒在地上。快活张虽然闪得快，背脊给掌风拂过，也有点火辣辣的感觉。

原来此人乃是白驼山上的第二把手，副山主司马铁。他是白驼山主的师弟，寒冰掌没练成，火焰刀则已练成功了一半。

快活张的轻功天下第一，偷东西的本事也是天下第一，但真实的武功则还不能挤入一流高手之列。若然单打独斗，比起司马铁来，他还是略不如的。不过他仗着超妙的轻功，也可立于不败之地。

司马铁紧紧逼着他，同时向白驼山弟子喝道："不许慌乱，布阵困敌！"转眼之间，白驼山的弟子已是每七个人一组，布成了二十八个"七星阵"，七星阵可以合七人之力为一，快活张要闯出去可就没那么容易了。

快活张给他逼得紧，忽地跃入孟华与白驼山主交手的圈子。司马铁收势不及，不觉也踏进了那个圈子。

虽然和这两大高手的距离还在三丈开外，但那寒热交侵的掌力和那股无形剑气已是人所难受。

快活张仗着闪电般的身法，如蜻蜓点水，所受的压力自是不如司马铁所受之大。司马铁饶是功力已差不多可及师兄的一半，一踏进这个圈子还是立感呼吸不舒。

孟华眼观四面，耳听八方，司马铁一踏进圈子，他左手立即反手一掌，右手的长剑仍然毫不放松地向白驼山主刺过去。

孟华这一反手一掌，用的不到三成功力，司马铁已是难以禁受，登时给震得接连退了七八步，幸而尚未至于摔倒，但胸口如受巨石所压，五脏六腑都好像要翻转起来，他亦已是吓得大惊失色了。

快活张不敢在圈子久留，跟着也退出来。但他不肯逃走，仍然用这个办法，一给逼得紧时就飞身跃入圈子暂避一时。

不知不觉白驼山主与孟华已经斗了三百多招，兀是未分胜负。忽地又有一个白驼山的弟子匆匆跑来。

这名弟子见师父正在和强敌恶斗，情知来得不合时宜，但兹事体大，还是不能不向师父禀告。

他不敢靠近斗场，远远地就扬声说道：“禀师父，有外人闯入地道，地道我们进不去，大师兄虽然在里面，但恐怕、恐怕……”

他口中的大师兄即是宇文雷，白驼山主是早已知道宇文雷受了伤的，用不着这名弟子说下去，他已经知道他是恐怕什么了。

地道的机关只有他和侄儿会开，按说外人绝难知晓这个秘密的。但此际又焉有余暇向徒弟查问。他只能查问：“敌人来了多少？是些什么人物？”那徒弟答道：“敌人只有一个，是个不知来历的少年。”

只一个少年就能闯进他的极为秘密的地道，更是令他吃惊了。

高手搏斗，哪容稍有分神，孟华徒地使出追风剑式，只听得嗤嗤声响，白驼山主的衣裳开了三道裂缝。要不是他及时回掌防身，恐怕已伤在孟华剑下。他正在担忧久战下去终会输给孟华，这个不利的消息对他来说倒也不是全无好处了。因为他可以抓着这个借口，摆脱孟华，这样就不至于在徒弟面前失了面子了。

不但可以保住面子，甚至还可以化不利而为有利。他心思转得极快，那青年闯入地道，当然是为了救冷冰儿，即使不是天山派的弟子，也必定是和孟华有关系的人。只要他抓着了这个人，就多了一个可以威胁孟华的人质。

思念及此，心意立决。白驼山主转身就跑。

孟华喝道：“往哪里跑？”白驼山主反手一扬，指甲缝中弹出一道黑烟，这是他留为防身之用的五毒散，药散藏在指甲缝中，弹出便即化为烟雾。

孟华功力深湛，立即以劈空掌力荡开烟雾，吸进一点毒烟，对他亦无大碍。但这片刻的阻延，白驼山主已经逃出去了。

“司马师弟，你用阵法困住敌人。我捉住了那个胆大包天的小贼马上回来!”宇文博交代了这两句场面的话，一溜烟跑了。

虽然是场面的话，倒也不是全无实质的效果。他对付不听话的弟子，手段一向极为毒辣，众弟子怕受他的惩罚，唯有拼力阻拦孟华。二十八个七星包围得铁桶一般，可也不是立即就能冲破的。

白驼山主想得到的，孟华自也想到了。

那个闯进地道的少年是谁?白驼山主想到的是:这个纵然不是天山派的弟子也必定是和孟冷二人大有关系的人。

孟华则更进一步，心目中认定了一个人了。

“这个胆大包天的少年不是别人，一定是炎弟无疑!”他心里想道。

杨炎是一副天不怕地不怕的脾气，这点，孟华早已“领教”过了。

为了冷冰儿，杨炎曾经做出惊世骇俗的事，不管“礼法”，不畏人言，甚至不惜与本门长老为敌，不怕被当作“叛徒”!

除了他，还有谁甘愿为冷冰儿冒这样大的危险!孟华既然认定了这个人是他的弟弟，心情的焦急自是可想而知，白驼山主的武功他已深知，杨炎无论如何也不是他的对手。

杨炎怎的会知道进入地道的秘密，孟华不知;地道中有没有别的机关，孟华也不知。但根据常理推测，杨炎即使懂得开启进入地道的机关，地道里别的秘密机关他决不可能全都知晓。

孟华脑海中出现了一幅虚构的图景，杨炎被困在地道，终于被擒，此际正在受着白驼山主的酷刑。

必须以快刀斩乱麻的办法冲破重围，才来得及救他的弟弟。二十八个“七星阵”如潮水般卷来，急切间孟华又焉能破阵。

他目光一瞥，看见快活张已被卷入一个七星阵中，司马铁正在向他扑攻，逼得那么紧，叫快活张无法腾出来应付别的敌人。只能仗着小巧腾挪的身法在阵中东闪西躲，但圈子亦已是越来越收紧了。

孟华随地一声大喝，飞身闯阵，一个鸳鸯连环腿把两名白驼山弟子踢出阵去。说时迟，那时快，第二个七星阵已是卷上来困住快活张，司马铁则转过身来对付孟华。

“休得猖狂，待我……”他以为孟华经过一场恶斗，自己最不济也可应付十招八招，只要缠住孟华片刻，第一个的七星阵便将合围。哪知说到“猖狂”二字，只见白光一闪，司马铁心头一凉，说到一个“我”字，已然倒下地了。原来他已是被孟华以一招“胡笳十八拍”在他身上穿了几个透明的窟窿。不过说了六个字便已气绝！

副山主一招被杀，白驼山众弟子不禁都是大吃一惊。按照阵法，第一圈的七个七星阵本来是应该逐步推进，收紧圈子的，第一个七星阵已给孟华打乱，第二个七星阵是在包围快活张，司马铁一死，他们慌不迭地立即退下，快活张之围不攻自破，余下的五个七星阵，三十五名白驼山弟子，也都在这一霎那间，不约而同的都是呆若木鸡，停下了脚步。

快活张笑道：“上天有好生之德，孟大侠，待我替你打发他们吧，不必有劳你的神剑了！”

笑声中只见双手连扬，登时金芒闪烁，烟雾迷漫。原来他刚才因为孟华与白驼山主尚在相持不下，他不敢乱发喂毒的暗器，此时已是无须有这顾忌。

神仙丸、毒雾弹、定形针、透骨钉……各种各式的白驼山独门暗器在他手中发出，好像冰雹乱落。不错，这些弟子身上都有解药，但中了暗器，总得有一段时间才能解毒。吸进毒雾而功力又稍弱的，更是立即就昏迷了。

快活张口中虽含了解药，也不敢在大雾中久留，白驼山弟子大约倒下一半的时候，他已是施展绝顶轻功冲了出去。

孟华哈哈大笑道：“以其人道还治其人之身，妙极，妙极！”笑声未已，他亦已追上了快活张。

但前面还有阻拦，他们必须通过一条狭窄的山路才能到达后山，这座山峰上有二三十名白驼山弟子把守，他们乱箭射下来，石头滚下来。弓箭石头也还罢了，最厉害的是他们手中的喷火筒，毒火可以喷出十余丈外，十几条火龙交叉扫射，阻挡孟华上山。

孟华人急智生，说道："张大叔，你还有毒雾金针烈焰弹吗?"快活张道："还有两枚。"孟华道："好，给我!"接过两枚毒弹，立即用弹指神通功夫弹出。

小小一枚弹子本来是打不到这么远的，但经孟华以弹指神通的功夫发出，就好像是从枪筒里射出来的子弹似的两枚毒雾金针烈焰弹直射到山上，在那些人的头顶上空爆炸。

快活张笑道："以火攻火，以毒攻毒，这叫做来而不往非礼也，妙极，妙极!"说话之间，已有几个人骨碌碌地滚下山坡，喷火筒当然也不能喷火了。

冲过这道防线，前面已是无人拦阻。但压在孟华心上的石头还是未能放下。

耽搁了这许多时候，如今赶去，还来得及吗?

孟华心中好像悬着十五个吊桶，七上八落。只怕弟弟业已遭了白驼山主的毒手。

何况杨炎是被困在地道之中的，即使未遭毒手，以他的武功而论，也绝不能摆脱白驼山主的缠斗，杨炎腾不出手来开门，孟华也无法进入地道。

如今他只能把希望寄托在快活张身上，快活张是天下第一神偷，穿堂入室，有如探囊取物，重门深锁都难不倒他。说不定他能够探索出地道的秘密，凭他丰富的经验，打得开封闭地道的机关。

当然首先还是希望杨炎未遭毒手，这第二个希望方始不至成泡影。两个毫无把握的希望加起来，这个加数的和只能是"负数"，亦即是说，成功的希望实在是太渺茫了。

冰窟恩仇未了情

白驼山主宇文博早已进入地道，也早已和那胆大包天的少年交上手了。

这少年不是杨炎。

他已经抓住了躲在地道的宇文雷。白驼山主踏入地道之时，他正在威胁宇文雷，要宇文雷带他去救冷冰儿。

白驼山主是曾经和杨炎交过手的，一见这个少年不是杨炎，他更加放心了。要知他在和孟华剧斗之后，功力少说也减三分。他心里在想："倘若是杨炎的话，我恐怕还要多费许多气力，只要不是杨炎，小一辈的人物，还有谁能堪我一击？"他这样的想法倒并非自负，像杨炎那般的少年，甚至即使比杨炎大上十岁八岁的少年，能够有杨炎这般武功的，当今之世的确是寥寥无几！

那少年正在恐吓宇文雷："要死还是要活，要活的快给我带路……"话犹未了，白驼山主已是旋风也似扑来，突然出现在他的面前了。

白驼山主哈哈一笑，说道："我给你带路，带你入鬼门关！"

大笑声中，呼的一掌拍在宇文雷的身上！

他用的是"隔物传功"的上乘武学，打在宇文雷身上，受到他这股真力冲击的却是那个少年，不怕侄儿遭受烫伤。

他只道这一掌便能令那少年不死也受伤，哪知结果却是大出他的意料之外！

白驼山主的手掌刚刚碰着侄儿的背心，只觉一股强劲的力道，好似暗流汹涌，猛地扑来。只听得"蓬"的一声，宇文雷跌在地上，那少年"登、登、登"的接连退出了六七步，白驼山主亦是立足不稳，禁不住在原地打了两个盘旋，方能稳住身形。

大出白驼山主意料之外，这少年也会隔物传功，而且功力足以和他相抗！

他们的隔物传功是借宇文雷的身体作为媒介的，本来隔物传功不会损坏隔在他们中间的物体，但人体到底不是一般的物体可比，物体受到震撼毫无知觉，人体受到震撼可就痛楚难当了。宇文雷虽不至于毙命，亦已奄奄一息！

白驼山主是个识货的人，受到对方这股真力的震撼，不禁大吃一惊，心里想道："这似乎是天竺佛门的龙象功，中土得到龙象功真传的据我所知只有段剑青一人，怎的这少年居然也会运用龙象功，而且似乎不在段剑青之下。"

他大惊之下，立即喝道："你是何人？和段剑青是否有同门关系？倘若你是受他所托，来此要人，大可与我好言相商，岂能擅闯山门！你知不知道，段剑青在我的面前，也是执晚辈之礼的！”那日段剑青被龙灵珠的暗器所伤，白驼山主在他受伤之后，抢走了冷冰儿，不理段剑青的死活，便即弃他而去。他只道段剑青记此仇恨，委托同门来和他捣乱。

那少年退了六七步，心里也是暗暗吃惊：“我的第八重龙象功居然奈他不何，看来今日只有拼死一战了！”他刷地拔出剑来，冷笑说道：“我早已知道你和段剑青这小贼是狼狈为奸的了，用不着你自己招供。看剑！”少年剑招一出，白驼山主这一惊更是非同小可了！

幽暗的地道中只见冷电精芒，耀眼生缬。少年抖起几朵剑花，顿然就像天上的繁星，千点万点洒落下来。

他用的竟然是冰川剑法！手上拿的虽然不是冰魄寒光剑，白驼山主也感到寒意森然。

白驼山主忙于应付他的冰川剑法！已是顾不得躺在地上奄奄一息的侄儿了。

他先出右掌，“火焰刀”劈将出去，热风呼呼。那少年道：“好，好舒服！”剑招丝毫不缓，第二招，第三招……俨似冰河解冻，滚滚而来！

白驼山主再发冰掌，狂飙卷地，寒意便浓。这少年忽地打了个寒噤，剑招方始暂缓。

白驼山主大喜，心中想道：“原来这小子虽然懂得冰川剑法，却尚未练成足以抵挡奇寒的纯阳内功。如此看来，即使他有冰魄寒光剑，他也是不能使用的了！”当下立即催紧掌力，不使火焰刀，把真力都集中左掌，发挥寒掌的威力。

不过那少年虽然给他逼得只有招架之功，却还未露败象。

白驼山主心中烦躁，暗自思量：“不知怎的他懂得开启这秘道的机关，他既然懂得开，那就说不定还有其他同党跟着进来。我要胜他，恐怕也非得数百招不行，怎么是好？”人急生智，“我的寒冰掌可以克他，何不引他到冰窟去，他没能练成抵挡寒潮的本领，那就容易擒他了。”主意打定，白驼山主转身就走。少年喝道：“往哪里跑！”白驼山主冷笑道：“你也应有自知之明，你不是我的对手，我当然不是怕你而逃，我只是怕你见不到冷冰儿你死不甘心。你冒这样大危险来此，我就送给你一个人情，让你见上冷冰儿方始送你归西吧！”

少年哼了一声，说道：“谁相信你的鬼话，你真有这样好心带引我去见冷冰儿?”

白驼山主冷笑道：“你本来打不过我，我何必骗你?你没有胆量，那就不必跟来！”

少年喝道：“我怕你什么，你逃上天我也要追！”他果然追来了。

忽听得一个少女声音叫道：“世杰，你别上他的当。我被困在冰窟之中，你救不了我的。别多赔一条性命，你赶快走吧！”

原来这少年不是别人，正是杨炎的表兄齐世杰。

声音从地底传上来，郁闷异常，但齐世杰当然还是听得出冷冰儿的声音的。

齐世杰心中暗笑：“白驼山主用诱敌之计，我正好将计就计。不过冷姐姐是知道我的本领的，白驼山主诱我进入冰窟，她应该为我高兴才对，为何拦阻我呢?哦，对了，她大概是怕对方武功太强，倘若我和他相差太远，在冰窟里我会死得更惨吧?其实，我虽然是比不上他，也还不至于相差太远。只可惜我此刻还不能明白地告诉冷姐姐。”他紧追不舍，跟着白驼山主踏进一个地底的山洞。说也奇怪，踏进山洞，眼睛反而明亮了。

原来这个山洞乃是亿万年前一条冰川的河床，由于地壳变化，这条古冰川早已消失了活力，成为“死冰川”了，正如死火山不会喷火一样，死冰川是永远不会解冻的。冰川变为冰窟，有的是亘古不化的冰层。眼前的光亮，乃是冰壁的反光。

一踏入冰窟，寒飚立即扑前卷来，奇寒刺骨，血液都似乎冷凝了。冰窟日夜两次寒潮，这个时候正是第一次寒潮来到的时候。

白驼山主喝道：“你要见冷冰儿，先得自废武功！”

齐世杰冷笑道：“我早知道你言而无信，你有本领，你就来废我的武功吧！”

白驼山主哈哈大笑:“好小子，这是你自己说的，你死了可别怨我!”大笑声中，寒冰掌力已是有如狂涛一般向齐世杰猛扫过去!

又一次大出白驼山主意料之外，齐世杰并没如他所料那样冷僵，反而更显精神了。冰川剑法使将出来，也比刚才更加有力!

杨炎和龙灵珠骑了罗海所赠的骏马，兼程赶路，来到了白驼山。他们怕坐骑抵受不了山顶的奇寒，到了半山，便即下马步行。

正在他们攀登山峰之际，忽见一个丐妇，低头弓背，披头散发，衣裳污秽破烂，彳亍独行。

白驼山上竟有丐妇出现，已是一奇；这个丐妇又好像是躲避他们的神气，更加令他们起疑了。

龙灵珠喝道:“你抬起头来，我施舍食物与你，否则可有苦头你吃!”

那丐妇浑身直打哆嗦，抬起头来，脸上满是血污!

龙灵珠“咦”了一声，说道:“这个女人我好似在哪里见过似的!”

杨炎定睛一瞧，陡地喝道:“姓穆的妖妇，你以为扮成这个样子，我就认不出你么?”

这个丐妇是白驼山主的宠妾穆欣欣。穆欣欣一向是喜欢打扮得十分妖艳的，杨炎做梦也想不到她会变成这个样子。

穆欣欣退后两步，突然跪下，说道:“求你们高抬贵手吧，你看我已经给白驼山主治成这个样子了!”

杨炎大奇，问道:“你是给丈夫赶出来的吗？为什么?”

穆欣欣泪流满面，说道:“他不是我的丈夫！他是暴君，我是他的女奴。他喜欢的时候把我当金丝雀，不喜欢的时候把我当脚底泥。我怎知……呜、呜……”说着说着又哭起来了，却未说出被逐的原因。

原来白驼山主恨她与人私通，对他背叛，故此派人将她捉了回去，废了她的武功，毁了她的容貌，这才放她下山，让她自生自灭。

龙灵珠虽曾吃过她的亏，此时倒是不禁有点同情她了，当下便即将她扶了起来，说道:“那你今后打算怎样?”

穆欣欣拭去眼泪，幽幽说道："我也不知还能够活几天，谈得上什么打算？唉，我自知对不起你们，你们要杀我我也死而无怨。但求你们给我一个痛快！"

龙灵珠道："我们不会杀你，只盼你能帮忙我们一件事情。"

穆欣欣道："什么事情？"

杨炎说道："实不相瞒，我们是来救冷冰儿的，你可知道她关在哪里？"

穆欣欣道："就，就只你们两人？"

杨炎知她害怕，把冰魄寒光剑一扬，说道："我的哥哥也会来的。即使哥哥不来，我有这把剑也可以和他一拼了，这把剑的威力你是知道的。"

穆欣欣沉吟不语，似乎尚在患得患失之间。

杨炎说道："你若害怕，我也不勉强你。但请你告诉我她被囚处，让我们自己去找。"

穆欣欣恨火中烧，心里想道："老贼害得我这样惨，我拼了一死，也得报这个仇！"

她抬起头来，毅然说道："那个地方外人是无法进入的，我带你们去！"

白驼山上，除了宇文博叔侄之外，知道如何打开地道入口的人，就只有她了。白驼山主驱逐她时，可没想到这点。

他更想不到的是，他以前的宠妾，如今竟然变作了敌方的带路人。

穆欣欣走的虽然是一条秘道，一路上也是提心吊胆，生怕给人发现。哪知竟是浪静风平，出乎她意料之外的顺利，就给她来到了地道的入口处了。原来白驼山的弟子此时正在前山列阵，帮助师父，围困孟华。

她在一面石壁之前停下脚步，石壁乍看也和别的山石一般，并无异状，但仔细一看，就发现一块古怪的石头了。

那是一块状如莲座的石头，六面突出的棱角，好像莲花的花瓣。

龙灵珠道："咦，我好像在哪里见过这种石头。"穆欣欣道：

“这是用人工凿成的，你怎能见过这种石头?”

龙灵珠道：“对啦，我想起来了，我是在魔鬼城中一座古庙见过的，是佛像下面的金莲宝座，佛像早已倒塌了，金莲宝座还在那里。那金莲宝座是用石头雕刻成的，形状和这块石头一样。”

穆欣欣道：“哦，真的吗？但这块石头可正是进入地道的机关呀。”一面说，一面在“花瓣”上左扳右扳，但石头还未见移动。

杨炎想起一事，问道：“你几时去过魔鬼城?”

龙灵珠道：“小时候和母亲到过那里，那时我大约只有七八岁。”

说话之时，忽听得“轧轧”声响，莲座形的石头两面分开，洞口出现了。

穆欣欣道：“我只听得老贼说过，地道里有个冰窟，是用来囚禁犯了门规的弟子的，我可没有进去过，冷姑娘多半是被囚在那儿，你们自己去找吧，恕我不奉陪了。”她走得匆忙，忘记把机关关闭。

冰窟的寒潮已经来了，冰窟虽然是地道的尽头，与入口处距离甚远，但他们踏进了地道，亦已感到异样的寒冷。

杨炎说道：“珠妹，你冷不冷?”龙灵珠笑道：“我是在冰天雪地长大的，再冷我也禁受得起，我倒是担心你受不了呢。”

杨炎笑道：“我这点内功虽然微不足道，倒还不怕冷坏。对啦，魔鬼城的事我还没有说完，你知不知道，齐世杰也曾到过魔鬼城?”

龙灵珠道：“早就听你说过了，魔鬼城下面也有一个冰窟，他在冰窟被困三年。后来碰上地震，震坍了魔鬼城，他是在千钧一发之际逃出生天的。”

杨炎说道：“有一点我还未告诉你，你知道他是因何坠入冰窟的吗，原来你曾经见过的那座金莲主座也正是可以进入冰窟的机关。当时他和一个番僧在古庙打斗，番僧开动机关，将他推下去的。”

龙灵珠道：“因何你想这件事?”

杨炎说道：“齐世杰是已经知道打开机关的办法，假如魔鬼城那个机关和这个机关一样……”

龙灵珠笑道："哦，原来你是希望齐世杰也来救你的冷姐姐。"

杨炎说道："我的冷姐姐也是他的冷姐姐啊！我在鲁特安旗的时候，已经知道他要来白驼山了。他会冰川剑法，我有冰魄寒光剑，我正好可以把这把剑给他使用，那么咱们对付白驼山主就可以多几分胜算了。"

龙灵珠笑道："齐世杰虽说要来，但哪有来得这样巧的事。"

偏偏就有这样巧的事，龙灵珠话犹未了，就已听见了冰窟里传出来的声音了。

齐世杰与白驼山主正在高呼酣斗！

白驼山主暗暗叫苦，想不到已经斗到一百招开外，虽然自己大占上风，却还是未能把齐世杰击败。

齐世杰好像越打越精神，反而是他，渐渐开始有点力不从心之感了。

原来齐世杰正是巴不得在冰窟中和他恶斗。

齐世杰曾在魔鬼城下的冰窟练功三年，天竺高僧迦象法师传给他的神功比天山派的内功更能抵御奇寒。魔鬼城的冰窟也是子午两次寒潮，寒潮的威力比起此处的寒潮有过而无不及！他在魔鬼城的冰窟受过二千多次寒潮的冲击，哪里会怕这里的寒潮。

杨炎冲进来了，跟着龙灵珠也冲进来了。

可是杨炎却没法把冰魄寒光剑交到齐世杰的手中。他们正在冰窟中心的石台上恶斗，而且是白驼山主占着上风的恶斗。那个地方也正是寒潮的"潮眼"！杨炎不能把冰魄寒光剑抛过去，这样做的话，冰魄寒光剑多半是会给白驼山主接去，不会落在齐世杰手中。

要帮助齐世杰，唯有他亲自上前助战。饶是杨炎练有少阳神功，接近"潮眼"之时，也不由得机伶伶打了个冷战。

他必须运功抵抗寒潮，他又是不懂得冰川剑法的，能够帮得齐世杰多少忙呢？

就在此时，忽又听得地道彼端有脚步声传来了。

孟华叫道："炎弟，是你在里面吗？"

龙灵珠大喜叫道："你的哥哥来了，你快答应他呀！"底下没说出来的话是，你的哥哥来了，你就无须这样冒险了。

但杨炎却视而不见，听而不闻。因为此际正是齐世杰与白驼山主生死相扑的时刻！

白驼山主陡地咬破舌尖，向齐世杰猛扑过去。

原来他见到杨炎来到，已知不妙，唯有拼着两败俱伤，作最后一击，他咬破舌尖，是在施展威力最强的邪派内功，天魔解体大法。

天魔解体大法，可使本身的功力骤增一倍，但也最伤元气。两个月前，天山之战，他就是凭着这种邪派内功，在孟华剑下侥幸逃生的。本来他的功力刚恢复未久，极不适宜再用此法，但在这生死关头，性命尚且难保，他自是顾不得这许多了。

他打的如意算盘是，趁着孟华未曾来到，先把齐世杰毙于掌下，自己纵然元气大伤，杨炎龙灵珠二人料想也还拦他不住。他还可以从秘道逃生。

哪知人算不如天算，正当他作最后一击之时，孟华已经进入冰窟，一声大吼，喝道："宇文博，休得逞凶！"

孟华用的是狮子吼功，练邪派内功的人，最易受这佛门狮子吼的感应，孟华刚刚踏入冰窟，距离冰窟中心的石台还有百步之遥，他要救齐世杰已来不及，只能尝试用这狮子吼功来震撼白驼山主的心灵。

双掌相交，"蓬"的一声，齐世杰口喷鲜血，倒在石台之上，白驼山主却似断了线的风筝，在石台上摔下来！

全神贯注，窥伺一旁的杨炎正在等候这最后的一击。说时迟，那时快，一招"胡笳十八拍"立即闪电也似的刺了出去。

白驼山主身子悬空，哪能抵御，身上中了七剑，方始脚落实地。但杨炎的剑给他的中指弹了三下，他残余的功力，也仍是非同小可，杨炎接连退了几步，兀是稳不住身形，"咚"的一声，坐在地上。

白驼山主在地上翻滚，龙灵珠软鞭挥出，勒住他的喉咙，登时气绝。

孟华赶到，含笑说道："龙姑娘，恭喜你了报了父仇！"

龙灵珠道："这是炎哥的功劳，啊，他不知怎么样了。你快去看！”

孟华无暇问冷冰儿下落，赶忙把手掌贴在弟弟背心，助他凝聚真气，抵御寒流。

冷冰儿的声音从石台后面那座囚房里传出来：“齐大哥怎么样了？”齐世杰是为她拼死的，杨炎是否受伤，她不知道；齐世杰身受重伤，她则是凭着声音也听得出来的。故此，龙灵珠第一个关心的是杨炎，她第一个关心的却不能不是齐世杰了。

齐世杰已经坐了起来，说道：“我没事。”口中虽说“没事”，声音却是异样的颤抖，牙关也在格格作响。要知他业已受了内伤，虽无性命之忧，但功力大耗，自是不能抵御寒潮的冲击了。

冷冰儿“噫”了一声，显然的表露了她心里的不安。过了片刻，又再问道：“炎弟呢？”

杨炎从她这一声亲切的呼唤，不知怎的，却兴起奇怪的感触。他是个顽皮的孩子，从小就喜欢蹦蹦跳跳，偶然跌了一跤，只要冷冰儿在旁，冷冰儿必然跑来扶他起立，用又是疼爱又是责备的口吻说他。此际他虽然不是“跌跤”，但这一声“炎弟”，却唤起了他童年的回忆，就像他小时候跌倒，冷冰儿在呼唤他一样，令他感受到的，只是姐弟的关怀。

杨炎不觉一片茫然，忘了回答。孟华代答道：“他也没事，宇文博这大魔头已经给他杀了。”

杨炎此时方始如梦初醒，说道：“哥哥，你去帮忙世杰表哥，我真的没事了。”孟华亦已试出他的真气业已凝聚，便道：“好，你去打开牢门，接冷姐姐出来。”

那座牢房是窟中之窟，白驼山主将洞口改建加上厚厚的铁门，杨炎无法打开。

忽听得有人说道：“让我试试。”杨炎回头一看，原来是快活张来了。快活张开锁的手法果然了得，不过片刻，牢门打开。

牢门打开，杨炎却看得傻了。不错，出来的是冷冰儿，但已经不是从前的“冷姐姐”模样了。

冷冰儿变成了一个尼姑！

原来她在冰窟里，用坚逾精钢的冰块磨尖当作冰刀，早已将头发削得干干净净，身穿的衣裳也改样裁作道袍了。

杨炎失声惊呼："冷姐姐，你怎么变成这个模样？"

冷冰儿没答他，眼睛朝齐世杰看去。齐世杰的面上已经有了血色，身体还在发抖。

冷冰儿道："孟大哥，你歇一歇。"走上石台，与齐世杰双手相握，过了一会，齐世杰不再抖颤了，他吁了口气，说道："行啦！"冷冰儿放开手，扶他站了起来。齐世杰说声"多谢"，自己缓缓走下石台。原来冷冰儿由于得到唐夫人传授她的冰川剑法，又把冰魄寒光剑给她，故而她练的少阳神功在同门中造诣最高。

冷冰儿跟着走下石台，杨炎呆呆地望着她，万语千言，一时间不知从何说起。冷冰儿微笑道："炎弟，你刚才问我为什么变成这个模样，我是自愿出家的，我的第一个师父本来就是尼姑，小时候我也曾戴发修行，如今不过自行剃度罢了。"冷冰儿本是青城派慧心师太的弟子，后来才改投天山派的。

孟华说道："你跟我们回山吗？"冷冰儿道："我已经做了尼姑，不打算和你们回天山了！"

杨炎心情激动，忍不住大叫道："冷姐姐，你为什么要做尼姑？为什么要做尼姑？"

冷冰儿反问他道："做尼姑有什么不好？"接着说道："炎弟，你不遵守七年的禁约，我本来要责备你的。但如今我已经是出家人了，过去种种，比如昨日死。这个禁约，也可以取消了。"弦外之音，禁约取消，七年后准许杨炎求婚之约当然也取消了。

龙灵珠道："冷姐姐，你年纪还轻，难道就此甘心遁迹空门，过那凄凉岁月？"杨炎大叫道："是啊，你受的苦还未受够吗？我也正是要这样问你！"

冷冰儿笑道："你们怎知我从此就是过凄凉岁月？我做了尼姑也未必就是遁迹空门呀！"

孟华听她话中有话，问道："那你打算今后如何？"

冷冰儿道："叔叔告诉我，当年他们撤离小金川的时候，曾留下一支义军。如今这支义军由李光夏率领，又已逐渐壮大了。我打算回小金川帮他们建立女营，并兼训练女兵。我以尼姑的身份，可以更便于接近一般的民间妇女。我相信我今后过的将是火热的日子，绝对不会孤独，更不会凄凉！”

这是杨炎都未曾想到过的境界，他更不知如何说了。

冷冰儿微微一笑，又再说道：“你不是说过，希望我得到幸福吗？什么是幸福，各人感受不同，我觉得我这样做就是找到了幸福，此外我已别无他求了！”

杨炎无话可说，孟华点了点头，说道：“道路是自己走的。冰儿，你喜欢这样做就这样做吧，我不勉强你回山了。不过，我有一个请求，世杰尚未复原，请你顺道送他回家，据我所知，他的母亲也很想见你一见。炎弟，你呢？你可打算怎样？”

杨炎心乱如麻，讷讷说道：“我，我……”冷冰儿微笑道：“据我所知，他和龙姑娘也是有约的。如今龙姑娘大仇已报，他是应该和龙姑娘一起回去与她爷爷团聚了。”杨炎想起爷爷对他的恩情，亦无异议了。

景物依然人事改，江湖浪子又重来。一别三年，杨炎终于又回到灵鹫峰了。冰川映日，景色一如当年；异草奇花，开得更加茂盛，不同的是：三年前他孤伶伶一个人下山，如今他的身边则多了一个伴侣。

龙灵珠驰目骋怀，只见冰川交错，遍布山头，在阳光照射下泛起千百道霞辉丽彩，还有许许多多冰块堆成的“冰塔群”，像是蔚蓝色的水晶宝塔，平地涌起，“成群结队”地连成一大片，耀眼生缬。景物的壮丽，更是难画难描！碗口大的雪莲迎风摇曳，淘气的小熊猫在雪地跳跃，见了人也不知道躲避。触目所及，说不尽的珍禽异兽，瑶草奇花，龙灵珠心神如醉，啧啧赞赏：“真是人间仙境，世外桃源。”杨炎笑道：“爷爷等着你呢，不要贪看风景了。”

他带引龙灵珠回到旧居，未入门就大叫：“爷爷，爷爷！我回来啦！我给你报喜来啦！”奇怪的是，不见爷爷跑出来，也没听见他的回答。

杨炎赶忙冲入石室，方始听见爷爷低沉的声音说道：“炎儿，是你回来了吗？”

他的爷爷躺在床上，像是给杨炎从梦中惊醒，正自有气没力地坐起来。杨炎叫道："爷爷，你瞧是谁来了？"

他揉揉眼睛，蓦地叫道："明明，明明，你，你终于回来了！"明明是他的女儿的乳名。

杨炎说道："她不是明明，爷爷，她是你的孙女儿，她叫龙灵珠！"

龙则灵这才想起女儿女婿都已死了，心中又是欢喜，又是悲伤，说道："珠儿，你过来让我瞧瞧。啊，你长得真像你妈！"

龙灵珠眼泪满眶，投上他的怀中说道："爷爷，我妈已是没福气回来陪伴你了。"

龙则灵喃喃道："你回来就好，你回来就好。珠儿，我想问你一件事情，当年我做错了事，对不起你的娘亲，不知她可肯原谅我这个狠心的老父？"

龙灵珠以袖拭泪，说道："妈临终时曾一再叮嘱，叫我回来看你。妈一直惦记着你的。我跟你一个姓，这也是妈的意思！"无须再加解释，龙则灵已是体会得到女儿是怎样爱他了，岂仅只是原谅！

心头的结解开，龙则灵的眼泪虽未抹干，已是含笑说道："现在我只剩下一桩心事了……"他把杨炎的手拉过去与龙灵珠的手相握，说道："你们来了，我恐怕也要走了，炎儿我求你一件事情！"

杨炎见他说话上气不接下气，已知不妙，说道："爷爷，你歇一歇再说吧。"龙则灵道："不，时间无多了，人总是要回老家的，我已经八十多岁了，活得也够长了。只为着等待你们回来，我才撑到今天。"杨炎忍泪道："爷爷，那你说吧，你要我做什么，我都答应你。"

龙则灵缓缓说道："我要把孙女儿的终身付托与你，你要替我照顾她一生！你答应吗？"杨炎心乱如麻，但提出这个要求的是对他恩重如山的爷爷，他又怎能拒绝？

"爷爷，我答应你。不过还要问问珠妹？"杨炎道。龙则灵显然已是没有气力多说，只把目光移到龙灵珠身上。龙灵珠默默地点了点头。

干枯的脸上绽出笑容，说道："好、好……那、那我放心去了！"龙灵珠扑上来叫道："爷爷！"龙则灵断断续续说道："别、别哭，别哭……我死无遗憾，你、你该为我高兴才对。真、真的，我真的很快乐啊！"他真的是含笑而逝的。

杨炎和龙灵珠本是两小无猜，谁也不会隐瞒心里的话。但说也奇怪，在他们的"爷爷"逝世之后，他们却似乎"生疏"了许多，虽然天天相对，但却避免提起"爷爷"临终的遗嘱。

直到这一天——这一天，孟华和天山三老——丁兆鸣、白坚城、甘武维——联袂来灵鹫峰上。

杨炎大感意外，孟华不待他询问来意，便道："弟弟，你忘记了吗？你杀了白驼山主，应当做本派的掌门弟子。我们是奉掌门之命，接你回山的。希望你和龙姑娘一起回去。"

这天晚上，杨炎和龙灵珠在冰河旁并肩漫步。龙灵珠忽道："我不打算跟你去天山。你答应爷爷的那件事情可以不必放在心上。我知道你只是为了安慰他……"杨炎心情激动，说道："不，我并不是为哄爷爷安心的。不过，我们还年轻，你只有十八岁，我也未满二十……"

龙灵珠抢着说道："我懂得你的意思。但我也并不是害怕，害怕你不肯娶我，我才不和你回天山的。"说至此处，她忽然地恢复了昔日顽皮女孩的神态，眨眨眼道："炎哥，我也要和你订一个约。""订什么约？""七年之后，你倘若还是喜欢我，那时咱们再一起去爷爷的坟前，告诉爷爷！"说罢，她噗嗤一笑，就跑了。

杨炎可笑不出来，这是他第二次"七年之约"了，七年之后的变化谁能预料？他呆呆地看着冰河里月亮的倒影，谁也不知他心里在想些什么？正是：

旧梦尘封休再启，此心如水只东流。

（全书完，请续看《剑网尘丝》）